CB047758

BARROCO TROPICAL

JOSÉ EDUARDO AGUALUSA

Barroco tropical

Companhia Das Letras

Publicado originalmente em Portugal pelas Publicações Dom Quixote.

A editora optou por manter o vocabulário vigente em Angola, observando as regras do Acordo Ortográfico da Língua Portuguesa de 1990.

Capa
Elisa v. Randow

Foto de capa
© Bernd Vogel/ Corbis/ LatinStock

Preparação
Leny Cordeiro

Revisão
Márcia Moura
Arlete Zebber

Dados Internacionais de Catalogação na Publicação (CIP)
(Câmara Brasileira do Livro, SP, Brasil)

Agualusa, José Eduardo
Barroco tropical / José Eduardo Agualusa. — São Paulo : Companhia das Letras, 2009.

ISBN 978-85-359-1569-3

1. Ficção angolana (Português) I. Título.

09-11071 CDD-869.3

Índice para catálogo sistemático:
1. Ficção : Literatura angolana em português 869.3

EDITORA SCHWARCZ LTDA.
Rua Bandeira Paulista 702 cj. 32
04532-002 — São Paulo — SP
Telefone (11) 3707-3500
Fax (11) 3707-3501
www.companhiadasletras.com.br

Como se não bastasse terem errado acerca do conhecimento de Deus, os homens, vivendo em violenta guerra de ignorância, deram o nome de paz a tão grandes males.

Bíblia sagrada, Sabedoria,
Idolatria dos navegantes, 14, 22

Não me interessa ordenar o caos: o que quero é fazê-lo florir.

Mouche Shaba, em entrevista a Malaquias da Palma Chambão, publicada no semanário O *Impoluto*, de 10 de maio de 2008

O Inferno é a impossibilidade da razão.

Chris Taylor (Charlie Sheen), no filme *Platoon*

1.

Uma mulher a cair do céu.

Contei os segundos entre o instante do relâmpago e o do trovão — um, dois, três, quatro, cinco, seis, sete. Depois multipliquei por trezentos e quarenta, a velocidade do som em metros por segundo, para calcular a distância a que caíra o primeiro raio: dois quilómetros, trezentos e oitenta metros. Calculei o segundo, o terceiro, o quarto. A tempestade avançava veloz na nossa direção. Soube onde iria cair o quinto raio um instante antes que o céu se abrisse.

Kianda estava cerca de cem metros à minha frente e avançava, avançava sempre, como num palco, empurrada pela luz. Os sapatos afundavam-se na terra, vermelho-laca sobre vermelho-velho. Ao longe dançavam palmeiras. Ainda mais ao longe erguia-se a sólida silhueta de um embondeiro. Kianda caminhava muito direita, de rosto erguido, as belas mãos, de dedos longuíssimos e finos, cruzadas sobre o peito. A luz era uma substância dourada e densa, quase líquida, à qual se colavam folhas secas, papéis velhos, a fina poeira afogueada, matéria que o vento ia erguendo nos seus braços tortos.

O meu amor continuava a avançar de encontro à massa negra das nuvens. Lembrei-me das palavras de um famoso crítico de música, um velho inglês, um tanto excêntrico, tentando explicar o sucesso dela: "O que primeiro nos cativa é o contraste entre a fragilidade da silhueta, estranhamente angulosa, estranhamente elegante, e a altiva ferocidade do olhar. A voz poderosa e delicada. Apetece ao mesmo tempo protegê-la e espancá-la".

Kianda entrou na chuva. O leve vestido de seda, de um encarnado muito vivo, colou-se-lhe à pele, enquanto ia mudando de cor, para um tom escuro, quase roxo. O amplo decote nas costas deixava ver as duas asas azuis que Kianda tatuou numa viagem ao Japão. A mim impressionam-me sempre, por melhor que as conheça, devido ao detalhe das penas e à técnica, em *trompe-l'oeil*, que cria uma ilusão de relevo. As asas movendo-se ao ritmo da respiração. A furiosa cabeleira em chamas, que tantas mulheres tentam imitar, apagou-se, perdeu volume e brilho, alongando-se sobre o firme desenho dos ombros.

Abri a porta e saí do carro, um Chrysler antigo, amarelo torrado, uma peça de coleção. O vento húmido fustigou-me o rosto. Gritei o nome dela, mais alto que o ribombar da tempestade. Kianda voltou-se para mim, ao mesmo tempo que erguia os olhos, num espanto mudo.

(Dou-me conta, enquanto releio o que escrevi, que parece o guião de um filme publicitário. Este é o momento em que devia surgir o frasco de perfume. Teria de ter um nome apropriado, algo como La tempête. *Mas não. A partir deste instante o filme muda.)*

Segui o olhar de Kianda e vi uma mulher a cair do céu. Caiu — veio caindo, nua, negra, de braços abertos — quase ao mesmo tempo que o raio. O raio fez explodir o embondeiro. Um meteorologista explicou-me, há muitos anos, que os raios podem fazer explodir as árvores ao provocarem a súbita ebulição da seiva. A mulher afundou-se entre o capim alto, não muito longe do carro. Aproximei-me. O corpo estava enterrado na lama. Tinha a cabeça deitada para trás. Reconheci aqueles olhos abertos, muito negros, ainda cheios de luz. Recuei aterrorizado. Não deixei que Kianda a visse:

— Vamos!

— Vamos?! E ela?

— Ela está morta, amor! Não se incomoda. Queres chamar a polícia?

— Não, não! A polícia não. Não quero chamar ninguém. Sabes muitíssimo bem que não nos podem ver juntos.

Abracei-a. Kianda tremia. Levei-a para o carro, sentei-a ao meu lado, e conduzi em silêncio de regresso a Luanda. Quando chegámos ainda a noite não descera sobre a cidade. Estacionei o carro a dois quarteirões do prédio dela. Debrucei-me para a beijar. Kianda afastou o rosto:

— Não! Nunca mais.

Saí. Ela tomou o meu lugar, pôs o carro em andamento e foi-se embora. Mandei parar um táxi. Durante muitos anos não houve em Luanda táxis individuais; havia somente táxis coletivos, os candongueiros, destinados a servir o povo.

(O Povo, ou Eles, é como em Angola nós, os ricos, ou os quase ricos, designamos os que nada têm. Os que nada têm são a esmagadora maioria dos habitantes deste país.)

O motorista era um congolês obeso. A pele do rosto, muito lisa, brilhava como um espelho à luz acobreada do final do dia. Abriu para mim um sorriso enorme:

— Para onde vamos, paizinho?

— Não sei. — Confessei numa voz sem cor. O Medo não me deixava pensar. — Para qualquer lado.

O homem voltou a sorrir:

— Não se preocupe. Eu levo-o lá.

Meia hora depois deixou-me à porta de um pequeno bar. Reparei no neon a pulsar sobre a porta — "O Orgulho Grego". O sorriso do taxista tinha agora o tamanho do mundo:

— Entre e pergunte pela Mãe Mocinha. Ela saberá dizer-lhe para onde ir. Nunca se engana.

(A mulher em queda,
cinco dias antes.)

Vi-a mal entrei na sala de embarque. A mulher também me viu. Prendeu em mim a luz impiedosa dos grandes olhos negros, tão intensamente que baixei os meus. Quando voltei a erguê-los, ela ainda ali estava, sentada numa das cadeiras, muito direita, com a elegante altivez de uma princesa etíope. Vestia um casaco de peles, de um luxo arcaico, e calças negras à boca de sino. Sentei-me duas cadeiras atrás, para escapar àquele olhar e poder estudá-la tranquilamente.

Quem seria? Ou melhor — o que seria? Comecei a imaginar várias possibilidades: certamente bem-nascida, em família antiga de Luanda ou de Benguela. Um dos avôs teria sido funcionário público da administração colonial. O pai, burocrata ao serviço da presidência, talvez um empresário próspero, um general convertido em empresário na área da exploração mineira. Ela estudara em Lisboa, em Londres ou Nova Iorque. Eventualmente em Lisboa, Londres e Nova Iorque. A forma como estava vestida sugeria um gosto em conflito com os atuais padrões ecológicos. Talvez sentisse prazer em afrontar, ou tivesse tanto dinheiro que se achasse acima do julgamento das massas. Fosse quem fosse, tinha a certeza de que nunca a vira antes. Lembrei-me de um dos *Doze contos peregrinos*, de Gabriel García Márquez, "O avião da Bela Adormecida". No conto, o escritor colombiano descreve uma viagem que fez ao lado da mulher mais bela do mundo, a qual nunca lhe dirige a palavra. Viajo muito de avião, quase todos os meses, e não me recordo de alguma vez ter conseguido ficar sentado ao lado de uma mulher bonita. Suponho que as companhias aéreas tenham instruções para não sentarem mulheres bonitas ao lado de homens, qualquer tipo de homens, com exceção de senhores de idade muito respeitável e sacerdotes. Quando anunciaram o embarque, esperei que a mulher se levantasse para me colocar na fila. Então, para minha surpresa, ela voltou-se para trás, esticou o indicador da mão direita e perguntou-me:

— É o Bartolomeu Falcato?

— A maior parte do tempo sou sim. — Concordei, esforçando-me por acrescentar um dito espirituoso, um comentário alegre, alguma coisa que me permitisse recuperar o ar e o aprumo. — Mas estou disposto a ser aquilo que você quiser, quando e onde você quiser.

Reconheço, podia ter sido um pouco mais original. A minha inépcia não pareceu ofendê-la:

— Chamo-me Núbia — disse, num tom de voz demasiado alto. — Eu sabia que nos encontraríamos, em Lisboa, em Luanda, em algum lugar do mundo. Tinha a certeza.

Não me atrevi a perguntar de onde lhe vinha tanta certeza. Ao invés, quis saber em que se ocupava. Sorriu, evasiva. Logo a seguir alguém a chamou, ela afastou-se, e só a voltei a ver no avião. Estava uns bons lugares à minha frente. Ao meu lado não havia ninguém. Núbia deu-se conta disso e veio ter comigo. Despiu o casaco de peles e guardou-o na bagageira. Por baixo vestia uma simples blusa branca, muito elegante, que deixava adivinhar uns seios largos e firmes. Abriu depois uma pequena mala vermelha, em plástico, tirou uma pilha de revistas e colocou-as no meu colo:

— É para você me conhecer melhor.

As revistas tinham nomes como *Cacau*, *Tropical*, *Mulher Africana*, *Caras e Cores*. Núbia estava em todas as capas. Na primeira aparecia vestida de noiva, a descer uma longa escadaria em caracol. Na segunda posava em biquíni, deitada de costas numa toalha de praia, tendo ao fundo, entre um friso de rochas, um mar cor de esmeralda. Na terceira vestia apenas uns curtos calções de ganga, e ria, uma bela gargalhada juvenil, enquanto procurava esconder o peito com ambas as mãos.

— Ah, bom! — suspirei, espantado. — Então você é modelo...

— Fui Miss Angola há dez anos. Depois comecei uma carreira como modelo. Tive também um programa na televisão.

— Já não tem?

— Não, calaram-me! Eles não querem que eu fale!

Tirou-me as revistas das mãos e substituiu-as por um grosso álbum de fotografias. Ela mesma o abriu. As primeiras imagens mostravam um desfile de misses. Núbia surgia nas fotos seguintes, sempre com o mesmo sorriso, ao lado da Presidente e do marido. Ao lado de um famoso jogador de futebol. Ao lado de uma atriz de cinema. Abraçada a um próspero empresário americano. Abraçada a dois prósperos empresários nacionais. No colo de um conhecido traficante de armas. No enorme iate presidencial. Apontei para uma fotografia dela, a cavalo. Um pouco ao fundo, também a cavalo, via-se um homem elegante, com bigode e cavanhaque. O rosto pareceu-me familiar:

— E quem é este?

— Esse é o amante da senhora Presidente!

— Como?!

Ela ignorou o meu assombro. Continuou a mostrar-me as

fotos. Foi-se entusiasmando. Falava quase sem respirar, torrencialmente, ao mesmo tempo que o sotaque mudava. Distinguia-se agora, atrás da macia e dolente pronúncia característica da velha burguesia luandense, uma outra, mais larga, mais sonora e rústica. Era como se uma segunda mulher, uma mulher do povo, estivesse a tentar sair de dentro daquela — da falsa — não como a borboleta a romper a pupa, mas como uma lagarta a irromper de uma borboleta. Perguntei-lhe o nome de família. Sorriu, a mostrar que adivinhara as minhas intenções:

— A minha família era muito pobre. Eu nem sabia falar português. Falava mal. Foi esta que me ensinou a falar.

Apontou para a Presidente, numa das fotos. Soltou uma pequena gargalhada:

— É uma ordinária! Costumava ficar a espreitar enquanto o marido me comia. Sabes o que me obrigaram a fazer? Não, não sabes. Ninguém sabe. A mim e às outras meninas. Orgias com gente importante. Drogas...

— Não acredito!

— Sim, experimentei muitas drogas. Liamba. Heroína. Coca. Hoje já não me drogo. Deus não me deixa tomar drogas...

— Deus?!

— Deus, sim. — Baixou a voz. Aproximou os doces lábios do meu ouvido. — Sabes que Deus foi visto a desfilar na Marginal? Deus fala comigo. Um dia mostrou-me um dos teus livros. No dia seguinte fui a uma livraria e comprei-o.

— E leste-o?

— Li mas não compreendi nada. Li-o, porque Deus me disse, "Filha, prepara-te. Tu és Núbia, a puta, e és Maria, a pura. Bendito o furor do teu ventre". Ele disse-me isto porque vou engravidar, vou dar ao mundo um novo Salvador...

Fixei-a perplexo e assustado:

— E quem será o pai?

Núbia olhou para mim, um pouco chocada:

— O pai?! O pai vais ser tu, evidentemente. Foi-me revelado por Deus. Tu serás o meu José.

— E o nosso filho vai chamar-se como?

— Emanuel, é claro.

Resolvido o assunto, começou a contar-me que durante muitos anos fora um rapaz. Entretanto haviam apagado as luzes dentro do avião. Passava da meia-noite. Lá fora as estrelas ardiam em silêncio.

— Quando eu era rapaz, costumava comer a senhora Presidente...

Eu já não a ouvia. Doía-me a cabeça. O sono ia-me apagando a consciência, como um blecaute na cidade, há muito tempo, nos anos da guerra, primeiro um bairro e a seguir o outro, largas extensões que desapareciam no abismo. Ao mesmo tempo imagens soltas irrompiam não sei de que oceano oculto, do interior mais profundo do meu cérebro: eu a beijar Laurentina, a minha mãe a dançar com um vestido cor-de-rosa, um cão morto, no passeio, com a garganta cortada. Lutei desesperadamente para me manter à tona. Por fim adormeci, devo ter adormecido, pois lembro-me que estava a correr nu numa praia, ao lado de Núbia, quando, de súbito, abri os olhos e vi-a inclinada sobre mim. Desabotoara a blusa e soltara o sutiã. Ali, na rápida noite, a onze mil metros de altitude, pareceu-me uma divindade indubitável. Uma versão moderna (bastante moderna, é certo) da Mãe do Salvador. Despertei, estremunhado:

— O que estás a fazer?!

— A despir a blusa. Vamos amar-nos.

— Aqui?!!

— Sim, espera um momento, vou tirar as calças.

— Não vais não. Vais abotoar a blusa.

— Não me achas bonita?

— Acho-te bonita, sim, mas também acho que não estás bem. Devias falar com um psicólogo.

— Prefiro falar com Deus. O que pode um psicólogo dizer-me que Deus não me diga? — O argumento desarmou-me. Núbia tomou o meu silêncio como uma concordância. Acrescentou em voz trocista. — Queres que vá falar com Bárbara Dulce? Ela não é psicóloga?

— Bárbara?! A Bárbara é psicanalista. É investigadora. Especializou-se em distúrbios de sono. Em sonhos. De onde é que tu conheces a minha mulher?

— Conheço tudo sobre ti...

Não conhecia, felizmente. Nem sequer sabia o meu número de telefone. Dei-lhe um número errado, mas guardei o dela. Despedimo-nos, com um beijo rápido, na fila da polícia de fronteiras. Prometi ligar-lhe, insisti em que devia descansar, e tratei de desaparecer. Bárbara Dulce aguardava por mim, lá fora, e eu não queria um escândalo.

Mãe Mocinha levou-me para um pequeno quarto, todo pintado de verde-esmeralda, a que se acede a partir do bar por um estreito corredor. Aconselhou-me a não regressar a casa nos próximos dias. Não lhe prestei atenção. O que me disse a seguir — com uma voz roubada não sei a quem —, isso, sim, deixou-me inquieto. Depois adormeceu, a cabeça deitada sobre o peito, num velho sofá. Saí dali e voltei para o bar. O meu telefone começou a ladrar no momento em que me preparava para deixar o Orgulho Grego.

(Sim, o meu telefone ladra. Serena, a minha filha do meio, substituiu o antigo toque, um discreto retinir, old fashion, *por um latido feroz. Se por acaso me distraio e não atendo logo, a máquina enfurece-se — ou melhor, o cão que há nela. Já me aconteceu estar na rua, alguém*

me ligar, e eu ver surgir do nada um rafeiro, também ele aos uivos e latidos. Tive de fugir, como um larápio, com um cão no bolso e outro a morder-me os calcanhares. Tentei repor o antigo toque, mas sem sucesso.)

Era Kianda. Disse-me que o marido a trocara por outra mulher. Acrescentou que não me queria ver mais. Nunca mais. Quando desligou, sentei-me a uma das mesas. Pedi uma cerveja. O proprietário do estabelecimento, um besugo português, muito simpático, trouxe duas cucas e um pratinho com bolinhos de bacalhau. Os melhores bolinhos de bacalhau que comi até hoje. Sentou-se à minha frente e começou a contar-me a história da sua vida. Contou-me depois como conhecera Mãe Mocinha. Ambas as histórias eram extraordinárias.

Já passava das oito quando me levantei. Liguei para Bárbara Dulce. O telefone tocou, tocou, mas ninguém atendeu. Precisava falar com ela. Teria de lhe contar que viajara com Núbia de Matos. Bárbara acharia estranho: "Porque não me disseste nada antes?", perguntaria. "Ora, querida, porque não te queria assustar. A mulher é louca. Doida de pedra." Depois contar-lhe-ia que a vira cair do céu, mesmo à minha frente, enquanto me dirigia, num táxi, conduzido por um congolês, para o Condomínio do Cajueiro. Provavelmente Bárbara voltaria a atacar, erguendo a voz um tudo-nada: "E o que ias tu fazer ao Condomínio do Cajueiro, pode-se saber?". Neste ponto eu encolheria os ombros: "Ah, sei lá! Entrevistar um labrego português, uma espécie de vidente, sabes?, é para o meu novo romance".

Fui construindo e reconstruindo os diálogos enquanto esperava por outro táxi. Bárbara falaria com o pai. O meu sogro é um homem muito influente, ligado desde a independência, desde sempre, portanto, ao Ministério da Segurança do Estado. Benigno saberia como me ajudar. Definir uma estratégia devolveu-me certa tranquilidade.

Um táxi parou diante d'O Orgulho Grego. Desta vez o motorista era um jovem indiano. Entrei e disse-lhe que me deixasse na Termiteira. Chegámos em menos de quinze minutos. O imenso salão da entrada principal estava deserto. Um guarda já muito velho dormia com a cabeça caída sobre a secretária, enquanto, diante dele, uma pequena televisão transmitia um dos meus filmes preferidos: *Blade runner*. Entrei no elevador e pedi ao ascensorista que me deixasse no quadragésimo sétimo andar. Não havia ninguém no apartamento. Encontrei um bilhete pousado sobre a mesa da sala:

Bartolomeu: a Kianda esteve no meu consultório e contou-me tudo. Fui para casa dos meus pais com as meninas. Não me telefones, nem me procures. Preciso de um tempo para pensar no que quero fazer da minha vida. Bárbara.

Deixei-me cair atordoado num dos sofás. Liguei a televisão, sem pensar, num gesto automático, e de repente lá estava ela, Núbia de Matos, um primeiro plano do rosto, de olhos fechados. A câmara mostrou depois o corpo, visto de cima, num charco de luz. Foi subindo sempre e revelando outros personagens — dois polícias, um dos quais ajoelhado junto do corpo da modelo; o segundo, em pé, tomando notas — e continuou a subir enquanto a voz do locutor crescia sobre o ruído ambiente:

— O cadáver de Núbia de Matos, antiga Miss Angola, modelo e jornalista, foi encontrado ao princípio da noite por dois camponeses, nos arredores do Condomínio dos Embondeiros, em Bom Jesus. Núbia de Matos transformou-se numa figura nacional quando, há alguns anos, conquistou o título de Miss Angola. Enveredou a seguir pela carreira de modelo. Foi durante vários anos a modelo preferida dos Irmãos Congo, tendo apresentado as coleções da Congo Twins nos principais certames mundiais da moda. Núbia apresentou também, durante dois anos, um programa sobre gente famosa na Televisão Independente de Angola. O seu desaparecimento, aos trinta e dois anos, deixa de luto o mundo da moda. A polícia não adiantou qualquer pormenor sobre a morte da modelo, que vivia sozinha num apartamento alugado, em Luanda Sul...

O telefone voltou a ladrar no meu bolso. Número privado. Quando aparece a referência "número privado" costuma ser Kianda. Atendi. Escutei uma voz de homem, escura, mergulhada no que parecia ser um rumor de festa:

— É Bartolomeu Falcato, o escritor?

— Sim...

— Fuja, se está em casa, saia agora. Vão matá-lo.

Fez o aviso e desligou. Levantei-me e cerrei os estores. Apaguei as luzes. Voltei a sentar-me, mas dessa vez no chão, encostado a um canto. Fiquei ali, a tremer no escuro, como um pequeno animal acossado. Não levara a sério nada do que Núbia me dissera. Ia tão alta a noite, tão rápida e tão convulsa, e eu tão tonto de sono, à deriva entre os meus sonhos e os pesadelos dela.

Se apenas duas ou três das afirmações que Núbia fizera fossem verdadeiras, isso já justificaria que a tivessem atirado de um avião ou de um helicóptero. Supondo que a interrogaram antes de a empurrarem porta fora, não custa imaginar que Núbia mencionasse o meu nome.

Entre os vários documentários que realizei, gosto muito de um sobre prisioneiros de consciência em África. Entrevistei vinte e sete. Alguns confessaram terem-se sentido, numa altura ou noutra, à beira de perder a razão.

— Eu passeava por lá — disse-me um padre zimbabuano, baixando os olhos. — Passeava por esse outro mundo. Era um visitante. Muitas vezes, enquanto me batiam, fechava os olhos e deixava-me ir. Fugia. Um dia compreendi que podia nunca mais conseguir regressar. Então tive medo, muito medo. Deve ter sido nessa altura que denunciei os meus companheiros. Não foi a dor que me fez falar, foi o pavor de enlouquecer.

Ao fim de algumas horas, o mais difícil para um interrogador é resistir ao contágio da loucura. O meu sogro contou-me o caso de um dissidente, um jovem estudante de economia, que depois de trinta horas em pé, sob a árdua luz de um holofote, desatou a falar num idioma alado que um dos guardas, devoto de Simon Kimbangu, assegurou ser aramaico, a língua de Jesus Cristo (escutara-a numa visita à Etiópia). O estudante passou do aramaico para o francês das Antilhas e depois para um umbundo luculento, o que a todos surpreendeu, visto o rapaz, natural de Luanda, filho de humildes colonos portugueses, nunca na vida ter ido mais longe do que o Cacuaco. Persistiu, nessas línguas todas, em insultar o Pai da Pátria, ao mesmo tempo que afirmava ser capaz de transformar os seus torturadores em lagartixas. Um deles, o kimbanguista com conhecimentos de aramaico, recusou-se a continuar depois que ao terceiro dia lhe surgiu nas mãos uma estranha doença de pele. Mais tarde também ele foi preso, e enlouqueceu, convencido de que se havia realmente transformado numa lagartixa.

(Permitam-me, entretanto, uma correção: o meu sogro não utilizou em nenhum momento a palavra dissidente. Benigno é minucioso com os vocábulos. Aos exilados, no geral, o meu sogro chama emigrantes políticos. Aos dissidentes do partido no poder chama fracionistas. O indivíduo em causa ocupou altos cargos na direção do partido até 1977. Nessa altura ligou-se a um grupo que contestava a liderança do presidente Agostinho Neto e foi preso e torturado. Depois de solto refugiou-se em Portugal. Benigno referiu-se a ele quer como emigrante político quer como fracionista.)

O que quero dizer com tudo isto?

Bem, imaginem Núbia submetida a um interrogatório duro, para utilizar outro eufemismo que o meu sogro apreciaria. Imaginem-na a misturar, desde o início, as intrigas íntimas da corte com as revelações que lhe fez o Senhor Deus. Pode ser que os interrogadores pensassem que Núbia se fingia de louca, ou que era apenas uma visitante — como o zimbabuano. Ou pode ser que lhes fosse indiferente. Louca ou não, sabia demais e tinha dado com a língua nos dentes.

Servi-me de um uísque e pus-me a caminhar pela sala em largas passadas. O mais provável é que andassem já à minha procura. Uma brigada de extermínio, algo assim, como nos filmes. Quanto ao meu querido sogro, Benigno dos Anjos Negreiros, parecia-me agora muito improvável que estivesse disposto a ajudar-me. Não depois de Bárbara Dulce lhe ter entrado em casa, aos prantos, com as duas meninas pela mão.

No dia em que me casei, minutos antes de Bárbara surgir na igreja, radiosa, Benigno arrastou-me para uma arcada sombria, debruçou-se para me ajeitar o laço, e sussurrou, sorrindo sempre, enquanto me olhava nos olhos:

— Você está a levar-me o meu maior tesouro, senhor Bartolomeu Falcato. Nunca lhe dê desgostos. Se algum dia eu encontrar a minha menina a chorar por sua causa, se algum dia lhe vir no rosto a mínima lágrima, juro que o mato.

Atrás de mim são Sebastião sofria, amarrado a um rochedo, com o branco peito crivado de setas. Tentei brincar:

— Se Bárbara chorar, será de felicidade.

Benigno endireitou-se:

— Tenho a certeza que sim.

A campainha da porta trouxe-me de volta ao presente. Levantei-me sem fazer ruído e espreitei pelo olho mágico. Vi o rosto severo de um homem, na casa dos trinta, com um bigode e um cavanhaque muito bem desenhados. Olhava diretamente para mim, embora, é claro, não me conseguisse ver. A seguir afastou-se alguns passos. Vestia um fato escuro, que lhe caía muito bem, e uma gravata de seda com a imagem de uma gueixa a tocar *shamisen*. Deslizei para longe da porta. O homem não tinha aspecto de assassino profissional, muito menos de agente da polícia política. Conheci desde simples bufos a altos quadros da segurança de Estado e nenhum usaria uma gravata de seda com a imagem de uma gueixa a tocar *shamisen*. Talvez as novas gerações se tivessem sofisticado. Saí pela porta da cozinha e galguei as escadas de serviço. No andar de cima vive Mouche Shaba, a arquiteta que desenhou a Termiteira. Mouche é minha amiga. Pensei que me poderia ajudar.

2.

Os personagens principais apresentam-se.

Boa noite, Bárbara, deixa-me entrar? Desculpe vir incomodá-la ao seu consultório. Não achei melhor solução. Você não me conhece. Julga que me conhece, mas não me conhece. Ninguém me conhece. Sou uma estrela, dizem. E acho que é verdade: sou uma estrela, sim — ardo! Depois virá uma explosão e morrerei. Na minha morte arrastarei comigo, para dentro do meu próprio abismo, tudo o que me rodeia, inclusive a luz. A luz inteira. Por enquanto sou uma estrela. Acontece-me, quando estou quase a adormecer, naquele território de fronteira em que ainda sabemos quem somos, ou julgamos saber, mas em que já não conseguimos abrir os olhos, acontece-me sonhar que voltei a ser uma pessoa, e torno a experimentar sentimentos e a rir e a chorar. Sonho que amo, e que sou amada. Sinto o assombro e a alegria dos amantes correspondidos.

Posso sentar-me? Obrigada.

Nessas alturas, quando quase sonho, aflige-me também a insegurança, o súbito golpe da tristeza, a mordedura do ciúme. Quero cortar os pulsos. Corto os pulsos. Quero matar, e eventualmente mato. Mesmo acordada ainda há momentos em que volto a ser uma pessoa. Vivo a intervalos. Amo a intervalos. Amo em clarões, entende? Amo como quem desperta, e depois retorno à cegueira do sono.

Acho que o amor é o inverso da morte.

Isto acontece cada vez mais raramente. Agora quase tudo o que faço é brilhar. Brilho, noite sim, noite não, e às vezes noite sim, noite sim, nos mais famosos palcos do mundo. O Olympia de Paris? É claro, conheço muito bem, cantei lá quatro vezes. Na Ópera de Sidney sinto-me em casa. No Royal Albert Hall então nem se fala. Os ingleses gostam de mim. Os americanos também. Quando pela primeira vez vi o meu rosto num cartaz, no Carnegie Hall, não consegui acreditar que fosse realmente eu. Conta-se que um homenzinho qualquer se dirigiu certo dia ao violinista Jascha Heifetz, vinha ele a subir distraidamente a Sétima Avenida, e lhe perguntou como fazer para ir para o Carnegie Hall. "Só há uma maneira", respondeu Heifetz. "Praticando. Praticando muito." Concordo. Foi praticando muito que eu cheguei ao Carnegie Hall.

Em Kuala Lumpur, no Dewan Philharmonik Petronas Hall, olhei para cima e vi um imenso sol artificial. Lembrei-me do sol do meu deserto. Há vários dias que comia apenas a sopa do costume, antes dos concertos, e uma peça de fruta ao almoço. Senti que me escapava o chão e desmaiei. Na Philharmonie de Berlim, cercada pelos demorados aplausos do público, ouvi um estampido. Soube mais tarde que um louco, algures numa das plateias, disparara contra mim. A bala acertou no contrabaixo. No Teatro Principal de Saragoça, depois do terceiro *encore*, alguém me estendeu um imenso ramo de rosas vermelhas. Junto com as rosas vinha um envelope. Abri-o no camarim. Encontrei um cheque de cinco mil dólares e um cartão de visita. No verso do cartão estava escrito, num inglês terrível, com uma caligrafia igualmente assustadora, em tinta violeta:

Estou no mesmo hotel que você, quarto 306. Fico à sua espera. Prometo-lhe uma noite escaldante.

A partir desse dia recuso-me a ficar no quarto 306, seja de que hotel for.

Cada palco me traz à memória um episódio diferente.

Não posso dizer que conheça Paris, Londres ou Nova Iorque. Além dos palcos conheço bem os aeroportos, isso sim, e os quartos de hotel. Poderia também dar um curso, para passageiros frequentes, sobre como sobreviver ao tédio e à asfixia no confinamento metálico dos aviões. Chego a uma cidade e vou logo para o hotel. Descanso um pouco. Preparo a roupa com que irei atuar. À tarde passo pela sala para me ambientar e fazer o *sound check*. Volto ao hotel e tento dormir um pouco. Acordo, encho a banheira de água quente, e deixo-me ficar por um bom tempo de olhos fechados, a esquecer-me de tudo. Esquecer exige disciplina. Uma hora antes do início do concerto mando fazer uma sopa, pode ser de peixe, pode ser um caldo verde, qualquer coisa exceto sopa de tomate, não suporto sopa de tomate, e tomo-a lentamente, colherada a colherada, e também isso é um exercício de esquecimento. Visto-me e vou atuar. Terminado o espetáculo, recebo algumas pessoas no camarim. A seguir janto com os músicos — vez por outra com algum VIP, um Verdadeiro Idiota Profissional — e depois regresso ao hotel. Engulo um Valium. Durmo doze horas seguidas. Um sono branco, desembaraçado de sonhos, sem cores nem sons nem emoções. Acordo e é como se ainda estivesse a dormir. Acordada também não sonho. Levanto-me e está na hora de partir para o aeroporto.

Não tenho tempo para sentir.

Não tenho tempo para sentir, compreende? Não posso parar. Não posso ter tempo para sentir. Não quero sentir.

No instante em que voltar a sentir, morrerei de tanto sentir.

O abismo, sim, etc.

Exagero?! Acha que exagero?...

Tem razão. Sou dramática por cultura e formação. Nós, angolanos, somos um pouco dramáticos — não somos? Apreciamos o excesso. Por outro lado, tenho tendência para acreditar no personagem que interpreto em palco. Muitas vezes falo como canto. Uso, sem dar por isso, versos roubados às minhas canções. Eu digo minhas, mas não são minhas, como você sabe. Os compositores procuram-me, oferecem-me as suas composições. Muitos compõem exclusivamente para mim, sabem até onde chega a minha voz, duas oitavas e meia, e compõem para mim. A um ou outro entrego versos de que gosto e deixo que sejam eles a encontrar as melodias que habitam dentro desses versos. Leio muita poesia. É o que leio. Poesia e revistas de mexericos. A poesia faz-me experimentar sentimentos diversos, saudade, revolta, melancolia, como se fosse outra pessoa a sentir por mim. Não são sentimentos verdadeiros, ou melhor, têm a mesma verdade que a luz do sol apaziguada por uma cortina. Ainda é a luz do sol, mas já não fere. As revistas de mexericos também falam de vidas que, sendo verdadeiras, não o são inteiramente. Vidas como a minha, sem muita vida lá dentro.

Só no palco me permito sentir. No palco, sim, morro de tanto sentir. Mas, claro, é uma morte fingida. Sinto tudo o que canto, dói-me o peito, chego a chorar, e são lágrimas sinceras.

... Já vê, estamos de novo a falar da verdade...

Volto-me de costas para o público tentando esconder as lágrimas, enxugo as lágrimas com a mão livre, porque tenho vergonha que me vejam tão sincera, tão desarmada, tão eu própria, no que é suposto ser apenas encenação. Porém, enquanto canto cada verso, um depois do outro, numa ordem que se repete espetáculo a seguir a espetáculo, enquanto os canto e os sinto, e choro, e me ardem os olhos, sei que não estou a morrer. Há noites em que quero morrer, quero morrer de verdade, ali, sob as luzes, mas o coração continua a bater.

Nasci numa pequena cidade de pescadores. O único edifício importante na cidade era uma fábrica de farinha de peixe. Não me recordo da fábrica, quero dizer, de como ela era, provavelmente um paralelepípedo baixo e sujo, roído pelo sal. Lembro-me do cheiro. Ainda hoje aquele cheiro me parece mais concreto do que qualquer imagem. Os meus pais trabalhavam na fábrica de farinha de peixe. Não, não eram operários. Eram os proprietários. A minha mãe foi aeromoça. O meu pai, pianista. Cheiro os cabelos da minha mãe, os do meu pai não, porque já não lhe resta cabelo algum, e cheiram a farinha de peixe.

Um dia um jornalista disse-me:

— A sua cidade já não existe. Desapareceu. Foi abandonada por toda a gente, e depois veio a areia e engoliu-a.

Disse-me aquilo assim, de chofre, para me chocar. Tinha trazido um fotógrafo. Naturalmente, esperava vender por um bom preço as minhas lágrimas. Fiz um esforço enorme, coloquei no rosto o sorriso que uso para repreender os meus músicos em palco sempre que eles erram. Sorrio assim e é como se os esbofeteasse, mas só eles percebem. Retorqui:

— Não tenho passado. Pode procurar à vontade, senhor jornalista, não encontrará nada. Nem uma cidade natal, nem um país natal, nem amigos de infância. Nada! Nada de nada! Nasço nos palcos, noite sim, noite não, e às vezes noite sim, noite sim, e no final morro nos palcos. Não existo fora dos palcos. Não existo nas noites em que não canto.

O jornalista, um tipo chamado Chambão, Malaquias Chambão, conhece? Estou a ver a cara dele, um focinho de rato, estou a vê-lo a torcer os lábios num sorriso sem luz. Dentes cruéis, minúsculos e amarelos. Uma voz noturna, um pouco abafada, como se estivesse a falar com um capuz enfiado na cabeça. Imagine um terrorista com um capuz na cabeça, um terrorista do ETA, do IRA, um talibã, enfim, um terrorista. Imagine a voz que sai quando ele fala. Era uma voz assim.

— Você existe todas as noites — disse-me. — Existia antes de se tornar famosa. Falei com pessoas que a conheceram em criança. Sei imensas coisas sobre si e a sua família. Coisas de que você não costuma falar. Acho que tem vergonha delas, e acho que não deveria ter. Pelo contrário, deveria sentir imenso orgulho.

Hálito azedo. Olheiras fundas sobre a pele flácida. Talvez estivesse doente. Tenho horror a doenças. Então levantei-me e dei por terminada a entrevista. Não gosto de jornalistas, mas vejo-me forçada a conviver com eles, a sorrir para eles. É como viver numa casa infestada de escorpiões e ter de os beijar ao invés de os pisar. Eu abraço-os — aos jornalistas —, eu abraço-os e beijo-os, e trocamos memórias de encontros anteriores. Alguns trazem-me presentes. Finjo-me encantada. Sorrio. Sorrio sempre. Na minha profissão, um bom sorriso pode ser mais importante do que uma boa voz. A maior parte das pessoas nem sequer consegue distinguir uma voz excepcional de uma boa voz. Poucas percebem quando um cantor desafina, mas todas se sentem atraídas por um sorriso agradável, mesmo falso.

Quer saber como tudo começou?

Na barriga da minha mãe. O meu pai, como você deve saber, é italiano. Veio para Angola, por motivos políticos, e apaixonou-se pela música tradicional. Aprendeu a tocar quissanje. Ele costumava tocar um quissanje muito bonito, que hoje é meu, encostando-o à barriga da mamã. Achava que o ser das profundezas, meio peixe, meio pessoa, que era eu naquela altura, conseguia perceber e apreciar senão os sons ao menos as vibrações.

— Tu foste sempre um pouco agitada — repete o papá de todas as vezes que lembra aqueles dias, e ri-se. Ele gosta de rir. — Andavas o dia todo aos saltos dentro da barriga da mamã. Assim que eu começava a tocar quissanje sossegavas. Eu parava e recomeçavas aos pontapés. Fazia belos concertos de quissanje só para ti.

Mais tarde passou a intercalar o quissanje com jazz e música popular brasileira: Mingus, Ron Carter, Ray Brown, o qual, como você sabe, foi casado com Ella. Chico Buarque, Gil, Caetano, os Novos Baianos. Colocava os fones junto à imensa barriga da mamã. Também gostava de me fazer ouvir a voz macia do Nat King Cole. O papá gostava muito do Nat King Cole. "The boulevard of broken dreams", "I don't want to see tomorrow", "Impossible", tudo isso.

Aliás, quem não gosta?

Você não?!

Bem, Bartolomeu disse-me que você tem gostos muito esquisitos. Desculpe, desculpe, não pretendia ofendê-la. Não vim aqui para isso. Você sabe porque estou aqui, Bárbara. Não sabe?

Fui feliz com ela e suspeito que nunca a conheci. Teria sido feliz se realmente a tivesse conhecido?

Penso nisto o tempo todo.

O que quero dizer é que ao fim destes anos continuo a pensar em Kianda o tempo todo. Quando pela primeira vez a ouvi cantar ela era ainda um completo segredo. Creio que se preparava para gravar o primeiro disco.

Anotei no meu diário:

Lisboa. Participei hoje numa mesa-redonda sobre Literatura e Identidade. Correu bem. Depois do jantar fui a um pequeno bar, na Mouraria, na companhia de um grupo de escritores latino-americanos. Paredes de tijolo, chão de cimento exposto, um palco apertado. Havia uma jovem angolana a cantar jazz. Composições originais, alguns temas tradicionais africanos, e velhas canções dos N'Gola Ritmos, mas com um arranjo jazzístico. Santo Deus — que voz! Gostaria de acordar todos os dias ao som de uma voz assim.

Não foi um encontro feliz. Discutimos. Ainda hoje, olhando para trás, não tenho a certeza de ter compreendido o que se passou. Kianda atacou-me e eu respondi. Foi uma troca de farpas, rápida, feroz, tão absurda que deixou nos latino-americanos a impressão errada de que já nos conhecíamos.

Estivéramos a ouvi-la cantar, incapazes de comentar o que quer que fosse, porque era evidente que ali, naquele bar sem memória, estava a nascer uma estrela. Bem sei: dito assim soa um pouco ridículo. Naquele momento — juro-vos! — não soava ridículo. Nem sequer parecia uma frase feita. Ou melhor, parecia uma frase feita para aquele preciso instante. Foi como assistir a um parto, sem o sangue, sem os gritos, sem o esforço grandíloquo próprio dos partos. Kianda levava a voz aonde queria, a alturas impossíveis, como se fosse não apenas fácil, mas inevitável. Esperámos que terminasse de cantar. Um dos escritores, um mexicano redondo e jovial, com um bravo bigode — a caricatura de um mexicano — decidiu então ir buscá-la ao pequeno palco e trouxe-a para a nossa mesa. Apresentou-nos a todos sem adiantar pormenores:

— Escrevem, estes pobres tipos. E é só o que fazem. Vivem de ser prolixos.

Kianda parecia um pouco tensa. Talvez intimidada. Pediu um chá preto. Lia pouco, sussurrou, e quase só poesia. Um colombiano, homem já de certa idade, digno mas decadente como um palácio em ruínas, apressou-se a confessar que também escrevia versos. Estendeu-lhe um livrinho magro, desamparado, cujo desmedido título nunca mais esqueci, embora não tenha guardado o nome do autor: *Tudo sobre Deus*. Falámos então de música popular brasileira. Em determinada altura, mais para manter acesa a conversa do que por convicção, confessei simpatizar com a opinião do historiador e crítico musical José Ramos Tinhorão sobre a bossa nova. Tinhorão nunca gostou de bossa nova. Defendia que os criadores da bossa nova, jovens compositores provenientes da classe média, expropriaram a cultura popular, colocando-se ao serviço das grandes gravadoras e do imperialismo cultural americano. Kianda sorriu. Manteve o tom neutro com que até àquela altura havia respondido a todas as perguntas que lhe fizéramos. Mas foi como se me tivesse esbofeteado:

— Então o Tom Jobim é um compositor da Broadway que, por acaso, nasceu no Brasil?

— Tem razão — retorqui irritado. — Tinhorão por vezes excedia-se...

— Ao que você chama excesso, eu chamo estupidez.

Levantou-se. Pediu licença para se retirar. Estava cansada, doía-lhe a cabeça. Depois que saiu, os escritores latino-americanos voltaram-se contra mim num alegre alarido:

— O que foi aquilo?! — quis saber o mexicano. — Vocês já se conheciam, evidentemente. Foste para a cama com ela, certo? Levaste a menina para a cama e depois trocaste-a por outra e desapareceste. Nunca mais disseste nada.

— Foi com certeza mais grave — interrompeu o Palácio em Ruínas. — Foi o contrário. Este cavalheiro não se deixou seduzir por ela. Ignorou-a. Só uma mulher rejeitada é capaz de tamanho rancor.

Jurei-lhes que não a conhecia, que nunca a vira antes. Recusaram-se a acreditar em mim. A noite acabou. Muitas outras noites baixaram e se foram, trazendo e levando diferentes mulheres, canções, conversas, pequenas intrigas, grandes tragédias, e eu esqueci-me daquela.

Decorreram anos, longos, férteis, estranhamente alucinados, até que o destino voltou a juntar-nos. Nessa altura já ela lançara quatro discos, e vendera, entre os quatro, quase cinco milhões de exemplares. Cantara para reis e para presidentes, inclusive para um ou outro ditador. Comovera multidões que nunca antes haviam escutado uma palavra em português, mas que apesar disso compreendiam o essencial. O essencial — como já deve ter escrito algures Paulo Coelho, e se ainda não o escreveu há de fazê-lo — raramente se exprime através de palavras. Música e matemática são formas superiores de comunicação, sendo a música uma expressão sonora, e um pouco mais rebelde, da matemática.

Enquanto a minha estrela, ou melhor, aquela que viria a ser a minha estrela, percorria o mundo, a cantar, como quem morre, ou como quem mata, dependendo da disposição, eu escrevia. Publiquei três romances durante o mesmo período. Perdi um olho na explosão de uma mina. Realizei vários documentários. Divorciei-me da minha primeira mulher e voltei a casar. Vi nascer três filhas (já tinha duas). Vi morrer a mais nova.

Compreendem? Muita coisa aconteceu nesses cinco anos, e tão rapidamente que um belo dia achei-me estranho a mim mesmo, como um cego que de súbito recuperasse a vista diante de um espelho.

(A metáfora ganha outra força, ou no mínimo merece uma maior indulgência, se tiverem em consideração que a criei eu, um ciclope. Entendo alguma coisa de cegueira.)

Foi num crepúsculo cruel, domingo no Mussulo, ia março em vertiginosa deriva. A minha filha morrera poucos meses antes e eu mergulhara na dor. Não conseguia trabalhar. Começara a beber. Sabia que estava a perder a razão. Naquela tarde deixara-me ficar estendido numa rede, no largo varandim de madeira da nossa casa de praia, meio encoberto por uma toalha. Bárbara Dulce surgiu lá de dentro abraçada à irmã. Não me viram.

— É o homem da minha vida — dizia a minha mulher. — Mas também morro por ele todos os dias. Não posso mais. Perdi a minha filha e estou agora a perdê-lo a ele. Amo-o e odeio-o ao mesmo tempo. Quero abraçá-lo. Quero matá-lo. Não sei o que fazer.

— Abraça-o! — encorajou-a Clara Bruna. — Morto já ele está.

— Não consigo.

— Então deixa-o ir. Pede o divórcio. Não podes afundar-te com ele. Tens duas filhas para cuidares.

Aquela conversa, escutada por acaso, despertou-me. Falavam de mim. Eu, o morto. Tomei a decisão de sair de Luanda por algum tempo. Viajar. Quando a minha mulher me perguntou o que se passava, fui sincero. Fazia muitos anos que não havia entre nós nada que se parecesse com sinceridade. Sinceridade é quase amor. Bárbara Dulce não protestou. Pelo contrário. Ajudou-me a fazer a mala.

Cinco dias depois eu estava sentado numa cadeira de lona, no Leblon, a beber água de coco e a ler um romance de Coetzee. Tenho a certeza de que era um romance do Coetzee, embora não me lembre qual, porque quando penso nessa tarde volto a ver o recorte preciso dos morros, o sol a iluminar a areia, e é uma luz branca e fria, como a que cai sobre as mesas de autópsias, ou sobre a carne intensa dos açougues. Se estivesse a ler, suponhamos, García Márquez, essa mesma tarde parecer-me-ia hoje húmida, barroca, com personagens extravagantes vagando no horizonte como araras palradoras. Coetzee é um bóer de formação calvinista. Márquez, um mulato latino-americano de formação católica. Onde Coetzee é dura concisão e despojamento e sexo triste, Márquez é excesso e alegria e amorosa fúria.

Voltemos para a cadeira de lona. Ali estava eu, pois, a beber água de coco, enquanto lia um romance de Coetzee, quando o telefone tocou. Atendi. Era Sigmundo Índio do Brasil, um velho amigo carioca, cineasta de algum nome e merecimento, que começara recentemente a rodar um documentário sobre a situação da língua portuguesa no mundo. Índio soubera que eu estava no Rio de Janeiro e pretendia aproveitar a coincidência para gravar uma entrevista comigo. Marcámos para as nove horas do dia seguinte, no Real Gabinete Português de Leitura. Cheguei demasiado cedo. Chego sempre demasiado cedo. Até tenho receio de morrer antes do tempo. Um destes dias morro e encontro o Senhor Deus em pijama, a longa cabeleira em desalinho, a lavar o rosto esplêndido e a escovar os dentes:

— Que porra faz você aqui? — Deus é brasileiro. Carioca, de certeza absoluta. Têm de imaginar o sotaque. — Vai embora, rapaz. Ainda não chegou sua hora.

Daquela vez tive sorte. Índio já lá estava. Movia-se de um lado para o outro, tossindo muito, como um querubim asmático, a conferir cabos, a instruir técnicos, enquanto o tempo se espreguiçava, demorado, por sob as enormes estantes carregadas de velhos livros. Ao ver-me gritou o meu nome, correu a abraçar-me:

— Maravilha, chegou o gajo!

(Não uso a palavra gajo, não gosto. Sei que tem origem no linguajar dos ciganos ibéricos. Um gachó era o nome que eles davam a quem não fosse cigano. Eu ouço essa palavra e vejo logo tabernas sórdidas, homens gordos, suados, palitando os dentes, megeras magérrimas vendendo roupa usada em feiras do interior de Portugal. Há palavras que trazem com elas um universo inteiro. Aquele, asseguro-vos, não é o meu universo.)

Índio insiste em tratar-me por gajo, ao mesmo tempo que se esforça por reproduzir o que supõe ser o meu sotaque português. Isto aborrece-me. Disse-lhe, como lhe digo sempre:

— Não tenho sotaque português...

Índio ignorou os meus protestos. Foi-me logo empurrando para um sofá vermelho, em bom couro, com o formato de uns generosos lábios de mulher. Explicou que o sofá servia de elemento de ligação. Todos os entrevistados se sentavam nele. Índio levava o sofá para onde quer que fosse. Entrevistara Mike Silver, senador americano de origem portuguesa, junto ao Grande Canyon. Entrevistara o escritor moçambicano Mia Couto em plena savana, com elefantes a banharem-se numa lagoa, escassos metros adiante. Entrevistara a escritora portuguesa Patrícia Reis no heliporto do Hotel Burj Al Arab, no Dubai. Entrevistara o sociólogo angolano António Tomás em uma das celas de uma prisão de São Paulo, rodeado por sorridentes assassinos e pequenos ladrões. Entrevistara o *rapper* chinês Mr. Mao no interior de um casino, em Macau, e uma *stripper* cabo-verdiana num *dancing* em Hamburgo. Toda esta gente sentada naquela obscenidade escarlate. Índio estava muito orgulhoso com a ideia. Consultou o relógio.

— A Kianda me ligou — disse. — Tá chegando.

— Kianda?!

— Kianda, a cantora. Vocês se conhecem pessoalmente, não conhecem?

Disse-lhe que não, e logo a seguir veio-me à memória a estranha noite na Mouraria. Não tive tempo de acrescentar o que quer que fosse porque, nesse instante, ela entrou. Pareceu-me muito mais alta. Delgada. Um lírio-vermelho (*Amaryllis belladonna*). Talvez fosse efeito do vestido comprido, negro e rubro, com uma longa gola rendada a proteger-lhe o pescoço. Os sapatos de tacão alto, pelo menos com dez centímetros, prolongavam-lhe as pernas. Avançou para nós, muito segura, beijou Índio no rosto, e a seguir estendeu-me a mão direita:

— Prazer em conhecê-lo! Li um dos seus romances, *O domador de camaleões*. Gostei. Chorei muito.

— Já nos encontrámos antes. Há uns cinco anos. Lembra-se?

Kianda franziu o sobrolho:

— Há cinco anos? Não pode ser. Há cinco anos eu ainda não existia...

Ri-me. Ela riu-se comigo. Julguei que esquecera o episódio. Índio interrompeu-nos. Explicou que ao invés de duas entrevistas, em separado, preferia gravar uma conversa entre mim e Kianda. Falaríamos sobre a importância da língua portuguesa em Angola e no nosso trabalho, e sobre a relação entre o Brasil e África. Convidou-a a sentar-se no infame sofá, ao meu lado.

— Mais perto. Tem de se sentar mais perto dele.

Kianda passou a língua pelos lábios:

— Mais perto não me parece seguro. Se me aproximo mais, este documentário corre o risco de se transformar numa outra coisa.

— Como assim?!

— Olhe, é capaz de virar um filme erótico, mesmo pornográfico. Estou a conter-me para não comer o seu amigo.

— Como?!

— Com os dentes, claro. Tenho bons dentes.

Sigmundo sorriu, embaraçado:

— Não faça isso, minha querida. Não aqui.

— Olhe que o filme ficaria mais interessante...

— Sem dúvida. Ainda assim acho melhor não. Você sabe, o Real Gabinete Português de Leitura é uma instituição conservadora.

Achei que devia dizer alguma coisa, mas não me ocorreu nada. Grãos de poeira flutuavam no ar imóvel. Fazia um calor insuportável. Senti que a camisa se me colava ao corpo. Tinha o coração aos saltos:

— Kianda é o nome que damos em Angola a uma divindade das águas — expliquei, dirigindo-me ao brasileiro. — Uma espécie de sereia. Eu nasci com uma malformação nos pés, que depois foi corrigida. Os velhos, lá em Luanda, dizem que as pessoas que nascem com esse tipo de malformação, bastante rara, são capazes de compreender a linguagem das sereias. Aos intérpretes de sereias chamamos quilambas.

— Então tu compreendes-me? — provocou Kianda.

— Não tenho a certeza...

— Podíamos começar por aí — interrompeu Índio, apressado. — Pela compreensão e a incompreensão. Estamos, como insistem tantos, condenados a nos desentendermos numa mesma língua, ou, pelo contrário, nos vimos aproximando cada vez mais?

Sabe o que mais me impressionou em Bartolomeu quando o conheci? A segurança. A segurança com que se move e fala. Naquela noite, na Mouraria, em Lisboa, quando o vi pela primeira vez, trazia o cabelo comprido, longas tranças que pareciam lutar umas contra as outras. O estilo, confesso, também me impressionou. A rebeldia. Pensei: meu Deus, que homem! Mas não disse nada. Depois Bartolomeu começou a falar e depressa me irritei. Nós, angolanos, cultivamos a arrogância como se fosse uma virtude. Confundimos o orgulho com a arrogância. A mim nada me aborrece mais. Bartolomeu veio com uma conversa completamente idiota, defendendo a superioridade da música africana relativamente à música brasileira. Criticando a música brasileira...

Criticando como?

Criticando à toa. Falando mal da bossa nova. Já não me recordo muito bem. Mas olhe, lembro-me de uma outra coisa. Uma coisa que, sinceramente, me agradou. A determinada altura ele olhou-me firmemente nos olhos e disse-me:

— Os meus amigos acham que você faz lembrar a Billie Holliday. A mim fez-me esquecer a Billie Holliday.

O meu pai era um devoto da Billie Holliday. Aliás, continua a ser. Cresci ouvindo-a cantar. Acho que aprendi a cantar com ela. No início da minha carreira, depois que lancei o meu primeiro disco, as pessoas passavam o tempo a repetir que eu era uma reencarnação da Billie Holliday. A Billie Holliday africana. Tinha gente que entrava em êxtase nos concertos, aos gritos, Billie!, Billie!, julgando que de alguma forma eu era capaz de receber o espírito dela. Aquilo começou a aborrecer-me. Queria ser eu, mas não sabia como. Abria a boca e só conseguia ser ela. Passei a odiá-la. Amava-a e odiava-a ao mesmo tempo e com idêntico calor.

Quer saber como me encontrei?

Quer saber como surgiu o segundo disco?

Ah, eis o mistério que intriga todos os críticos.

Não, não vou falar disso agora. Não vim aqui para falar disso. Fica para uma outra altura. Estava a contar como conheci o Bartolomeu. Quando nos voltámos a encontrar, cinco anos depois, ele já não usava trancinhas. Estava mais velho, e ainda mais bonito. O sofrimento caía-lhe bem.

Vocês tinham perdido uma filha meses antes.

Nem sequer consigo imaginar a dor de perder uma filha. Não quero ter filhos. Para um criador a paternidade é uma redundância. Ver os meus pais a envelhecerem já me enche de angústia. Plantei duas palmeiras no quintal da casa dos meus pais, a uma chamei Fineza e à outra Luca. Espero que as palmeiras continuem comigo depois que os meus pais partirem.

Ah, sim, tem razão, estávamos a falar do Bartolomeu. Quando voltei a encontrá-lo nas filmagens de um documentário sobre a língua portuguesa, no Rio de Janeiro, trazia o cabelo cortado rente e uma pala, como a de um velho pirata, a cobrir-lhe o olho esquerdo. Vocês haviam perdido fazia pouco tempo a vossa filha mais nova e Bartolomeu estava ainda marcado pela dor. A dor amadurecera-o. Lá estava ele, no cenário muito respeitável do Real Gabinete Português de Leitura, a ser engolido por uma boca de mulher. Perguntei ao realizador do documentário se aquilo era uma homenagem ao movimento antropofágico brasileiro. Disse-lhe que gostaria de ser aquela boca. Desculpe, às vezes digo coisas idiotas, quero que saiba tudo. Acho que você tem o direito de saber tudo. Nessa mesma noite fui sair com duas amigas, parámos num bar no Leblon, bebi de mais, e lá pelas tantas as minhas amigas desafiaram-me a ligar para ele. Não liguei, faltou-me coragem, mas enviei-lhe uma mensagem para o telemóvel: "Decifra-me ou devoro-te". Juntei o endereço do bar e meia hora depois, se tanto, Bartolomeu apareceu.

3.

Os personagens secundários apresentam-se.
Se fosse uma peça de teatro, eles viriam à boca de cena, diriam o nome, e contariam a respectiva história. Como o leitor se aperceberá, tais histórias enlaçam-se umas nas outras. Umas iluminando outras.

1. SANGUE FRIO, HUMBERTO CHITECULO E OS ANJOS NEGROS

A noite era uma matéria viva, convulsa, a deslizar lá muito em cima num surdo rumor de asas. Na manhã seguinte, compridas penas negras misturavam-se ao vermelho da terra e ao verde do capim. Durante dias andámos pelas barrocas e pelos descampados a recolher aquelas penas. Sangue Frio achava que seria possível construir com elas umas asas imensas, e voar. Suponho que lera em algum lado a história de Ícaro. Seguindo as suas instruções, fizemos as asas com as penas, arame, cartolina e alcatrão. Não era possível voar com elas, evidentemente, mas Sangue Frio atou-as às costas e passou a andar pela cidade disfarçado de anjo. Poucas semanas depois recomeçou a guerra. Lembro-me de Sangue Frio em tronco nu, enormes asas negras, óculos escuros e uma kaláchnikov a tiracolo. Lembro-me dele a dançar enquanto a cidade ardia. Por vezes eu pensava nas aves. Teriam vindo de onde?, perguntei a Sangue Frio. O herói sacudiu as asas:

— Pássaros são pássaros, piô. Seu uso é passar.

(Piô era uma palavra carinhosa com que no tempo do socialismo se designavam todas as crianças. Um diminutivo de Pioneiro. Eu também fui Pioneiro, marchei com uma arma de madeira aos ombros, a cantar: "Vou morrer em Angola/ com uma arma de fogo na mão./ Enterro será na patrulha/ granada será meu caixão".)

Sangue Frio era tão desdenhoso que inclusive desdenhava de Deus. Explicou-me: "Não confio em sujeitos ubíquos". Coragem, na opinião dele, era estar ao mesmo tempo num único lugar. Tinha dezasseis anos, dois a mais do que eu, mas parecia bastante mais velho. Encontrou a morte ao terceiro dia da guerra. Matou-o um tipo chamado Humberto Chiteculo, ex-seminarista, depois regente agrícola e professor de agricultura tropical numa universidade qualquer do nordeste do Brasil. Chiteculo viveu no Brasil vinte e tantos anos. Nunca estivera na mata e ninguém conseguiria imaginá-lo com uma arma na mão. Dir-se-ia ter sido esculpido por Giacometti, altíssimo e anguloso, com uns pés de elefante que arrastava ao caminhar.

Sangue Frio vira Humberto na televisão, durante a campanha eleitoral, a atacar o Presidente, e ganhara-lhe uma raiva obtusa. Sabia que ele morava, com outros dois deputados da oposição, num apartamento na Maianga, e decidiu ir lá buscá-los. Não teve sorte. Humberto viu-o chegar (sabia quem ele era) comandando uma tropa de adolescentes embriagados, chamou-o pelo nome e disparou. A primeira bala arrancou-lhe uma asa. A segunda atravessou-lhe o pescoço.

Caiu a noite. Caíram outras, às centenas, carregadas de estrelas e de escura solidão. Muitos anos depois, num bar da Ilha, um amigo mostrou-me uma silhueta magra, debruçada sobre uma xícara de café:

— Lembras-te dele? É o Humberto!

— Quem?

— Humberto Chiteculo! O homem que matou Sangue Frio!

Vi um velho de cabelo branco. Uma barbicha rala, sem alento, subia-lhe pelas faces até desfalecer nos malares salientes. Os olhos, pequenos e tristes, afundavam-se na carne, como diamantes na lama escura. Estava sozinho. "Dizem que gosta de catorzinhas", comentou o meu amigo com desprezo. Levantei-me, aproximei-me da mesa dele e pedi licença para me sentar. Humberto apontou-me uma cadeira vaga. Ocupei-a. Ficámos em silêncio, os dois. Por fim atrevi-me a perguntar-lhe por aquele crepúsculo fatal. Ele contou-me tudo. Comentei, desajeitadamente, que Sangue Frio morrera como um herói. Humberto castigou-me com o olhar:

— Morrer nunca é heroico, escritor, heroico é continuar vivo. — Suspirou. — Sabe, foi um acidente. Eu nunca pegara numa arma de fogo e estava completamente aterrorizado. Tente imaginar como nos sentíamos, há três dias e duas noites sem dormir, e sabendo que a nossa gente estava a ser assassinada um pouco por toda a cidade. Também sabíamos que mais tarde ou mais cedo eles viriam, como vieram...

— O que aconteceu a seguir?

— Sangue Frio caiu, e os outros fugiram. Minutos depois apareceu um grupo de militares. Levaram-nos dali, algemados, para um quartel. Aquelas algemas, um horror!, quanto mais você se tenta libertar mais elas se enterram na carne. Não sei que tipo de homem se entretém a engendrar tais maldades. Enfim, o resto você sabe. Fiquei oito meses sob a custódia do governo. Ao sexto mês o carcereiro veio dar-me os parabéns. O Presidente nomeara-me ministro das Florestas. Durante os dois meses seguintes despachei a partir da minha cela, até que finalmente me deixaram sair.

Uma pena negra pousou sobre a mesa. Ergui os olhos mas o céu estava liso, devoluto, um vasto descampado azul brilhante.

Humberto Chiteculo recolheu a pena e guardou-a no bolso da camisa.

— É sempre assim — disse. — Desde que o matei, encontro, todos os dias, uma pena negra. Guardo-as. Tenho uma arca cheia de penas iguais a esta.

— Porque as guarda?

— Porquê? Acho que um dia também eu farei umas asas. Preciso de aprender a voar.

— Esse tempo passou.

Humberto concordou com um ligeiro aceno de cabeça:

— Tem razão. Tudo mudou, até o passado.

— Sobretudo o passado. O passado vai mudando consoante o presente. O que é que você esperava? Não se consegue construir um novo futuro sem primeiro mudar o passado. Não é por você ter combatido a revolução que certas pessoas evitam hoje sentar-se ao seu lado. É porque insiste em nos lembrar que éramos nós os revolucionários.

Voltei a vê-lo faz pouco. Ao menos julguei que fosse ele. Chovia. Chovia muito, uma água dura e compacta, que batia com ruído nas vidraças. Espreitando através da janela do meu escritório, no quadragésimo sétimo andar da Termiteira, o mais alto arranha-céus de África, o décimo segundo mais alto do mundo, avistei uma sombra esguia, muito alta e magra, agitando as asas no terraço de um prédio em frente. Tenho um telescópio, equipado com máquina fotográfica, na varanda do meu escritório. Gosto de ver as estrelas. Gosto ainda mais de seguir a vida das pessoas, à noite, através das janelas iluminadas dos seus apartamentos. O que querem? Sou escritor. Escritores são, por natureza, observadores. Tirei uma dúzia de fotos ao homem alado. Parecia uma velha gárgula medieval, vigiando a cidade. Duas semanas depois acordei a meio da noite com um ruído esquivo, uma espécie de choro manso, e ao aproximar-me da janela vi, sobre o mesmo terraço, não um mas seis anjos negros. Dessa vez o céu estava limpo. Uma lua enorme, perfeitamente redonda, erguia-se triunfante por sobre a cidade.

2. ESAÚ E JACÓ

Uma noite, há uma dúzia de anos, abri a porta de um elevador, no prédio em que vivo, e descobri duas minúsculas camas arrumadas, com grande esforço, no seu interior. Pendurada numa das paredes havia uma imagem da Virgem Maria, dragão aos pés, e do lado oposto uma fotografia colorida do *rapper* 50 Cent, em tronco nu, pesada cruz de ouro a pender-lhe do largo pescoço de boi, apontando uma pistola à cabeça da Virgem Maria. Estendidos na cama estavam dois rapazes idênticos, muito, muito pequenos, um deles em bermudas de linho cru, bela camisa do tipo havaiana, e o outro envergando um elegante fato azul-escuro, camisa rosa, fina gravata negra. Cumprimentei-os, estupefacto:

— Perdão — consegui dizer. — Isto não é um ascensor?

O jovem de fato azul sorriu-me com deferência:

— Foi, sim, meu pai. Agora é habitação.

O outro corroborou, divertido:

— Antigamente subia e descia. Atualmente só desce. Podemos chamar-lhe um descensor. Uma máquina concebida para aqueles que pretendam descer na vida.

— Não diga isso, Esaú! — ralhou o outro. — Tivemos bastante sorte em conseguir alugar este pequeno espaço. Na nossa bela cidade capital está tudo pela hora da morte.

Esaú e Jacó tinham trabalhado durante muito tempo para um alfaiate indiano. O alfaiate dera-lhes emprego como ajudantes, mas depressa, adivinhando neles uma inteligência rara e um talento precoce, passou a confiar-lhes tarefas mais complexas.

Infelizmente morreu, os filhos desfizeram-se do negócio e os dois irmãos, que dormiam na própria alfaiataria, acharam-se de um dia para o outro sem emprego, sem teto e sem dinheiro.

A história dos gémeos impressionou-me muito. Gravei um pequeno documentário, mostrando-os a dormir no elevador, a procurar emprego, a trocar ideias sobre moda e a desenhar roupas. Uma semana após o documentário ter sido transmitido em Portugal (foi primeiro transmitido em Angola), Jacó bateu à porta do meu apartamento. Deixei-o entrar. Ele dava pequenos saltos, eufórico, como um coelhinho. Um atelier, em Lisboa, mostrara-se interessado em contratá-los. Ano e meio depois a Congo Twins era já uma marca registada, de considerável sucesso, no bizarro mundo da moda. Kianda conheceu-os nessa altura. Jacó costumava dizer que foram eles que a inventaram. Não foram, evidentemente, mas deram uma grande ajuda.

3. BENIGNO DOS ANJOS NEGREIROS E BÁRBARA DULCE

— A Inteligência Militar, permita-me o oxímoro, teve um papel relevante na derrota do nosso fraterno inimigo. — Foi devido àquele primeiro oxímoro (o segundo também ajudou) que comecei a simpatizar com o general Benigno dos Anjos Negreiros. Conheci-o em Budapeste, enquanto transpirávamos ambos no ar ardente e pesado, vagamente perfumado, de um sumptuoso banho turco. Benigno, como vim a descobrir mais tarde, contraíra em adolescente uma arraigada paixão por oxímoros, bem como, aliás, por todo o género de paradoxos e jogos de palavras. Partilhamos isso. Contou-me que cinco anos antes decidira passar uma semana em Budapeste apenas por haver tropeçado na surpresa de tal topónimo:

— Repare: Buda e Peste, duas cidades separadas pelo mais musical dos rios.

Tomara depois o gosto pelos banhos turcos e desde então regressava todos os anos a Budapeste para repousar o corpo e o espírito. Naquela tarde fora ele quem me interpelara, num inglês escasso e pedregoso:

— *Hot, hein? Very, very hot! But in my land, much more hot...*

Pouco depois, desfeito o equívoco, e já em bom português, conversávamos, trocávamos confidências e gargalhadas, como se nos tivéssemos conhecido havia muito tempo, no distante arrabalde de uma infância feliz. Nessa noite encontrei-o num restaurante que só servia carne de avestruz. Estava acompanhado por duas raparigas altas, absolutamente idênticas, que me apresentou como sendo suas filhas: Bárbara Dulce e Clara Bruna. Não demorei muito para compreender que as gémeas constituíam oxímoros isoladamente, e também uma em relação à outra. Bárbara era doce, luminosa, de uma natureza explícita; e Clara, obscura, um tanto amarga, assombrada por um misterioso rancor.

Benigno dos Anjos Negreiros foi sempre um "homem do aparelho". Marxista contumaz, adaptou-se alegremente à economia liberal, mas, ao contrário da generalidade dos seus companheiros de luta, não renega o passado. Hoje é um próspero empresário, com interesses na exploração de diamantes, no imobiliário e na agricultura.

— Sou um social-capitalista — informa a quem quer que estranhe vê-lo defender ao mesmo tempo o falecido Fidel Castro e a Coca-Cola. — Penso no capitalismo como sendo um caminho feliz para o socialismo, no caso de países como o nosso, que chegaram à independência sem possuírem sequer uma alta burguesia. Mas não sou democrata. Abomino a democracia. Democracia é bandalheira.

O pai de Benigno, funcionário público, natural de São Tomé, afirmava ser primo do pintor português Almada Negreiros. Benigno, como o primo Almada, gosta de chocar. Quando um semanário local publicou uma lista dos cem empresários mais poderosos do país, atribuindo-lhe uma fortuna avaliada em quinhentos milhões de dólares, apareceu na televisão aos gritos:

— Não tenho quinhentos milhões! Tenho muitíssimo mais! Essa informação equivocada pode prejudicar-me junto dos meus sócios.

O otimismo de Benigno é lendário. Um dia, há muito tempo, numa visita ao Huambo, mostrei-lhe desolado as casas em escombros. As árvores com os troncos picotados pelas balas. Disse-lhe:

— Está tudo a morrer à nossa volta.

— É verdade — concordou. — Mas também está tudo a renascer.

E mostrou-me as flores amarelas saltando alegremente das fendas nas paredes das casas. Mostrou-me o vigor verde do capim rompendo o asfalto, um grupo de crianças que brincava dentro da carcaça de um tanque de guerra, as gargalhadas infantis triunfando sobre o ferrugento rancor. Horas depois mostrei-lhe a noite de cócoras nos quintais. Benigno mostrou-me as estrelas.

No casamento de Clara Bruna, partiu dele a ideia de recriar um baile do século XIX na Fortaleza de São Miguel. Todos os convidados apareceram trajados à moda da época. Os noivos surgiram numa luxuosa machila, carregada aos ombros por oito musculosos escravos em tronco nu. Eu estava lá, com uma câmara na mão, contratado para filmar a cerimónia. Bárbara Dulce, naturalmente, também compareceu.

Naquela época eu ainda era casado com Merengue, minha prima direita, filha de um irmão da minha mãe, o general N'Gola. Casei com Merengue depois que a engravidei e o meu tio me encostou uma Magnum à cabeça. O nosso casamento assentava mais no rancor mútuo do que no amor. Nada contra, compreendam-me. Acho que o rancor tende a ser um sentimento mais sólido do que o amor. Parece-me importante que uma instituição como o casamento assente em sentimentos sólidos.

Adiante: a única mulher naquela festa que não estava fantasiada de grande dama do século XIX era Bárbara. Movia-se por entre o falso fausto vestida com umas calças de ganga, muito gastas, e uma camisa branca, de alças, como um anacronismo sensato (Benigno há de apreciar o oxímoro). Fui ter com ela:

— Pode-se saber que diabo uma mulher como tu veio fazer a Luanda, e logo em pleno século XIX?

Tentem imaginar o cenário. As fortes paredes da fortaleza revestidas com os seus tradicionais azulejos (tradicionais cópias, quero eu dizer, porque os originais já se perderam há muito) representando a fauna e a flora do país: rinocerontes, elefantes, avestruzes, os embondeiros gigantescos. Mesas compridas, toalhas rendadas. Serviçais de libré. Os cavalheiros de smoking e chapéu alto. Inclusive vi um, muito magro, muito agudo, com um esforçado monóculo entalado no olho direito. As senhoras circulavam, rumorosas, em deslumbrantes vestidos compridos. Tudo tão falso e tão ingenuamente autêntico — poderia escrever, para, uma vez mais, agradar ao meu sogro: "falsamente verdadeiro" — que me vieram lágrimas aos olhos de pura comoção. O que querem? Eu gosto do kitsch.

Bárbara sorriu docemente:

— Isto não é um país, meu querido, é um circo de *freaks*.

Uma semana mais tarde separei-me de Merengue. Três meses depois casava-me, na Igreja da Nazaré, com Bárbara Dulce Alves Negreiros. Acreditem, eu estava apaixonado.

4. LULU BANZO POMBEIRO

Durante cinco ou seis anos, Luís Banzo Pombeiro, aliás Lulu Banzo, foi mais conhecido do que Kianda. Lembro-me dele nos tempos em que também cantava. Nunca teve grande voz mas interpretava com paixão merengues e boleros. Produzia umas rimas pobres, e umas melodias singelas e virulentas, dessas que se propagam como uma epidemia, e que, aliás, deviam ser tratadas como tal. Enquanto escrevo estas linhas recordo uma delas, começo a trauteá-la, e já sei que não me abandonará o resto do dia, ocupará os meus sonhos, quando me for deitar, e talvez amanhã ainda me importune.

Resumindo: Lulu Banzo conheceu certo sucesso.

Kianda começou a cantar na banda de Lulu, como corista, não devia ter nem quinze anos. Portanto, antes de a ver, naquela noite, na Mouraria, ouvi-a possivelmente algumas vezes, ainda que à força, na rádio ou na aparelhagem de um ou outro amigo. Não me recordo. Lulu tem poucos estudos. Vem de uma dessas famílias com um pé no asfalto e outro no musseque. Um pé calçado e outro descalço. A minha mãe gosta de lembrar que antes da independência a maior parte dos angolanos andavam descalços. Hoje toda a gente tem sapatos. Conheço muito bem Luanda, o asfalto e os musseques. Viajei pelo país inteiro, estive no Dundo, no Andulo, no Luena, na Foz do Cunene. Estive em Mbanza Congo e na Chibia. Estive em Cabinda e em Oncócua. Nunca vi gente descalça, a não ser crianças. Para a minha mãe esta é a principal conquista da independência. Cuca chama-lhe dignidade.

Já a minha avó tem uma expressão capaz de definir com cruel precisão um tipo como Lulu Banzo Pombeiro: "Certas pessoas, mesmo muito bem calçadas, parecem sempre descalças".

5. MOUCHE SHABA E A TERMITEIRA

Mouche Shaba, artista plástica e arquiteta orgânica — ou vice-versa. Afirma ter nascido em São Salvador do Congo, filha de um casal de enfermeiros, poucos anos antes da independência. Terá estudado em Nápoles e em Paris, e trabalhado depois na Índia, com Laurie Baker. Nunca consegui confirmar nenhuma dessas informações. No passado de Mouche, até pelo menos ao dia em que desembarcou em Luanda, são mais as especulações do que as certezas. Às vezes penso que ela inventou a si própria como parte de um projeto artístico. Em 2008 surgiu na capital, como quem acaba de chegar de Marte, e tornou-se logo notícia. Mais ou menos por essa altura mandou fazer uma centena de soldados de chocolate em tamanho natural e cercou com eles o edifício do Parlamento e o Palácio Presidencial. Depois convidou o povo a devorar os soldados, o que o povo fez com muito apetite. Os soldados que não foram comidos derreteram ao sol.

Não obstante o êxito dos seus projetos, Mouche vive reclusa. "Mouche Shaba não existe — é um coletivo de artistas e arquitetos israelitas", anunciou certa vez um dos nossos piores semanários. Eu sei que existe, que é uma pessoa em carne e osso, porque falo com ela todos os dias. Somos vizinhos. Foi Mouche quem desenhou a Termiteira. Habito no quadragésimo sétimo andar. Ela, no quadragésimo oitavo. A Termiteira alcança os trezentos e cinquenta metros de altura, além de se prolongar no subsolo por inúmeras galerias. Recorda no aspecto um autêntico morro de salalé. Aproveita a técnica das térmitas no que diz respeito ao controle da temperatura ambiente sem custos energéticos.

Infelizmente, nem tudo correu como previsto. Vários outros grandes prédios de apartamentos e escritórios foram construídos ao mesmo tempo que este, além de um sem-número de condomínios em Luanda Sul e Bom Jesus. Quando o edifício foi projetado, ainda persistia uma terrível carência de habitação, em particular aquela destinada à burguesia emergente. Vivia-se, além disso, a euforia do petróleo. Apartamentos com cinco assoalhadas podiam custar dois milhões de dólares e vendiam-se antes que o prédio estivesse concluído. Depois, com o súbito excesso de oferta e o fim da era do petróleo, o mercado ruiu. A sociedade responsável pela construção da Termiteira foi forçada a baixar os preços. Hoje, ricos e pobres partilham o mesmo espaço, como acontece lá fora, nas ruas da cidade, com a diferença de que aqui vivemos literalmente uns por cima dos outros — quanto mais ricos, mais acima. Muitos dos elevadores não funcionam. Os que funcionam têm guardas armados à porta e servem apenas a alta burguesia. As galerias subterrâneas, onde deveriam ser instaladas garagens e oficinas, ginásios e supermercados, foram ocupadas por toda a sorte de marginais e deserdados: *junkies*, catorzinhas, pequenos ladrões sem futuro, mutilados de guerra, meninos-feiticeiros. Vivem ali, como ratazanas, em plena escuridão.

Numa das ocasiões em que visitei Mouche, ela assistia a um documentário sobre a Termiteira na pequena mas confortável sala de cinema que mandou construir no seu apartamento. Em determinada altura entrevistaram um tipo gigantesco, com uma horrível cicatriz no rosto, a quem todos chamam o Rei. Usava grossas pulseiras de cobre. Uma catana pendia-lhe da cintura. Atrás dele a Termiteira brilhava, na noite nervosa de Luanda, como uma imensa nave espacial acabada de chegar de um planeta distante.

— Repara no contraste! — gemeu Mouche. — Neste país até o futuro é arcaico.

6. FRUTUOSO LEITÃO, DITO O LEITÃO VOADOR

Como tantos outros pilotos angolanos, Frutuoso Leitão serviu na força aérea antes de conseguir ser desmobilizado e ingressar na aviação civil. Em 1985, foi acusado de tráfico de diamantes, julgado e condenado a seis anos de reclusão no Campo de Reeducação do Bentiaba. Cumpriu três. Hoje administra a sua própria companhia de aviação, The Flying Pig, cujo símbolo é um porco com asas. É ainda proprietário de várias outras empresas, no ramo da exploração mineira, da segurança privada e do comércio a retalho. Frutuoso insiste que estava inocente e que foi vítima de uma armadilha montada por um marido ciumento. Não lamenta os anos em que esteve detido:

— Não podia ter acontecido em melhor altura — assegurou-me. — O Bentiaba foi a minha universidade.

Aprendeu nesses três anos tudo o que vale a pena saber sobre diamantes. Foi também lá que conheceu a maioria das pessoas com quem hoje trabalha. Reza a lenda que Frutuoso Leitão fez fortuna ao conseguir vender um diamante negro.

Lembro-me de ter encontrado Frutuoso numa festa, já bem bebido, e de lhe ter perguntado se havia alguma verdade em tal história. Sorriu, misterioso:

— Os diamantes negros são antiquíssimos, têm mais de três biliões de anos. São tão raros e tão antigos que alguns cientistas acreditam que vieram do espaço. Talvez tenham chegado à Terra em meteoritos.

— Estou a ver, ou talvez em discos voadores. O que vendeste foi-te oferecido por um extraterrestre?

Frutuoso ignorou a ironia. Voltou a sorrir. O proprietário da The Flying Pig é um homem suave e determinado, famoso por nunca perder o sorriso. Foi torturado no Bentiaba, para confessar o que fizera a um lote de diamantes. Nem nessa altura, ao que dizem, terá abandonado o sorriso e a boa educação.

— Não acredite em tudo o que se diz sobre mim, meu caro amigo. Também eu não acredito em tudo o que se diz a seu respeito. É claro, seríamos ambos pessoas muito mais interessantes se tudo o que se diz a nosso respeito fosse verdade. De você, por exemplo, diz-se que é amante da cantora Kianda. Eu trocaria com prazer o meu suposto diamante negro pela sua presumível cantora ruiva. Ah, uma mulata ruiva, fogosa e com uma voz de anjo — pode um homem desejar mais? Infelizmente não é possível comerciar suposições.

Frutuoso mandou construir em Benguela, a sua cidade natal, uma réplica exata da casa que possui em Luanda. Os móveis em ambos os edifícios são idênticos. Os títulos nas estantes das bibliotecas repetem-se, dispostos pela mesma ordem, assim como os discos na discoteca. Pediu a um falsificador que fizesse cópias perfeitas dos quadros que tem em Luanda, e levou-as para Benguela.

— É um sistema muito prático — explicou-me. — Vou de Luanda para Benguela sem nunca mudar de casa.

Para que a ilusão seja completa, contratou duas empregadas e dois jardineiros gémeos. Uma das irmãs fica em Luanda e a outra em Benguela, e Frutuoso chama as duas pelo mesmo nome. Procede de forma semelhante com os jardineiros, sendo que estes têm a obrigação de criar jardins análogos.

7. RAMIRO, O ARTISTA, E A SUA IRMÃ, A BELA MYAO

Foi Bárbara Dulce quem primeiro me chamou a atenção para os desenhos. Cobrem muros inteiros, paredes de velhos armazéns abandonados, qualquer superfície mais ou menos lisa, e são feitos a lápis, a carvão, ou, mais raramente, a giz, neste caso sobre o asfalto, em estradas pouco movimentadas. Os mais impressionantes, pela riqueza do detalhe, são os desenhos a lápis. Representam paisagens urbanas. Não se veem pessoas ou animais. Um dia reconheci um dos edifícios. Mais tarde, através dos filmes que fui fazendo, percebi maravilhado que não só o desenho dos edifícios era absolutamente fiel à realidade como nunca eram executados à vista. O artista desenhava-os de memória. Um desenho do Hotel

Mimese, por exemplo, dá a ver cada um dos dezoito andares e a renda, simulando uma buganvília, das largas varandas em ferro forjado, todas as janelas e, inclusive, o número exato das borboletas, em cerâmica, no detalhe da porta principal. Contei depois os candeeiros (doze), e as acácias rubras (doze) na avenida Mário Pinto de Andrade, onde fica o Mimese, e fui seguindo os pormenores dos restantes edifícios, até ao Teatro Tropical — aí terminava o muro e o desenho. Descobri o panorama da avenida Mário Pinto de Andrade num muro de uma fábrica de cimento, a muitos quilómetros de distância, em Luanda Sul. Comecei a interrogar as pessoas, na rua, sobre a autoria daqueles desenhos. O meu velho amigo Rato Mickey, que costuma vender estatuetas de marfim — não são de marfim, é claro, são de um tipo de plástico que imita o marfim — em frente ao Palácio de Dona Ana Joaquina, assegurou-me ter visto um rapaz alto, bem-vestido, a desenhar nas falsas paredes do edifício uma fabulosa vista da Ilha. Rato Mickey não vê nada. É cego. Perdeu os olhos na mesma fração de segundo em que eu perdi o esquerdo. Contudo faz de conta que vê. Tem um bom ouvido. Conversa muito. A partir do que escuta é capaz de contar um episódio qualquer como se realmente o tivesse visto.

Duas semanas mais tarde, uma vendedora de artesanato, no quilómetro 17, disse-me ter tentado conversar com um jovem que, diante dela, desenhava os prédios da Corimba. Ele ignorara-a:

— Não ouve, não fala, só desenha. Deve ser, mas é cacimbado.

Finalmente, numa manhã de domingo, dei com o rapaz ocupado a ilustrar o interminável muro do Condomínio do Cajueiro. Desenhava barracas! Barracas parecem-me todas idênticas. Podiam pertencer quer ao Cazenga, quer ao Rocha Pinto, quer a qualquer outro musseque luandense. Mas, claro, àquela altura eu já sabia que as barracas ali desenhadas reproduziam com assustadora precisão modelos reais. O rapaz estava vestido de forma um tanto invulgar, sobretudo atendendo ao calor: calças e casaco em algodão preto, camisa azul, com a gola aberta sobre a aba do casaco, e na cabeça um belo chapéu de coco, desses redondos, como os que usava Charlot. Aproximei-me dele lentamente, câmara na mão, com receio de que se assustasse e fugisse.

— Você é um grande artista. Há meses que o procuro.

Nem sequer se virou para me olhar. Aos pés dele, numa caixa de sapatos, havia dezenas de lápis, de todas as dimensões, uns novos, outros usados. Vi também pedaços de carvão, giz e uma navalha.

— Tenho seguido o seu trabalho! — A indiferença dele fazia-me sentir estúpido. — Filmei vários dos seus murais. Acho-os realmente extraordinários. Desculpe, não me apresentei. Chamo-me Bartolomeu Falcato e sou escritor e documentarista. Gostaria de o entrevistar.

Passei a câmara para a mão esquerda e estendi-lhe a direita. Nem assim se dignou encarar-me. Aproximou-se ainda mais do muro. Pareceu-me que tentava entrar no desenho. Tirei um cartão de visita do bolso das calças e coloquei-o na caixa de sapatos.

— Se quiser falar comigo, tem aqui o meu contacto.

Afastei-me meia dúzia de passos e filmei-o enquanto desenhava. Era dezembro, uma manhã de céu amplo e lavado. O sol queimava. Fiquei ali uns vinte minutos, suando sob a dura luz. O rapaz, esse, estava encharcado, mas nem isso o distraía. Trabalhava de olhos semicerrados, numa atenção sem falhas, inteiramente entregue à minuciosa tarefa de reconstruir o mundo — naquele caso a miséria do mundo — num muro de um condomínio de luxo.

Nessa noite o telefone tocou. Uma voz fresca, muito jovem, perguntou por mim. Disse que se chamava Myao, e era irmã de Ramiro, o artista. Não compreendi:

— Quem?!

— O artista! O que pinta grafitis. Ele disse-me que o encontrou...

— Ah, sim! Mas não falámos.

— Bem sei. Ramiro não fala.

— Se não fala, como é que lhe disse que eu estive com ele?

— Comigo fala. — Hesitou um instante. — Comigo por vezes fala, ou quase fala. O senhor não me conhece mas eu conheço-o. Vi um dos seus documentários.

— Gostou?

— Isso é importante?

— Claro! Não gostou?

— Gostei. Por isso estou agora a falar consigo. O meu irmão disse-me que você quer entrevistá-lo.

— Sim, estou fascinado com o trabalho dele. Como é que Ramiro consegue memorizar tantos detalhes?

— Não sei. Foi sempre assim, desde muito pequeno. Infelizmente não o pode entrevistar. Como lhe disse, Ramiro não fala.

— Posso vê-lo? Tentar falar com ele? Falar consigo?

— Acho que sim. — Hesitou um momento. — Somos vizinhos.

— Somos vizinhos?!

— Sim. Nós também moramos na Termiteira. Estamos no vigésimo andar. Apartamento H.

Meia hora depois, toquei à campainha do apartamento H, no vigésimo andar. Abriu-me a porta uma menina de olhos amendoados, finíssimas tranças negras à solta pelas costas. Era uma criatura quase insubstancial. A luz atravessava-a sem esforço, como a uma cortina de seda.

— Desculpe. Gostaria...

— Sou eu, Myao. Faça o favor de entrar.

Entrei. Uma lâmpada de tungsténio, presa ao teto, deixava ver duas cadeiras a um canto e uma velha televisão de plasma sobre um caixote de madeira. Reparei nas paredes cobertas por desenhos a lápis. Reconheci imediatamente o Prédio Esplendor, que Mouche desenhou para a Rede Privada de Eletricidade, e um horroroso conjunto habitacional, em Luanda Sul, destinado a albergar as famílias dos pescadores desalojadas na sequência da privatização da Ilha de Luanda. Myao indicou-me uma das cadeiras. Sentei-me. A menina sentou-se na outra.

— Quantos anos tens?

— Porquê?

— Porque talvez fizesse mais sentido eu conversar com os teus pais.

— Não tenho pais.

— Vives sozinha?

— Vivo com o meu irmão.

— E quem cuida de vocês?

— Eu cuido de mim e do meu irmão.

— Tu?! O que aconteceu aos vossos pais?

— Desapareceram...

— Desapareceram como?

— Desapareceram! — Myao olhou-me com impaciência. — Quer mesmo fazer o tal filme sobre o Ramiro?

— Um documentário, sim. Tu não podes ter mais de quinze anos. O teu irmão tem quantos, dezasseis?

— Dezoito!

— Ele é autista, correto?

— Não é autista! O Ramiro não gosta de falar com estranhos.

— Compreendo. O problema é que para ele todos nós somos estranhos, certo? Todas as pessoas...

— E o senhor não concorda? Somos todos estranhos uns em relação aos outros. Podemos usar as mesmas palavras mas não falamos a mesma língua.

— Há quanto tempo vivem sozinhos?

— Treze meses.

— Meu Deus!

— Não posso deixar que faça o filme. A minha mãe desapareceu, deixou-nos sozinhos. Se o senhor fizer o filme virão buscar-me, levam-me para um orfanato, afastam-me do meu irmão.

— Ninguém te vai afastar do Ramiro. — Disse-lhe isto e baixei os olhos. — Sim, tens razão. Talvez afastem. O que aconteceu aos teus pais?

A menina suspirou:

— O meu pai morreu num acidente antes de eu nascer. A minha mãe não sei se morreu. Desapareceu.

— Desapareceu?

— Sim, desapareceu. Um dia saiu para trabalhar e já não regressou.

— O que é que ela fazia?

— Era advogada.

— E ninguém estranhou? Ninguém veio à procura dela?

— Não! Já lhe disse que não!...

— Vocês têm, é claro, mais família, alguém vos deve ter ajudado...

— Não temos. O meu pai era chinês, engenheiro civil, chegou a Angola para trabalhar na construção das estradas. A minha mãe foi criada num colégio de madres. Perdeu os pais na guerra. Nunca teve família.

Um dia, ao regressar a casa, vinda da escola, que funciona no próprio edifício, Myao não encontrou a mãe. Esperou por ela a noite inteira. Às cinco da manhã o telefone tocou. Atendeu. Escutou do outro lado — onde seria o outro lado? — uma respiração ansiosa, e depois a voz da mãe, dizendo-lhe que teria de se ausentar por várias semanas. Deixara uma carteira, com um cartão de crédito, na mesa de cabeceira do seu quarto. Deu-lhe o código do cartão. Pediu-lhe para não alertar os vizinhos, muito menos a polícia. Insistiu para que cuidasse do irmão e continuasse a frequentar a escola. Foi dessa forma, aos doze anos, que Myao deixou de ser criança.

8. RATO MICKEY, EX-MESTRE ANTÓNIO TABORDA

Quando o conheci, Rato Mickey ainda se chamava António Taborda, mas era mais conhecido por Mestre devido à sua experiência e talento como sapador. Mestre António Taborda trabalhava no Cunene, para uma organização não governamental alemã especializada em desminagem. Num certo dia de fevereiro, terça-feira de carnaval, às três da tarde, fui com ele, de jipe, até uma localidade chamada Londe, na intenção de o filmar enquanto limpava um troço da estrada. Mestre António trouxera a sua ajudante, uma fêmea de pastor-alemão muito mansa, muito inteligente, chamada Baby. O ofício da cadela era o olfato. O de Mestre António, o tato. Quero dizer: o sapador seguia o animal e quando este se sentava, muito direito, começava a escavar à esquerda dele, até dar com a mina. Depois desarmava-a. Enquanto trabalhava, improvisava *raps*.

— Sou especialista em rimas e armadilhas — dizia às gargalhadas. Lembro-me dos primeiros versos de um *rap* que Mestre António costumava cantar enquanto desarmava as minas:

Juro por Deus
e sangue de pacaça.
Você me ameaça,
Me prende, põe mordaça.
Amanhã
Acabo com sua raça.

Chovera nesse dia. O capim, de tão verde, parecia cantar. A neblina sobre o asfalto era um manto de noiva. Um bando de rolas agitou de súbito o ar parado. Mestre António Taborda estava de cócoras, ainda nem sequer havia colocado a máscara de proteção quando as rolas passaram. Ele ergueu os olhos para o céu e sorriu. Eu encontrava-me de pé, um metro e meio atrás dele, a preparar a câmara. Baby, que já se tinha sentado, denunciando dessa forma a mina oculta, à sua esquerda, ergueu-se e ladrou. Avançou dois passos, e foi esse brevíssimo momento de entusiasmo, essa paixão pela vida, que a matou. A explosão arrancou-lhe a cabeça e no mesmo sopro de fúria arrebatou o rosto de Mestre António Taborda. A mim, um estilhaço penetrou-me no pescoço, outro no ombro, sem consequências graves, e o terceiro furou-me o olho esquerdo. Mestre António Taborda passou muitos meses num centro de recuperação de mutilados, em Viana, onde o ensinaram a trabalhar madeira. Um dia alguém lhe ofereceu uma máscara de Rato Mickey — deve ter sido no carnaval seguinte — e ele nunca mais a tirou. As pessoas habituaram-se a vê-lo assim. É menos assustador do que um homem sem rosto. No centro de recuperação de mutilados também lhe ofereceram um cão, um labrador negro, fêmea, à qual ele deu o nome de Baby Segunda. Porém, depois que se transformou em Rato Mickey, Baby Segunda transformou-se em Minnie. Fazem um belo par.

9. HALÍPIO ONRADO E O ORGULHO GREGO

Halípio Onrado vai nos oitenta, bem entrados, mas continua a falar da vida com um entusiasmo de menino, os olhos tão brilhantes que se torna necessário certo esforço para lhe ver as rugas. Foi pescador. Hoje ocupa o balcão de um pequeno bar, o Orgulho Grego, cujo antigo proprietário, um grego chamado Charalampos, foi morto há anos, enquanto festejava a vitória do seu país sobre Angola num importante jogo de futebol. O Orgulho Grego fica num prédio decrépito, no Quinaxixe, e reúne nas suas escassas mesas, sempre sujas, uma turma excêntrica. É um excelente local para um tipo como eu, um coletor de histórias, observar a humanidade.

Eis, a título de exemplo, a história de como Halípio Onrado, português de Viseu, aprendeu a fazer os seus famosos bolinhos de bacalhau. Passou-se isto nos anos 70 do século passado. Imaginem uma traineira, sem combustível, à deriva num mar em cólera. O radiotelegrafista batera com a cabeça numa trave e desmaiara. Halípio era, para além dele, a única pessoa a bordo que quase sabia escrever. Então sentou-se e escreveu, ou quase. Deve ter errado muitíssimo na ortografia e na sintaxe porque nenhum navio os veio socorrer. Todavia a tempestade amainou. Subitamente as grandes vagas escuras desapareceram e diante deles abriu-se um liso espelho cor de esmeralda. Talvez Deus, que é capaz de ler direito mesmo as frases mais tortas, se tenha apiedado do pobre Halípio e dos seus companheiros, enviando-lhes toda aquela calmaria. Depois, provavelmente por um excesso de afazeres, voltou a esquecer-se deles. Ao fim de vinte dias a errar longamente pelo mais belo mar do mundo, ou pelo mais profundo esquecimento de Deus, como queiram, Halípio chegou a duas conclusões:

1. também a beleza pode ser estéril: um mar sem peixes;
2. a beleza só pode ser devidamente apreciada com a barriga cheia.

O telégrafo deixara de funcionar; ou fora a atmosfera que deixara de funcionar, o que naquelas circunstâncias dava igual. Halípio escreveu uma mensagem com um novo pedido de socorro, colocou-a numa garrafa, selou-a e lançou-a ao mar. A garrafa não se afastou, foi-os seguindo sempre, como um cachorrinho tímido, e inclusive chamou outras. Ao vigésimo sexto dia deram com umas boas centenas de garrafas a rodear o barco. Lançaram as redes à água e pescaram algumas. Não eram mensagens de marinheiros que, como eles, houvessem perdido as graças do mar. Eram antes — assegurou-me Halípio baixando a voz — recados do Além: na primeira garrafa que abriram encontraram uma mensagem da mãe do radiotelegrafista, falecida quando este era ainda criança num estúpido acidente doméstico. Na segunda, uma mensagem de um velho amigo de Halípio, desaparecido na guerra, em Moçambique. E por aí fora, sendo que todas as mensagens se dirigiam diretamente a cada um dos pescadores presentes no barco. Halípio contou-me tudo isto sentado a uma das mesas do pequeno bar. Terminou de beber a cerveja. Pousou um olhar carinhoso sobre o pesado rafeiro amarelo adormecido aos seus pés. Espreguiçou-se. Pôs-se a palitar os dentes, os olhos perdidos no passado. Finalmente prosseguiu:

— Xerto. Era como se o mar estibexe xeio de bojes.

O que querem? Mesmo a falar Halípio Onrado erra a ortografia. Os mortos requeriam nas suas mensagens pequenos favores dos vivos, e a indulgência da sua memória, desculpavam-se por episódios passados, esclareciam outros. Os pescadores estavam tão esfomeados que se alimentaram das mensagens, cozinhando-as com um pouco de água da chuva. Halípio guardou apenas um bilhete da avó, no qual esta lhe transmite a receita dos famosos bolinhos de bacalhau e vaticina que um dia, quando Angola for independente, essa receita lhe será muito útil. Halípio mostrou-me o bilhete. Um papel amarelo. Tinta azul, um pouco desbotada. Arrancou-mo das mãos antes que eu conseguisse ler o segredo. Os bolinhos são maravilhosos, acreditem: uma receita do outro mundo.

10. MÃE MOCINHA

Mãe Mocinha chegou a Luanda em busca de um bom marido. Tinha então oitenta anos. Mandou colocar um anúncio no principal jornal diário, com uma fotografia sua, a preto e branco, vestida de baiana e o seguinte texto:

Senhora brasileira em boa situação financeira procura homem até aos quarenta anos, alto, preto, bem parecido, que saiba dirigir e tenha algumas noções de contabilidade, para fins matrimoniais.

Recebeu quinhentas e cinquenta e quatro respostas. Não ficou muito entusiasmada. A decisão de procurar um marido fora-lhe imposta pelo único homem que até àquele dia verdadeiramente amara — o Alemão.

— O espírito dele não conseguia seguir o seu caminho — explicou-me. — Estava preso a mim. Então ele pediu-me, insistiu muito, para que arranjasse um marido e o libertasse. Eu não queria um marido feio, velho. Vim a Luanda porque me garantiram que aqui encontraria homens bonitos e muito pretos. Pretos como carvão.

Fosse este relato um filme e poderia começar com a imagem de uma mulher pousando uma criança recém-nascida sobre os carris de uma linha férrea. Veríamos depois surgir ao longe, numa curva, um monstro mecânico. Havíamos de vê-lo a ganhar forma e furor, preparando-se para investir, num longo uivo, contra a carne frágil. A seguir surgiria um homem alto, atrás da mulher, longe, demasiado longe, de tal forma que, mesmo correndo, não conseguiria salvar a criança. Então puxa de uma pistola e aponta-a à cabeça da mulher:

— Tire a menina! — grita. — Tire a menina ou disparo!

A mulher arranca a bebé dos carris e entrega-a ao pistoleiro. O comboio afasta-se. Afunda-se (afundar-se-á) no passado. Assim começou a vida de Mãe Mocinha. Hoje tem noventa e dois anos, mas a pele do rosto ainda é lisa e brilhante, muito negra. Apenas os olhos traem certo cansaço. Criada pela avó paterna, sofreu fome e inúmeros maus-tratos e humilhações antes de se transformar numa das mais respeitadas sacerdotisas dos terreiros de candomblé de Salvador, com o nome de Mãe Mocinha.

Casou. Porquê?

— Ah, filho, porque não casar era pior.

Deu à luz cinco filhos. Teve amantes, não tanto para se distrair, antes por estar distraída, e entre o terreiro e a cama, foi vendo, sem muito ver, a torrente do tempo a deslizar. Um dia, completara já os sessenta anos, achou-se em Corumbá a convite de um qualquer político. Precisava de um motorista e indicaram-lhe um rapaz de vinte anos, loiro e desamparado, que chegara até àquele abafado fim de mundo vindo de Santa Catarina. Tudo o que os pais, imigrantes alemães, lhe haviam dado, estava à vista: os lisos cabelos dourados e os olhos de um azul atónito. O resto — alguma disciplina, uma noção do Brasil e a carta de condução — dera-lhe a tropa.

Mãe Mocinha entendeu que seria mais sensato experimentá-lo. Nessa mesma noite levou-o para o quarto. O rapaz mostrou-se delicado, dedicado, um tanto ou quanto desajeitado, mas disposto a aprender. No dia seguinte, partiram ambos para Salvador. Ezequiel, o legítimo marido de Mãe Mocinha, agonizava havia anos numa cadeira de rodas. Sofria de diabetes. Perdera uma perna na sequência da doença, e uma boa parte do orgulho, juntamente com a perna, mas sobrou-lhe o suficiente para se arrastar durante a noite até ao quarto onde dormia o Alemão. Mãe Mocinha acordou com os gritos do marido. Deu com ele sentado no chão, segurando uma navalha de encontro ao branco (muito branco) pescoço do rival:

— Vou matar o menino!

Mãe Mocinha tirou-lhe a navalha da mão:

— Vai matar coisa nenhuma.

Deu um calmante ao marido e outro ao Alemão. Uma semana mais tarde já o rapaz ajudava o velho a vestir-se e a lavar-se. Levava-o a passear. Tomavam sol juntos enquanto liam o jornal. Ficaram amigos. Quando dois anos depois Ezequiel morreu, foi o Alemão quem mais o chorou. Era a ele, no funeral, que as pessoas primeiro se dirigiam para apresentar condolências. Mãe Mocinha viu-se forçada a admoestá-lo:

— Comporte-se. Não esqueça que era eu a esposa dele.

— Bem sei — concordou o Alemão, inconsolável. — Também tínhamos isso em comum.

Nos anos que se seguiram, o Alemão foi o marido atento, o amante ardente, o namorado romântico, o motorista e o contabilista de Mãe Mocinha, ao mesmo tempo que ascendia na complexa hierarquia dos terreiros de candomblé.

— Durante vinte anos nunca saiu de baixo do meu olhar. — Ainda hoje Mãe Mocinha se comove ao recordar o Alemão. — No terreiro, por exemplo, ele arranjava sempre maneira de se colocar onde eu o visse. Nunca pediu nada em troca. Quando veio viver comigo, dei-lhe dois mil dólares, o que na época era bastante dinheiro, para o caso de eu morrer e ele precisar. Mas ele morreu antes de mim. Ao arrumar as coisas dele, encontrei os dois mil dólares, enroladinhos, dentro de uma gaveta.

Aconteceu num fim de tarde infeliz, de nuvens espessas e negras, e se não as havia passou a haver, porque é como o imagino. Mãe Mocinha foi com o Alemão cumprir um ritual propiciatório num pequeno bosque nos arredores de Salvador. O Alemão desceu. A velha senhora permaneceu no carro. Subitamente três vultos emergiram das sombras. Um garoto arrancou-lhe os colares e os anéis. Os outros dois desceram o vale. Soaram tiros e os assaltantes fugiram aos gritos. Quando Mãe Mocinha chegou junto do Alemão, este já não vivia. A mãe de santo, louca de dor, lançou-se a correr pela estrada. Queria ser colhida por um camião, mas enquanto corria ouviu uma voz, a voz do falecido, implorando-lhe que parasse:

— Pare, minha mãe, você não pode morrer agora.

Não morreu. Tornou-se amarga e cética. Começou por recriminar Deus, para a seguir o negar. Fez o mesmo aos orixás.

— Ah, filho, as pessoas vinham procurar-me e eu fingia que acreditava, mas não acreditava em nada. Não achava possível que a existir um Deus ele fosse capaz de me dar um amor tão bonito para a seguir mo roubar. Que Deus faria uma tal maldade?

Foi com este estado de espírito que Mãe Mocinha chegou a Luanda. Recebeu os candidatos a marido na casa onde estava hospedada, residência de um dos seus filhos de santo, um publicitário baiano radicado no país. O primeiro a aparecer foi um jovem de vinte e poucos anos. Parecia simpático, sincero, mas Mãe Mocinha achou-o demasiado simpático, demasiado sincero, e despachou-o. Veio o segundo, e era demasiado baixo, e o terceiro, demasiado gordo, e por aí fora. O décimo quinto a sentar-se à sua frente foi Halípio Onrado:

— Você não parece muito preto — protestou Mãe Mocinha. — E também não parece ter menos de quarenta anos.

— Serto! — Confirmou Halípio Onrado. — E também não conduzo, e erro muito, sobretudo a escreber. Mas beja a xenhora que sou omem onesto e trabalhador, e estou disposto a entregar-lhe o meu coração até à morte.

Mãe Mocinha mirou-o atentamente. Viu-o por dentro, negro e solene, e todo certo em seu amplo coração de homem. Sorriu. O Alemão poderia partir sem mágoa. Ela teria alguém a quem se amparar e com quem rir nos anos que lhe faltava viver. Levantou-se e foi dizer aos duzentos e tantos outros candidatos que aguardavam lá fora, sentados nos degraus da escada e no passeio, que podiam regressar a casa. Ela encontrara o seu novo marido.

11. TATA AMBROISE E O SEU LABIRINTO

Há um bom par de anos realizei um documentário chamado *O labirinto de Deus*. Foi um sucesso. Conquistei com ele diversos prémios em festivais internacionais, demorados aplausos da crítica e do público, e a perplexidade geral. O mérito não é meu, reconheço-o. O verdadeiro autor da obra é Tata Ambroise. Eu limitei-me a filmar a sua grandiosa, perturbadora e contraditória obra.

Quando nos distantes anos 80 do século passado Tata Ambroise chegou a Luanda, vindo de Kinshasa, encontrou as ruas tomadas por centenas de loucos. Eram quase todos antigos combatentes. Foçavam nos caixotes de lixo, à procura de restos de comida, ou enfrentavam os automobilistas com o seu olhar vazio, irado, maravilhado — dependendo do grau e do tipo de loucura —, com o que conseguiam mais alguns trocos.

Tata Ambroise decidiu então recolher esses homens. Dar-lhes um teto (bem, um teto exatamente não), alimento e alívio espiritual. Tata Ambroise vem de uma família de ervanários e curandeiros e dispunha na época de um pequeno pé-de-meia. Com o que tinha, e a ajuda de familiares e amigos, comprou um terreno nos arredores de Luanda e construiu nele um complexo sistema de muros e mais muros, altos e muito brancos. Longos corredores conduzem a exíguos pátios, e aí se bifurcam, prosseguindo depois em direção a novos pátios, e assim indefinidamente, numa vertigem que esplende e rejubila sob o céu livre de Angola. Filmei, nos pátios, homens musculosos, completamente nus, a cabeça rapada, pintada de branco, presos pelos tornozelos com grossas cadeias de ferro a motores ferrugentos e outras pesadas peças mecânicas. Este labirinto tem um nome: Centro de Saúde Mental Tata Ambroise. E cresceu.

Cresceu imensamente. Hoje abriga largas centenas de pessoas.

(Abrigar pode ser considerado, neste caso, um verbo generoso, afinal de contas aquele desvairado labirinto nem sequer possui um teto.)

O Centro de Saúde Mental Tata Ambroise recebe apoio governamental, de instituições privadas e de familiares dos acorrentados. O governo entrega a Tata Ambroise não apenas os doentes mentais sem eira nem beira que vagueiam pela cidade e arredores, mas também um ou outro dissidente mais contestatário. O facto de alguém denunciar, com excessiva veemência, as políticas governamentais, ou a inexistência de políticas governamentais e de uma "verdadeira democracia", seja lá o que isso for, já indicia, na opinião dos nossos dirigentes, certa instabilidade mental.

Tata Ambroise também cresceu. Na época em que o entrevistei era um sujeitinho magrinho, rostinho comprido, débil bigode a adejar sobre uns lábios sempre tristes. Vestia uma bata branca, muito puída, e trazia um estetoscópio partido pendurado ao pescoço. Vi-o recentemente na televisão e não o reconheci. Transformou-se num homem enorme. Um compacto bigode grisalho atravessa-lhe agora o rosto redondo. Ostenta gravatas douradas e grossos anéis de ouro nos dedos roliços. Reparei nas unhas esmaltadas. Todo ele um resplendor. A entrevistadora perguntou-lhe qual a diferença entre a medicina ocidental e as técnicas aplicadas no seu centro para a recuperação dos doentes mentais. Tata Ambroise encheu o peito de luz:

— Sabe que na tradição africana não existem patologias mentais. Nem patologias nem galologias, tão pouco avestrulogias, ou outras doenças penosas. Isso são invenções dos brancos. O que se passa é que os espíritos dos nossos antes queridos…

— Entes queridos?!

— Ou isso. Os espíritos dos nossos entes queridos por vezes erram, e nessa errância encostam-se ou apossam-se de um corpo vivo e é este encosto que gera perturbações. O que eu faço é apaziguar os espíritos. Tento colocá-los de novo no bom caminho. Ao mesmo tempo trato os problemas físicos que possam existir com recurso a ervas e outras mezinhas tradicionais. No Centro de

Saúde Mental Tata Ambroise não usamos drogas químicas. Só produtos naturais.

— Qual a percentagem de sucesso dos tratamentos espirituais aplicados na sua instituição?

— Cento e cinco por cento!

— Cento e cinco por cento?! Quer dizer que em cada cem pacientes, cento e cinco ficam curados?

— Exatamente! Às vezes até mais. O que acontece é que podemos ter a pouca sorte de encontrar espíritos muitíssimo errantes, ou menos colaborantes, espíritos rebeldes, e levamos mais tempo a conduzi-los para o caminho da luz.

— Quanto tempo?

— Bem, temos lá gente há vinte anos, talvez mais...

Desliguei a televisão. Durante longos meses, depois que filmei *O labirinto*, acordava aos gritos, a sonhar que me haviam fechado lá dentro, e que eu errava por aqueles corredores, arrastando pesadas correntes de ferro presas aos calcanhares. A terra ali é vermelha. Muros brancos, terra vermelha, e o azul do céu lá muito em cima. Nos meus pesadelos eu via os aviões a passarem.

12. MALAQUIAS DA PALMA CHAMBÃO

Malaquias da Palma Chambão não chega a ser exatamente um homem. Fisicamente, moralmente, intelectualmente, não pode ser considerado outra coisa senão um esboço um pouco rude do que poderia vir a ser um homem.

(O.k., exagero, às vezes deixo-me arrastar pela literatura e pelo rancor. Seja como for, não gosto dele. Odiá-lo, odiar pessoas como Malaquias, parece-me um dever cívico, e no entanto o tipo fascina-me.

O mal fascina-me. Os personagens abomináveis, como toda a gente sabe, são literariamente mais interessantes do que aqueles de coração puro. Criar um personagem bom, literariamente interessante, representa um desafio para qualquer escritor. Pensem por um momento nos personagens literários que mais vos marcaram. Já pensaram? No meu caso: o Ega, do Eça de Queirós; o Humbert Humbert, do Nabokov; o Mandrake, do Rubem Fonseca; o ex-oficial nazi Maximilien Aue, do Jonathan Littell. Não consigo lembrar-me de nenhum personagem de coração puro, excetuando a Branca de Neve. Nunca simpatizei com a Branca de Neve. Em Malaquias percebe-se uma luta entre a maldade triunfante e um resto de idealismo juvenil. Acho que isso — a consciência de que se deixou corromper — o torna ainda mais fascinante.)

Malaquias nasceu em Luanda há oitenta anos, e começou muito cedo a escrever para jornais, primeiro o obituário do *Jornal de Angola*, e mais tarde o noticiário policial. Vangloria-se frequentemente de ter sido preso ainda rapazola. Segundo afirma, arrastou a bandeira portuguesa pelo chão. É verdade. Arrastou a bandeira portuguesa pelo chão e foi preso. Uma noite, numa festa, depois de muitos copos, ouvi-o contar o episódio completo.

Um dia o pai inscreveu-o num concurso de papagaios de papel. O referido concurso integrava uma série de manifestações oficiais de homenagem ao general Craveiro Lopes, na época presidente de Portugal, em visita oficial às colónias. O pai de Malaquias, Germano Chambão, pequeno funcionário administrativo, sugeriu ao filho que fizesse um papagaio com as cores da bandeira portuguesa. O próprio Germano foi comprar papel de seda, canas de bambu, fio de nylon, ajudando depois o pequeno Malaquias a confeccionar um imenso papagaio-bandeira. O delicado aparato fazia muita figura. "Vibrante manifestação de portuguesismo" — ouviu Malaquias a um polícia. Infelizmente não voava. Durante uns bons dez minutos Malaquias arrastou-o pelo largo areal poeirento, mesmo defronte à tribuna onde Craveiro Lopes o olhava, aterrado. Finalmente um oficial presente gritou para que alguém fosse ao terreiro acabar com o triste espetáculo: "Prendam-me esse terrorista!". Malaquias passou a tarde a ser interrogado por um agente, um homem ainda jovem, que se mostrou mais divertido do que indignado, e que ao anoitecer o levou a casa. Antes passou com ele por uma gelataria. Comprou gelados para ambos. Ficaram um tempo a conversar sobre futebol. Germano, coitado, passou um mês na choldra. Malaquias tomou como suas as dores do pai. Conta a toda a gente que ficou preso seis meses nas masmorras da PIDE quando tinha apenas catorze anos, acusado de atividades nacionalistas.

(Na altura ainda a PIDE não se tinha instalado em Angola. Malaquias despreza os anacronismos. Quando o confrontei com o erro, olhou-me impaciente: "Nessa altura não existia PIDE? Quem não existia de certeza era você! E se não existia PIDE, olhe, existia a intenção. O que conta é a intenção.")

O jornalista gosta de mostrar as cicatrizes no braço direito, resultado de uma sessão de tortura. Um alicate enferrujado, afirma, com os olhos rasos de lágrimas. Naquela noite revelou, às gargalhadas, que as cicatrizes foram consequência de uma queda de bicicleta:

— Quando eu era canuco, lá no meu bairro, lutávamos aos índios e caubóis montados em bicicletas. Lutávamos com chifutas, aquilo doía! A minha bicicleta começou a ficar empenada e eu, para ganhar velocidade, tirei-lhe os calços dos travões. Uma tarde levei com uma pedrada mesmo no meio da testa enquanto descia uma rampa de gravilha muito inclinada, desequilibrei-me, não podia nem travar, e fui por ali abaixo. Dei cabo deste braço.

Na mesma noite em que nos contou aquilo, gabou-se de ter sido ele quem, em 1975, no início da guerra civil, construiu a notícia segundo a qual os dirigentes de um dos movimentos de libertação se banqueteavam com carne humana:

— Naquela época eu trabalhava quase vinte e quatro horas por dia. Ficava sozinho na redação a inventar notícias. Uma noite, depois de fumar uma liamba muito forte, liamba da Ilha, oferta de um velho pescador, meu grande camba, veio-me à ideia aquilo de dizer que os tipos eram canibais. Foi tiro e queda. Ainda hoje conheço quem jure a pés juntos que, efetivamente, nós encontrámos pedaços de bebés cozinhados na sede dos lacaios do imperialismo americano.

Disse-lhe que tal calúnia prejudicara todos os angolanos e não apenas os lacaios do imperialismo americano. Acrescentei, já um tanto exaltado, que me parecia haver na mentira ecos de uma das mais antigas e racistas fantasias coloniais. Chambão inflamou-se:

— Belouro! Verme nematoide! Excremento verborreico!

(Malaquias da Palma Chambão possui um vocabulário especializado muito rico. Tive de ir ao dicionário apurar o significado de belouro: regionalismo de Bragança, Trás-os-Montes, para excremento humano. Descobri mais tarde que Chambão é filho de transmontanos.)

Na altura ri-me. Ri-me muito, às gargalhadas, ri-me até me virem as lágrimas aos olhos, e assim ganhei mais um inimigo. Não há como o riso para nos trazer inimigos.

Malaquias da Palma Chambão trocou Luanda por Lisboa poucos meses depois da independência — segundo ele, para tratamento médico — e durante muitos anos permaneceu em Portugal. Trabalhou em diversos jornais, sem grande sucesso, sendo voz corrente que equilibrava o fraco orçamento recolhendo informações para o Ministério do Interior sobre dirigentes da oposição e outras figuras destacadas da comunidade angolana. Regressou ao país após o fim da guerra como diretor de um semanário chamado O *Impoluto*. O jornal é utilizado pelo regime para perseguir todos os contestatários. Os editoriais de Chambão tornaram-se famosos devido à extrema brutalidade, maledicência, e sobretudo à incorrigível coprolalia de que padece o seu autor. Os adolescentes divertem-se a imitá-lo. Digamos que Chambão se tornou com o tempo e a persistência num firme símbolo de deselegância.

13. EMBAIXADOR PASCAL ADIBE

Durante uma das raras ocasiões em que Pascal Adibe aceitou comparecer em público, numa conferência de imprensa destinada a anunciar o arquivamento de um dos vários processos judiciais movidos contra ele pelo Estado francês, um jornalista quis saber qual a extensão dos seus negócios em Angola e no mundo. O nosso embaixador no Vaticano encolheu os ombros (eu testemunhei a cena, vi-o a encolher os ombros com elegante displicência), e retorquiu: "Sou como Deus: estou em toda a parte, mas ninguém me vê. Há quem acredite em mim, e há quem duvide da minha existência". Definição perfeita. Pascal Adibe começou por vender armas ao governo angolano durante a época mais crítica da guerra civil. Segundo um editorial do *Jornal de Angola*, que tenho agora à minha frente, "Foi graças ao esforço do sr. Adibe que o país se manteve íntegro e independente. Pascal Adibe revelou-se um amigo generoso e puro do povo angolano, e o povo angolano soube agradecer-lhe". O povo angolano agradeceu nomeando-o embaixador no Vaticano. A imunidade diplomática ajudou-o a escapar à justiça em diversos países europeus. No já referido editorial, diz-se que Pascal Adibe nasceu na Suíça, filho de um próspero empresário colombiano e de uma atriz francesa, o que faz dele um colecionador de passaportes. Os seus detratores, que em Angola preferem não dar a cara, afirmam que o pai de Adibe tinha fortes ligações à guerrilha colombiana e que enriqueceu a traficar cocaína. Dizem também que depois de vender minas a Angola, Pascal Adibe aumentou a sua imensa fortuna com o negócio da desminagem. Adibe, como a maioria dos grandes empresários angolanos, tem interesses no setor do petróleo e diamantes. É ainda proprietário de uma empresa de telefones móveis, acionista maioritário da Televisão Independente de Angola, de cinco estações de rádio, e ainda do semanário *O Impoluto*. Mais importante, é conselheiro e amigo íntimo da Presidente da República, que aliás trabalhou numa das suas empresas, como diretora de recursos humanos, antes de enveredar pela vida política. Há quem diga que a sra. Presidente não move um dedo sem antes consultar Pascal Adibe.

14. O MEDO (E UMA DAS SUAS VARIANTES, O TEMOR REVERENCIAL)

Durante muitos anos vivi sem Medo. Escrevo Medo assim, com maiúscula, porque não estou a falar dos sustos minúsculos com que as pessoas comuns convivem no dia a dia: o medo de ser assaltado, o medo de que a polícia nos faça parar exatamente naquela noite em que bebemos um copo a mais, o medo de não conseguir uma ereção perfeita, o medo de enfrentar uma plateia, o medo do escuro, e por aí fora. Tão-pouco me refiro aos grandes medos metafísicos que a humanidade enfrenta desde que nos deu a alma para a metafísica.

Quando escrevo Medo, estou a referir-me, em concreto, ao

sentimento de permanente angústia e desamparo que aflige as pessoas com opiniões diferentes em países sujeitos a regimes totalitários. Durante muitos anos, confesso, nem sequer me dei conta de que vivia numa ditadura. O meu pai morreu em 1975, na Huíla, a combater as tropas sul-africanas. Em criança os adultos tratavam-me com a deferência que se reserva aos órfãos dos heróis. A minha mãe, Cuca, sempre pertenceu ao Partido. Cresci protegido. As pessoas só se dão conta de que vivem numa ditadura quando as suas opiniões colidem com as de quem está no poder. No meu caso aconteceu de forma abrupta, como um acidente de automóvel. Foi há uns dez anos.

Certo dia, entrevistado por um dos pequenos semanários que na altura se multiplicavam em Luanda, comentei distraído o vago aborrecimento que sempre me provocou a poesia de Agostinho Neto. E acrescentei: "Foi um estadista, não um poeta, a poesia era para ele uma outra forma de fazer política. Deixou-nos apenas meia dúzia de versos, quase todos medíocres". Dois dias depois Malaquias da Palma Chambão publicou n'O *Impoluto* um dos seus flamantes editoriais:

> O presumível escritor e cineasta Bartolomeu Falcato — cujo nome já denuncia todo um projeto de vida: bar-tolo-meu —, vil flatulência retardada do colonial-fascismo, veio a público sujar a memória do poeta maior, do guia imortal da revolução angolana, do querido e saudoso pai que nos levou a todos a trilhar o caminho das estrelas. Anão miserável! O teu olhar não vai além da tampa da sanita! Gostaria de te arrancar a cabeça à catanada, mas infelizmente tu, vil excremento!, não tens cabeça! Gostaria de te arrancar a alma mas tu, ó dejeto impuro, nunca tiveste alma! Tudo em ti nasce da lixeira e rasteja de retorno à lixeira, à sarjeta, à materna latrina que um dia te gerou. Atenção, homens de bem: Bartolomeu Falcato é um leproso moral! Evitem-no!

O texto era longo e estava tão eriçado de pontos de exclamação que parecia um porco-espinho. Uma pessoa tinha de segurar no jornal com cuidado para não ferir os dedos.

O *Jornal de Angola*, órgão oficial do governo, exigiu em altos brados a minha prisão. Um professor de direito na Universidade Agostinho Neto deu-se mesmo ao trabalho de escrever um revolto ensaio capaz de justificar o meu encarceramento:

> A escrita não pode servir para humilhar, banalizar, denegrir, diabolizar os ícones, os heróis, os mitos, as legiões de anjos, os deuses e divindades. Agostinho Neto nasceu quilamba, intérprete e condutor das entidades aquáticas. Criança dotada de poderes especiais, cuja natureza o impele a contrariar convenções, a liderar revoluções e xinguilamentos. Exige-se respeito e veneração aos heróis e às divindades. Impõe-se temor reverencial! Creio estarem reunidos todos os requisitos para processar Bartolomeu Falcato por traição à pátria, desrespeito pelos símbolos nacionais e vergonhoso ultraje à moral pública. Atentou de forma obscena contra a tradição cultural e intelectual dos angolanos, crime previsto e punido pelo Artigo 420º do Código Penal. Houvesse ainda pena de morte — que lamentavelmente foi abolida —, e o autor do horrendo crime deveria ser encostado ao paredão.

Muitos leitores escreveram a criticar-me. Lembro-me em particular de uma das cartas: "Não podemos aceitar as insolentes afirmações do escritor Bartolomeu Falcato, ele foi demasiado longe! Se tivesse dito que os versos do presidente Neto eram maus, tudo bem. São mesmo maus. Mas chamá-los de medíocres — assim mesmo, medíocres?! Isso eu já acho muita falta de respeito!".

Foi assim que me transformei num dissidente poético. Provavelmente, no primeiro dissidente poético da história da humanidade. Comecei a receber chamadas anónimas. Eu atendia o telefone e do outro lado uma voz colérica insultava-me:

— Mulato, filho de cobra! Vou cumprir-te!

(Cumprir-te é um curioso neologismo angolano. Um eufemismo elegante. Significa que tencionam assassinar-me, cumprindo depois a pena respectiva. Filho de cobra é um insulto antigo, contra os mestiços e brancos, que sempre me agradou. Um dia, daqui a muitos anos, vou escrever e publicar a minha autobiografia e dar-lhe-ei como título Filho de cobra.*)*

Por vezes não havia voz alguma, apenas uma respiração acintosa. Certa ocasião dispararam um tiro junto ao bocal do telefone. Não foi grande ideia, suponho, porque escutei a seguir o som de um vidro a estilhaçar-se, e logo depois um grito irado:

— Foda-se, tenente! Quantas vezes já lhe disse que é proibido disparar aqui dentro?

Os insultos e as ameaças podiam acontecer a qualquer hora. Muitas vezes a meio da noite.

Lembrei-me de uma conversa que tive com Benigno dos Anjos Negreiros em Budapeste, dois ou três dias depois de o ter encontrado com as filhas. Disse-lhe que também elas me pareciam um oxímoro orgânico. Concordou animadamente:

— Creio que você tem razão, jovem! As meninas contradizem-se, amam-se e odeiam-se, e quase sempre de forma harmoniosa.

Tínhamos levado um tabuleiro de xadrez para junto de uma das piscinas, imitando os húngaros, e jogávamos uma demorada partida, meio mergulhados, como lagostas, na água escaldante. Benigno contou-me então que houvera na vida das filhas um português suave (apreciei a redundância), o qual seduzira Clara Bruna, para depois a trocar pela irmã. O português engravidara

Clara Bruna, marcara casamento, e depois deixara-a à espera, vestida de noiva, à porta da igreja. Não apareceu ele nem a madrinha da noiva — Bárbara Dulce. Seis meses mais tarde, Bárbara reapareceu em casa dos pais, também ela grávida, também ela humilhada, depois de, por sua vez, ter sido abandonada pelo português. Caía a tarde enquanto Benigno me ia revelando, com raiva contida, todos estes acontecimentos. A última luz do dia baixava grave e oblíqua, a partir de uma espécie de zimbório em vitral, lá muito em cima. Charcos de sombra alastravam pelos cantos. A água das piscinas (havia várias) era agora mais densa e mais escura.

— E depois? — perguntei.

O meu futuro sogro moveu um bispo, ameaçando-me a rainha. Um lance arriscado. Baixou a voz:

— O que sabe você sobre o Medo?

Olhei-o inquieto. Alguma coisa mudara nele, falava com entusiasmo, os olhos brilhantes:

— O Medo é a minha especialidade. Eu desenho ambientes propiciadores do Medo. Estudei durante anos a arquitetura do Medo. Formei-me em Moscovo, lá, na praça Lubianka. Conhece a praça Lubianka? Ah, as saudades que eu tenho da praça Lubianka! O Medo degrada as pessoas, meu caro jovem. Se você mantiver a pressão, semanas, meses a fio, o Medo acaba por funcionar como uma doença. Ao princípio é apenas um incómodo persistente, como uma dor de dentes, como uma dor de cabeça, uma dor que se instala no espírito, e vai corroendo tudo. Pouco a pouco a pessoa começa a alterar o seu comportamento, começa a imaginar situações de perigo. Torna-se paranoica, perde o gosto pela vida e entra em depressão. Eventualmente mata-se.

Dizia essas coisas docemente. Benigno é, quase sempre, muito simpático. Acho-o de uma simpatia assustadora. Distraí-me por um breve instante, levado por aquela voz de radialista, quente e bem timbrada, e quando voltei a prestar atenção ao tabuleiro compreendi que perdera o jogo.

— O que aconteceu?

O general encolheu os poderosos ombros:

— Você perdeu, escritor. Perdeu miseravelmente.

— Não, não! Quero saber o que aconteceu ao português.

— O português suave?! Ah! Não aguentou, coitado. Atirou-se do alto da Termiteira.

O Medo, portanto. O Medo é também personagem importante neste meu testemunho.

15. SÃO PAULO DA ASSUNÇÃO DE LUANDA

Quando eu nasci, Luanda ainda usava todo o seu belo e sonoro nome cristão: São Paulo da Assunção de Luanda. Velha matrona mulata, orgulhava-se do parentesco com cidades como Havana, Saint-Louis, em Casamance, ou São Sebastião do Rio de Janeiro. Foram os brasileiros, aliás, que vieram em seu socorro quando, em 1641, os holandeses aproveitaram a distração ibérica para ocupar a Fortaleza de São Miguel. Vi a minha cidade tornar-se africana. Vi os orgulhosos prédios da baixa — que a burguesia colonial abandonou dias antes da independência — serem ocupados pelos deserdados dos musseques. Vi-os (aos deserdados) a criarem galinhas dentro das despensas, cabritos nos quartos, e a acenderem fogueiras no meio dos salões com as bibliotecas deixadas pelos colonos. Vi mais tarde esses mesmos deserdados a abandonarem os apartamentos em ruínas, a troco de fortunas (alguns) ou de meia dúzia de tostões (outros), sendo substituídos pela novíssima burguesia urbana, ou por expatriados pagos a peso de ouro. Vi cair o belo Palácio de Dona Ana Joaquina, a golpes de camartelo, para ser substituído por uma réplica em mau betão, e achei que era uma metáfora dos novos tempos — o velho sistema colonial e escravista a ser substituído por uma réplica ridícula em nefasto calão dos musseques. Mais tarde (tarde de mais) compreendi que não havia ali metáfora alguma, apenas um casarão que caía. Muitos outros tombaram a seguir, entre os quais o belíssimo mercado do Quinaxixe, desenhado por Vasco Vieira da Costa, um dos primeiros edifícios de traça modernista construído em África. No lugar dele levanta-se agora um fátuo delírio de vidro e betão.

Os lucros do petróleo fizeram florescer altos edifícios de paredes espelhadas. A seguir, o preço do petróleo caiu (caiu desamparado, estatelou-se) e todo aquele radiante mundo novo entrou igualmente em colapso. Deixou de haver dinheiro para lavar as imensas vidraças, e estas cobriram-se de uma áspera camada de poeira vermelha, de lama, e por fim de uma carapaça capaz de resistir à mais forte pancada de chuva e totalmente impenetrável à luz. As bombas que levavam a água para os andares mais altos avariaram. Os geradores também. Muitos expatriados foram-se embora. Os deserdados voltaram a ocupar os prédios.

Luanda corre a toda a velocidade em direção ao Grande Desastre. Oito milhões de pessoas aos uivos, aos choros e às gargalhadas. Uma festa. Uma tragédia. Tudo o que pode acontecer acontece aqui. O que não pode acontecer acontece igualmente. Estamos no século XXI. Estamos lá muito atrás. Estamos mergulhados na luz. Estamos afundados no obscurantismo e na miséria. Somos incrivelmente ricos. Produzimos metade dos diamantes vendidos no mundo. Temos ouro, cobre, minerais raros, florestas por explorar e água que não acaba mais. Morremos de fome, de malária, de cólera, de diarreia, de doença do sono, de vírus vindos do futuro, uns, e outros de um passado sem nome.

Um dia alguém pintou uma frase na parede do Aeroporto Internacional de Luanda: "Bem-vindo à Lua. Entre e deixe a razão lá fora".

(Lua é o diminutivo carinhoso com que nós, os luandenses, nos referimos à nossa cidade. Acho um termo muito acertado. Luanda partilha com a Lua a mesma árida e agreste desolação, a mesma poeira sufocante. Todavia, como a Lua, vista de noite, e de longe, parece bela. Iluminada, seduz. Além disso a sua luz tem o estranho poder de transformar homens simples em lobos ferozes.)

4.

Voltando ao princípio. Esta é uma das vantagens da literatura em relação à vida: podemos sempre voltar ao princípio.

A minha primeira namorada chamava-se Azucena Palacios. A pele, de tão clara, espantava o dia. Era cubana, de Matanzas, um lugar que não sei onde fica, nem faço ideia de como seja, mas cujo nome nunca escuto sem que de novo me sobressalte o fulgor daquela pele. Tinha veias muito azuis, que eu gostava de percorrer com os dedos, toda uma hidrografia convulsa e misteriosa. Imagino Matanzas a partir de Azucena. Vales suaves, redondos outeiros frescos e luminosos. Nem quero ir a Matanzas para não me desiludir. Azucena devia ter mais dez anos do que eu. Uns vinte e cinco, portanto, vinte e sete no máximo. Foi minha professora de matemática numa época em que a matemática não me interessava por aí além. Hoje, sim, fascina-me. Eu costumava ser sempre o primeiro a entrar na sala de aulas e o último a sair. A professora reparou no meu entusiasmo, reparou que o meu entusiasmo não se prendia com números, e uma tarde, depois que a aula terminou, pediu-me que a ajudasse a transportar algumas compras para o apartamento onde morava. Subi a custo os sete andares. Tive a sensação de entrar numa capela. O ar era pesado e escuro e cheirava a cera queimada e a incenso. Numa das paredes, num pequeno santuário, ardiam velas. Vi uma cabeça grotesca com dois búzios no lugar dos olhos e um outro a fazer de boca. Havia um velho espelho quebrado, preso à parede, no qual descobri os meus próprios olhos fundos e assustados. O espelho encheu-se depois de uma luz muito branca. Azucena arrancara o vestido, e estava diante de mim como Eva diante de Adão antes de trincar a maçã, isto é, nua e sem pecado.

Quando Kianda entrou no meu quarto, fechou a porta, e me olhou de frente, ao mesmo tempo que desfazia os laços que lhe seguravam o vestido aos ombros, foi de Azucena que eu me lembrei.

Porquê?

Porque me apercebi, de repente, que estava diante da minha segunda iniciação, e não sabia que tal era possível. As mãos tremiam-me. Beijei-a, ou ela beijou-me, muito ao de leve nos lábios, e esqueci-me de Azucena. Voltou a beijar-me, dessa vez profundamente, e esqueci-me de todas as outras mulheres que vieram depois de Azucena, incluindo Bárbara Dulce. Um pequeno lume riscou a penumbra. Um pirilampo, pensei. E depois pensei que não, que não podia ser, porque não há pirilampos nos quartos dos hotéis. Reparei nos ombros dela, cobertos de pequenos sinais, como se alguém lhe tivesse derramado sobre a pele um manto de estrelas. Toquei-lhe levemente:

— Tantos sinais...

Ela colou os lábios ao meu ouvido:

— Lê-os! Não sabes ler os meus sinais?

A voz um pouco rouca, tensa, os braços enlaçando-me o pescoço. Desci as mãos pelos ombros dela, pelas costas, desci um pouco mais, esforçando-me por os ler — aos sinais — com a ponta dos dedos. Braille.

— Decifra-me — insistiu ela, e sorriu. Um sorriso irónico. — Decifra-me ou devoro-te.

Deu dois passos para trás. Fechou os olhos e começou a cantar numa língua que eu nunca escutara. Tive a certeza de que a estava inventando enquanto cantava. No entanto parecia haver uma lógica poderosa na forma como aqueles sons se articulavam. Era um idioma ao mesmo tempo evidente e impossível, como uma serpente desdobrando as asas húmidas. A melodia? Pois o mel que há na palavra, com a sua doçura e cor, mais a mansa lucidez do dia.

— Consegues ler-me? Consegues traduzir-me?

Neguei, incrédulo:

— Não sou capaz.

— Bem me parecia, meu querido. Um de nós é uma falsificação. Terei mesmo de te devorar.

Terminou de se despir. Abriu a cama, deitou-se:

— Vens?

Juntei-me a ela. Acariciei-lhe o pescoço longo, o peito breve. Alisei-lhe as preciosas asas, nas costas sólidas e direitas, e tive a ilusão de que estremeciam entre os meus dedos. Demorei-me muito tempo a namorar-lhe o umbigo. Contei-lhe a história das duas amigas que trocavam confidências sobre os respectivos amantes. "O Abelardo", disse uma delas, "ah, o Abelardo é extraordinário. Não fazes ideia — ele beija-me o umbigo." A outra teve um gesto de enfado: "E então? O que tem isso de extraordinário?". "É que ele beija-o por dentro." Kianda riu-se. Afiou as unhas nas minhas costas.

— Agora entra em mim...

— Espera um pouco...

— Como?!

— Desculpa, não consigo, estou nervoso.

— Ah, não! Isso não! Não me lixes, isso é que não!...

Sentou-se na cama. A cabeleira acesa. Sacudiu-a, num acesso de fúria, e foi como se o quarto se enchesse de uma luz de espinhos. Gritou:

— Não, não, isso não!

— Tens de ter um pouco de paciência comigo, amor. Se eu te dissesse, como parece ser tradição dizer nestas alturas, que é a primeira vez que isto me acontece — tu acreditavas?

— E tinha de te acontecer logo comigo?!

Olhou o relógio:

— Meu Deus, é muito tarde! A esta hora já o meu marido deve ter colocado a polícia à minha procura...

Vestiu-se apressadamente. Abriu a porta. Antes de sair voltou-se para mim. Sorriu:

— Sinto muito. Não sei se consigo voltar a ver-te. Acho melhor não.

Deixei-me ficar estendido na cama, a pensar na melhor maneira de me matar, a mais cómoda, uma que não implicasse grande esforço, nem me deixasse desfigurado. Sou vaidoso. Pretendo ser um morto belo. Um desses mortos tão belos, no seu destino impassível, que podem sem repugnância ser conduzidos aos serões mais distintos: "Ah, minha querida, achei-o lindo, ali deitado no caixão como se estivesse a dormir". Gostaria que as mulheres se debruçassem sobre o meu cadáver e estremecessem, não de horror, mas de desejo. Pensava nisto tudo, e já a possibilidade de um suicídio elegante me começava a entusiasmar, quando o telemóvel, pousado sobre a mesinha de cabeceira, tilintou uma única vez, a anunciar a recepção de uma mensagem: "Sei que é arriscado e insensato, sei que não pode ser, e no entanto quero ver-te de novo. Quero de novo o sabor dos teus beijos".

Bebi um pouco além da conta e fumei dois charros no bar para ganhar coragem e acompanhar Bartolomeu ao hotel. Estava aterrorizada. Por causa do meu marido?! Não, não! Tinha medo de mim. Sabe, sou uma coleção de personalidades — mas não somos todos? Há essa mulher que canta, a Kianda, aquela que as pessoas julgam conhecer. A Kianda é uma espécie de rainha das abelhas. Todas as abelhas estão ao seu serviço, dedicam-lhe imensa atenção e no entanto a rainha vive como uma prisioneira. Não a deixam sair da colmeia. Não permitem que faça outra coisa além de colocar ovos. A Kianda é a abelha dos ovos de ouro. Vem depois a Salomé, que como você deve saber é o meu verdadeiro nome, Salomé Monteiro Astrobello, a fêmea primordial, frequentemente cruel. Salomé odeia a Kianda. É quem mais a odeia. Há ainda a Menina, como o meu pai sempre me chamou, como me continua a chamar, uma criatura estupidamente frágil, que sofre com saudades de um passado há muito morto e se preocupa com os outros. Finalmente a que mais me assusta, a Silenciosa, aquela que toma comprimidos para dormir, porque tem medo de sonhar, a que se acha sempre feia, as canelas demasiado finas, os seios demasiado pequenos, a que olha em frente e vê apenas o vazio. A mulher que acompanhou Bartolomeu ao hotel foi Salomé, claro, num momento em que a Kianda se distraiu. Nessa noite Salomé teve pouca sorte. Porquê? Olhe, não resultou. Lembro-me do momento em que saí do hotel. A rua a ferver de gente e eu alheia a tudo. Ocorreu-me, primeiro, que talvez Bartolomeu não tivesse gostado de mim (a Silenciosa). Depois lembrei-me da forma como ele me olhou, como olhou para Salomé, com o seu único olho a brilhar na penumbra. Nunca ninguém me havia olhado daquela forma, nem sei explicar, se tivesse alguém para me olhar assim nos momentos em que me deixo dominar pela Silenciosa não teria de me preocupar com ela. Anos depois, Bartolomeu atirou-me à cara com a minha solidão:

— Não importa o que temos, o importante é quem temos. Tu não tens ninguém.

Sim, porque entretanto se passaram anos. Quatro, cinco anos, já nem sei. Continuámos a encontrar-nos, em Luanda, em Lisboa, no Rio de Janeiro, em Singapura, em Estocolmo, um pouco ao acaso, mas de todas as vezes parecia que estávamos a inventar o amor. Ri-se? Acha a expressão foleira? Você estudou, é uma mulher sofisticada. Olha para mim e vê uma gaja com as unhas bem tratadas, vestida com certa elegância, mas não obstante ainda um pouco rude. Uma matuense — certo? Não, não se desculpe. Sou mesmo meio provinciana. Nunca consegui sair da pequena cidade onde nasci. Dizem que a minha cidade desapareceu. Mas não foi o deserto que a engoliu. Fui eu. Serei sempre uma menina do deserto perdida pelo mundo. Paciência. Quando olho para trás, para a minha vida, sinto que os únicos momentos verdadeiros que vivi foram os que passei com Bartolomeu. Tenho os meus pais — podia ter-lhe respondido naquela altura. Mas depois que os meus pais se forem não terei ninguém.

Quero contar-lhe tudo, Bárbara. Tenho de lhe contar tudo. Sinto muito, acredite, pensei em si durante todo este tempo. Volta e meia exigia a Bartolomeu que não voltasse a ligar-me. Ele cumpria. Ao fim de dois meses, três no máximo, era eu quem ia procurá-lo. Na altura em que o conheci — vou então contar-lhe realmente tudo —, na altura em que o conheci eu tinha um pequeno problema com drogas. No "meio artístico", como dizem os colunistas sociais, é difícil não nos deixarmos apanhar pelas drogas. Saímos de um espetáculo com a adrenalina toda. Não vamos dormir. Ninguém consegue dormir. Então juntamo-nos nalgum bar a beber e a conversar. Uma coisa puxa a outra. Na noite seguinte, quando chega a hora do espetáculo, estamos exaustos. E nessa altura se alguém nos convida para snifar uma linha de coca é difícil recusar. Não, não me limitei a fumar dois charros naquela primeira noite, no Rio de Janeiro, em que nada aconteceu. Bartolomeu soube e ficou furioso. Prometi-lhe que não voltaria a cheirar coca. Cumpri. Vez por outra ainda fumo um cigarrinho de liamba, ou então bebo até me sentir um pouco tonta, mas não mais do que isso. E olhe, é muito raro. Aprendi a controlar-me.

Quer saber porque estou aqui?

Porque esta tarde vi uma mulher a cair do céu.

Bartolomeu não lhe contou? Não?! Ainda não falou com ele hoje? Bem, vimo-la a cair do coração da tempestade, como cairia um anjo que tivesse perdido as asas. Talvez eu devesse ter começado por aqui. Talvez começando pelo fim você consiga compreender o início. Regressei a Luanda ontem, após três meses em digressão pela Europa. A viagem fez-me bem. Liguei a Bartolomeu mal cheguei porque queria despedir-me, beijá-lo uma última vez. Estava realmente decidida a acabar com tudo. Pedi-lhe para esperar por mim diante do Hotel Mimese, apanhei-o lá, e depois levei-o no meu Chrysler, de 1940, amarelo, um carro lindo. Coleciono carros antigos, já lhe disse? Bem, levei-o até Bom Jesus. Pensei que poderíamos ir lanchar, beber alguma coisa, numa casa que tenho no Condomínio dos Embondeiros, mas quando já estávamos quase a chegar desisti e parei o carro na berma da estrada.

— Agora sim — disse-lhe. — É o fim. Quero beijar-te pela última vez. Depois regressamos a Luanda e não te vejo mais. Nunca mais.

Não diga nada, Bárbara, não agora, já sei que sou um pouco melodramática. Um pouco estúpida também. Deixe-me continuar. Bartolomeu troçou, sabe como ele é sarcástico:

— Beija-me então pela última vez — sussurrou, ao mesmo tempo que tentava abraçar-me. — Beija-me pela última vez, e depois beija-me de novo. Não sabes como eu gosto de te beijar pela última vez. As últimas vezes são ainda melhores do que as primeiras.

Saí do carro, furiosa. Bartolomeu não me seguiu. Deixou-se estar, comodamente sentado, na certeza de que, esgotada a fúria, eu regressaria para os braços dele. Afastei-me quase a correr. À nossa frente não havia nada, a não ser uma imensidão de capim muito verde. A chuva aproximou-se com um bater de asas e veio-me uma vontade imensa de mergulhar dentro dela. Foi então que Bartolomeu gritou e, ao voltar-me para ele, vi uma mulher a cair do céu. Depois a tempestade afastou-se e tudo serenou.

Kianda voltou na noite seguinte. Enquanto nos despíamos, e nos abraçávamos e beijávamos, com urgência e doçura, primeiro com mais urgência e depois com mais doçura, ocorreu-me um verso de Paul Bowles: "*The gestures are gone. Now frantic silence is here*". Foram-se os gestos. Agora desceu sobre nós um silêncio convulso. O verso de Bowles, percebo hoje, era uma premonição. A poesia é quase sempre uma premonição. Durante os primeiros meses trocámos centenas de mensagens. Kianda não deixava que eu lhe ligasse, e raramente telefonava, mas respondia aos meus SMS.

(SMS admite plural? Será, oh horror!, SMSs? Preferia engolir lacraus a acrónimos. SMS, para quem não saiba, são as iniciais de Short Message Service. Os brasileiros inventaram a designação torpedo para substituir SMS. Agrada-me muito. A gente diz torpedo e logo nos surge a imagem de uma mensagem-torpedo sulcando as águas profundas do ciberespaço. Aliás, também gosto de águas profundas.)

Durante as semanas que se seguiram, trocámos centenas de torpedos. Guardo-os a todos no meu telefone. Eu, romântico, repetindo clichés, convictamente: "Meu amor, morro de saudades. Cheiro os lençóis em busca do teu cheiro e o ar em redor em busca do teu calor. Sonho contigo e acordo com o coração aos saltos, e quando não sonho contigo acordo com um buraco de angústia no lugar do coração. Espero por ti como quem espera pelo princípio do mundo". Eis uma outra — para minha vergonha: "O mundo tem muitas esquinas. A tua voz não tem nenhuma. Ouço-te enquanto espero que me venhas devolver à vida". Kianda foi sempre mais direta: "Queria-te agora, nos meus braços, para me fazeres gritar de prazer". Abstenho-me de citar as pornográficas (a maioria). Há também imensas mensagens de despedida: "A vida nem sempre é como gostaríamos. Não posso, não devo e não quero ver-te mais. Segue em frente e eu farei o mesmo". Ou esta, seca e luminosa como o céu da Namíbia: "Foi fantástico mas acabou. Não me envies mais SMS. Obrigada".

De um estudo rápido dos torpedos que lhe enviei, concluo que passei a maior parte do meu tempo, durante aquelas primeiras semanas, à espera dela. De um estudo dos torpedos de Kianda, concluo que ela passou a maior parte do tempo a pensar que tudo aquilo era um enorme disparate e a procurar corrigi-lo. No geral concluo que a paixão torna os homens muitíssimo mais obtusos do que as mulheres.

Uma tarde Kianda foi gravar uma entrevista e deixou o telefone dentro da bolsa, na sala de maquilhagem. Lulu ouviu o aparelho tocar, tirou-o da bolsa e leu o torpedo que eu acabara de enviar: "Amor, preciso ver-te. Liga-me". Ficou louco de fúria. Tirou-lhe o telefone e o computador. Enviou-me um torpedo, e neste caso nem consigo imaginar designação mais adequada, pois para a coisa ser um genuíno artefacto bélico só lhe faltou explodir: "Excelentíssimo senhor, dei-me conta de que enviou um SMS para o número de telefone da artista Kianda, de quem sou marido e empresário. Presumo que tenha sido um equívoco. Qualquer assunto relacionado com a cantora Kianda deve ser tratado comigo".

Não respondi. Kianda ligou-me, na noite seguinte, do telefone de Jacó Congo, um dos poucos amigos em quem confiava:

— Desta vez acabou mesmo — sussurrou. — Não posso voltar a ver-te. E tu tens de ter muito cuidado. O Lulu ameaçou matar-te. Ele conhece gente muito perigosa. Discutimos. Disse-lhe que se tocar num único dos teus cabelos quem o mata sou eu.

— E matas mesmo?

— Mato!

Disse aquilo com uma tal seriedade que me assustou. Assustou-me muito mais, aliás, do que a ameaça de Lulu. Era uma declaração de amor, a primeira declaração de amor que ouvia dos lábios dela, embora raivosa e retorcida. Uma declaração de amor escondida numa declaração de ódio. Naquela altura pareceu-me uma mistura feliz e assustadora. Mais tarde Lulu devolveu-lhe o telefone, mas não o computador, e passou a controlar ferozmente todas as chamadas dela. Ao final de cada mês, senta-se a estudar a lista das chamadas que Kianda fez ou recebeu. Anota os números que lhe parecem suspeitos, e liga, por vezes, a confirmar. A passividade de Kianda deixa-me horrorizado.

— Tu não podes compreender — disse-me, numa tarde em que lhe perguntei porque tolera tal situação. — Nunca poderás compreender. Eu própria não tenho a certeza de compreender. O que me liga ao Lulu é algo mais forte do que o amor. Mais forte até do que a amizade.

— E o que é isso?

— Não sei como lhe chamar. Talvez gratidão...

— Gratidão?!

— Ainda não compreendeste?! Foi o Lulu quem me inventou.

— Disparate! Foste tu, Salomé, quem inventou a Kianda. E foi a Kianda quem o inventou a ele, ao Lulu.

— Não, não! Tu não o conheces. Não sabes como o Lulu trabalhou para que eu fosse o que sou hoje. Quando o conheci, ele mal sabia falar inglês. Foi aprender inglês para poder negociar os contratos no estrangeiro. Vi-o atravessar noites e mais noites, preso ao computador, a estudar o mercado da música no mundo, a contactar com produtores de espetáculos, a desenhar estratégias. Julgas que basta ter uma boa voz? Há milhares de raparigas com vozes incríveis, mas são poucas as que conseguem fazer-se ouvir. Eu devo-lhe isso. Devo-lhe tudo.

5.

Mãe Mocinha e o quarto cor de esmeralda.

Quando entrei n'O Orgulho Grego, todos os olhares se voltaram para mim. Havia quatro homens calados e sombrios sentados a uma das mesas. Numa outra destacava-se um gigante com uma cicatriz no rosto, que logo reconheci por o ver com certa frequência junto ao meu prédio. Chamam-lhe o Rei e comanda com mão de ferro o exército de desafortunados que habitam nos subterrâneos da Termiteira.

O Rei bebia cerveja na companhia de uma moça excessivamente maquilhada. A maquilhagem, aliás, era o que melhor a vestia. O *top*, muito curto e muito justo, e os calções minúsculos, de um amarelo formidável, mais revelavam do que ocultavam o duro corpo de atleta. O Rei ergueu um pouco o rosto, como se farejasse, e depois encostou os lábios ao ouvido da rapariga e perguntou-lhe qualquer coisa. Ela riu-se. Um riso trocista, que não procurou esconder e me deixou ligeiramente inquieto. Um velho limpava o balcão com um pano húmido. Devia ser o grego, pensei. O que tinha orgulho em ser grego. Dirigi-me a ele:

— Desculpe. Sabe onde posso encontrar a Mãe Mocinha?

O velho pousou em mim uns olhos cansados, muito doces:

— Beio ao xítio xerto, xim xenhor. Xente-xe, beba uma xerbeija, bou mandar xamá-la.

Não, grego não podia ser. Era, sim, um legítimo labrego português. Dedos grossos, tortos e ásperos como velhas raízes, um rosto trabalhado pelo tempo, e aqueles olhos limpos, brilhantes, a rirem para mim. Em Portugal já quase não há labregos. As aldeias foram abandonadas. Os sotaques regionais extinguem-se lentamente. Suponho que O Orgulho Grego seja uma das últimas tascas portuguesas no mundo. Em Lisboa desapareceram todas, como resultado da lamentável extinção dos labregos, é claro, mas sobretudo devido à insensibilidade dos legisladores europeus, que para protegerem a saúde dos consumidores não hesitam em retirar, literalmente, o sal à vida. Hoje os europeus têm muita saúde, mas sentem-se mortos. São mortos muitíssimo saudáveis. Nós, pelo contrário, padecemos dos mais diversos males, e morremos muito, morremos constantemente, mas vamo-nos embora com a barriga cheia. Saber viver é saber morrer.

Preso à parede, havia um quadro negro, de ardósia, com os petiscos e pratos do dia, e respectivos preços, escritos a giz:

> Miúdus de frangu, pasteis de bacalhau, bifanas, fabas, erbilhas com obos escalfados.

Mandei vir miúdos de frango, e uma Cuca. A Cuca caiu-me nas mãos gelada, a transpirar. Os miúdos de frango chegaram pouco depois, cheirosos e luminosos: a cebola alourada, os dentes de alho picados no azeite, um leve gindungo, enfim, a consistência certa da carne. Comi-os sem remorsos. Amo o erro (já o disse) e o pecado. Nos restaurantes europeus e americanos os proprietários são obrigados a inscrever nos menus a quantidade exata de calorias de cada prato. Pensei nisto com horror enquanto acendia um cigarro, algo que também não poderia fazer em Lisboa, nem em nenhuma outra cidade do chamado mundo desenvolvido.

Foi então que vi entrar, vestida de branco, uma velha senhora de rosto muito jovem. Avançou ao meu encontro com lentos gestos de medusa. Era como se estivesse mergulhada num pequeno oceano privado, ou num tempo infinitamente mais amplo, ou em ambas as coisas. Deteve-se diante de mim:

— Boa noite. Venha comigo.

Agradou-me o cantado sotaque baiano. Levantei-me e segui-a através de um estreito corredor. Ao fundo brilhava uma porta de um verde-esmeralda. Mãe Mocinha abriu-a e entrou. Entrei também. A porta dava acesso a um pequeno quarto sem janelas, pintado da mesma cor esmeralda, inclusive o chão, em cimento polido, e o teto de madeira. Num dos cantos repousava um velho sofá de couro e no outro um pequeno banco em ferro. Havia ainda uma mesa baixa, a meio do quarto, e sobre ela uma caixa metálica. Mãe Mocinha indicou-me o banco. Inclinou-se sobre a mesa e abriu a caixa. Julguei que contivesse búzios, ou algo do género. Eram biscoitos.

— Aqui, neste quarto, sinto que estou debaixo do mar. Gostaria de viver debaixo do mar. Imagine: um silêncio assim azul! Quer comer?

Tirou uma mão-cheia de biscoitos e estendeu-mos. Sentou-se e só então o ar à sua volta pareceu retomar a fluidez; o tempo, o seu galope habitual. Perguntei-lhe se era baiana. Confirmou, sorrindo. Disse-me que viera para Luanda à procura de um marido. Não consegui esconder a surpresa:

— No Brasil não encontrou quem quisesse casar consigo?

— Eu queria um preto. Um preto bonito. Achei que em Luanda encontraria um preto bonito. Além disso queria ver o candomblé. Sou do candomblé Angola, você sabe, queria ver como era na raiz. Queria aprender quimbundo. A vida inteira sonhei em vir a Luanda. Afinal descobri que não há candomblé em Angola, e ao invés de um preto bonito saiu-me um branco feio, um português, o Halípio, esse com quem você falou. A bem dizer, quando cheguei aqui estava morta, tinha enterrado o meu coração junto com o do meu anterior marido. Halípio devolveu-me à vida. Você acredita no amor?

— Não tenho a certeza.

Ela abanou a cabeça.

— Uns morrem à fome, outros de tanto comer.

— Desculpe?!

— Teu problema, filho, é que você gosta muito de boceta.

Olhei-a chocado. Não esperava ouvir obscenidades da boca de uma velha senhora. Mãe Mocinha deixou que o silêncio ocupasse todo o quarto. Agitei-me no meu banco. Já me arrependia de ter seguido o conselho do taxista. O que fazia eu ali?

— Antigamente costumava jogar búzios. Há quem use pequenos ossos, outros cartas. Qualquer coisa serve. — Suspirou, desalentada. — Os ossos deste meu ofício têm a mesma função que as asas nas costas dos anjos: servem só para impressionar. Os verdadeiros anjos não precisam de asas para voar. Falando de anjos...

— O que têm os anjos?

— Você tem visto anjos?

Lembrei-me dos anjos negros. Dois ou três meses antes de viajar para Lisboa, sonhei que era cego. Sonho com frequência que perdi os dois olhos. Sonhei, pois, que era cego, ou que era noite fechada, e que uma criança chorava numa floresta. Eu afundava-me entre as ramagens húmidas, escorregava no lamaçal, tentando, sem sucesso, alcançar a criança. Sabia que devia encontrar a criança antes que algum ser muito perigoso a descobrisse. Também sabia que aquela criança era eu. Então acordei e continuava cego, ou era a noite que se mantinha fechada, e o choro prosseguia. Ou seja, acordei e era como se continuasse a sonhar. Fiquei algum tempo tentando compreender de onde vinha aquela toada, vento gemendo entre rochedos altos. Em Luanda não há rochedos altos, não há promontórios de pedra, nem tão-pouco costuma soprar o vento. Ergui-me e espreitei pela janela do quarto. Do outro lado da rua ergue-se um prédio. Ou melhor, começou a erguer-se e depois parou, no trigésimo sétimo andar. A crise apanhou-o em pleno crescimento. Como aconteceu em tantos outros casos, os primeiros andares foram ocupados por famílias de camponeses pobres. Pouca gente tem coragem, e sobretudo fôlego, para subir até ao trigésimo sétimo andar e ali se instalar. Imaginem o esforço que implica galgar, todos os dias, aquelas escadas precárias, a que faltam degraus, carregando bidões cheios de água e botijas de gás.

Nessa noite vi que se moviam sombras no imenso terraço. Deslizavam entre a teia confusa dos cabos de aço, colunas de cimento que se erguem para o céu, como dedos ansiosos, a ferrugem de velhas máquinas abandonadas. Fui buscar o telescópio, equipado com máquina fotográfica, com o qual costumo espreitar os astros, em geral, e em particular a minha estrela preferida, Kianda. Outras figuras da vizinhança (confesso) têm merecido também a minha atenção.

Seis silhuetas esquivas, fuscas, com uma espécie de grandes asas negras presas às costas, rodavam sobre si mesmas, e em círculo, numa dança lenta e cerimoniosa. Lembrei-me de uma conversa, anos atrás, com Humberto Chiteculo. Na época o antigo guerrilheiro disse-me que esperava conseguir manufacturar umas asas largas, como as que Sangue Frio usava e o tornaram famoso. Talvez Chiteculo tivesse criado alguma espécie de seita.

Todos os dias surge em Luanda uma nova igreja. Há dois anos realizei um documentário sobre o fenómeno. Entrevistei um bispo da Igreja Guevarista. Conversei longamente com um alto responsável da Congregação do Espírito Iluminado dos Povos Bantos. Cheguei a filmar os rituais de iniciação dos Homens-Leopardo, ou quinzares, uma sociedade secreta formada por sujeitos influentes, generais, ministros, empresários, que acreditam poder trocar de pele, ou melhor, de pele para pelo: são homens durante o dia e depois que a noite cai incorporam na carne elástica de leopardos e saem juntos para caçar. Tinham-me assegurado que nos rituais de iniciação dos quinzares se praticava a antropofagia. Patranhas, claro! Pratica-se, no máximo, uma espécie de antropofagia simbólica, semelhante à que acontece nas missas católicas, quando os acólitos são convidados a comer e a beber o "corpo e o sangue de Jesus Cristo".

Se me fosse possível encarnar num animal, quando mais não fosse para repousar um pouco desta nossa natureza humana, preferia ser rinoceronte.

(O escritor moçambicano Mia Couto diria, neste caso, encornar num animal; poderia escrever também empeixar, se se tratasse, por exemplo, de encarnar num pargo. Quanto a mim, cultivo certo temor reverencial em relação aos trocadilhos.)

Gosto de rinocerontes. Só de me imaginar a correr pela savana, livre e couraçado, já me sinto melhor. Durante a cerimónia de iniciação, teríamos de comer capim. Por isso é que não existe nenhuma sociedade secreta dos homens-rinocerontes. São raras as pessoas que apreciam capim.

— Sim — respondi. — Vi-os, mas não sei o que sejam.

A velha recostou-se no sofá. Estudou atentamente um dos biscoitos. Depois comeu-o. Fiz o mesmo. Continham passas e grãos de chocolate preto. Achei-os deliciosos. Ouviam-se vozes vindas do restaurante. Estourara uma discussão sobre futebol entre o Rei e um outro homem. O gigante falava numa voz sonora e grave, muito densa, que me fez lembrar a do saxofonista camaronês Manu Dibango. Um outro gritava com ele. O Rei não precisa gritar, tem uma voz que se impõe sem esforço. Mãe Mocinha fechou os olhos, alheia ao surdo alvoroço.

— Há anjos a mais na sua vida, filho — disse por fim. — Você está cercado por anjos. Uma porrada de anjos! Eu acho os anjos um bichinho muito filho da puta, sabia?

Contei-lhe que acabara de ver uma mulher cair do céu.

— Compreendo. Outro anjo...

— Não, o mais incrível é que eu a conhecia. E olhe, não creio que fosse um anjo. Não achei que tivesse nada de angélico, exceto o facto de tomar chá com Deus.

Acrescentei que a mulher se chamava Núbia e que viajara comigo de Lisboa para Luanda. Narrei-lhe, não escondendo pormenor algum, a conversa que tivera com ela. Mãe Mocinha ouviu-me atentamente. Voltou a recostar-se no sofá, de olhos fechados, um longo momento. Quando por fim os abriu e endireitou o corpo, estava mais moça. A pele esticada sobre os ossos, húmida e luminosa, as costas muito direitas. Também a voz me soou outra, viçosa e húmida como a de uma adolescente. Disse-me, naquela voz recém-estreada, que eu corria perigo.

Se a consulta tivesse acabado nesse momento, teria saído dali indiferente. Fui cético a vida inteira. Lembro-me de, em criança, tentar saber o que acontecera ao meu pai e de alguém me ter dito, olha, rapaz, o teu pai morreu e foi para o céu. "Ninguém vai para o céu", terei retorquido, conquanto não me recorde do episódio, "as pessoas não podem viver no céu por não terem onde se agarrar. O céu não tem rebordos. Mesmo os pássaros não vivem no céu. Quanto aos mortos esses vão para baixo da terra, metem-nos dentro de um caixote com flores, e ali ficam." Conto isto para melhor compreenderem o meu espanto quando Mãe Mocinha se pôs a falar da minha vida com detalhes que apenas eu próprio julgava conhecer. Era como se fosse eu a falar de mim, embora com a distância e a lucidez de um estranho.

— Essa mulher não está apaixonada por você — disse, referindo-se a Kianda. — Quando olhamos para um espelho, não é o espelho que vemos. O que vemos é a nossa imagem refletida nele. Você é como um espelho para essa mulher. Ela nem sequer repara em você, filho, está apaixonada pelo próprio reflexo. Do que ela gosta é do seu deslumbramento, gosta da forma como você a vê.

Talvez tenha razão. Fiquei a pensar no que me disse. Acho que daria para escrever um breve ensaio sobre o amor impróprio.

6.

Mais alguns elementos para um breve ensaio sobre o amor impróprio.

Não chore, Bárbara. Assim choramos as duas. A única verdade da minha vida foi o amor de Bartolomeu. A única verdade é o amor. Nem a verdade é necessária, exceto no amor. Bem sei, parecem versos de uma das minhas canções, e talvez sejam. Tome um lenço, seque as lágrimas. Não lhe posso pedir para ser minha amiga. Seja então minha inimiga, mas não me ignore. Nós, os cantores, os atores, as pessoas ligadas ao negócio do espetáculo, todos nós, os saltimbancos, ganhamos o vício dos palcos. Precisamos das luzes, faz-nos falta, inclusive, o pequeno pânico. Fazem-nos falta a ansiedade, o suor frio, a vertigem nos primeiros minutos. Precisamos dos aplausos. Uma droga? Ri-se? Prefiro vê-la a rir, mesmo quando troça de mim. Já lhe devem ter dito que fica muito bonita quando ri. Voltando às drogas, são até várias, você sabe, senhora doutora, estou a ensinar o padre-nosso ao vigário, são um coquetel de drogas, em particular adrenalina e endorfina. A adrenalina acelera o coração. A endorfina é a principal responsável pelo sentimento de euforia que se instala ao fim da terceira música e se prolonga por vezes até duas ou três horas depois do espetáculo.

Fora do palco somos pessoas desesperadas, carentes da aprovação do público, e sobretudo de adrenalina e endorfina. Facilmente nos deixamos seduzir e cativar. Basta uma festa na cabeça, um elogio, um sorriso mais aberto. Quando me sentei no infame sofá em forma de boca, no Real Gabinete Português de Leitura, Bartolomeu debruçou-se sobre mim e disse-me ao ouvido...

Disse-me...

Não, nem vou repetir...

Senti-lhe o perfume, um aroma a tabaco, um vago lume a pimenta, a sândalo e maresia, e pensei, ah, Corto Maltese devia usar um perfume assim. Essa combinação perdeu-me: o piropo estúpido, o calor da voz, o perfume exótico. Uma explosão nas veias de dopamina, neuroepinefrina e feniletilamina. O coração aos saltos. A pele húmida. O rosto a arder.

Diz-se de alguém, quando desmaia, que perdeu os sentidos. Eu, naquele momento, ganhei sentidos. Aconteceu-me o inverso de um desmaio: acordei. Nas semanas seguintes o meu estado só piorou, ou só melhorou, dependendo da perspectiva, e da distância. À distância não existe paixão que se não pareça com uma catástrofe. Na altura, sob o poderoso efeito da endorfina, dopamina etc., temos a ilusão de viver uma experiência maravilhosa. Façam uma vaca cheirar uma linha de coca e ela avançará para o matadouro com idêntico entusiasmo.

Eu adormecia a pensar em Bartolomeu e acordava a pensar nele. Durante esses meses, a propósito, deixei de tomar comprimidos para dormir, e voltei a sonhar. Descobri, sem surpresa, que partilhávamos sonhos. Sonhávamos com as mesmas coisas, nas mesmas noites, suponho que ao mesmo tempo, ainda que estivéssemos muito longe um do outro. Às vezes ele começava um sonho, em Luanda, e eu terminava-o em Paris. Uma noite, por exemplo, sonhámos ambos que um velho elefante corria ao longo de um rio de águas barrentas. Na noite seguinte Bartolomeu sonhou que o animal se detinha exausto junto a uma grande árvore, com longos troncos quase horizontais, dos quais pendia uma espécie de pequenos figos roxos. Deviam ser frutos muito doces porque os rodeavam persistentes enxames de minúsculas moscas pretas. Bartolomeu viu-me a voar das ramagens altas, com as minhas frágeis asas de tinta azul, e pousar no dorso do elefante. Comecei então a cantar uma canção feita inteiramente de luz e de sombras, ao invés de silêncios e de sons. Nas minhas canções — dizem alguns críticos, e eu concordo —, são mais importantes os silêncios do que os sons. Duas noites mais tarde, foi a minha vez de sonhar com o elefante. O velho paquiderme dormia, encostado à árvore. Dormiam também, rebrilhando sob a luz de um formidável sol de dezembro, as águas ociosas do rio. Ouvia-se apenas, como uma toada distante, o zumbido das pequenas moscas voltejando em redor dos figos. Então Bartolomeu surgiu de parte nenhuma, arrancou um dos figos e comeu-o.

Numa outra noite, em Nova Iorque, sonhei com um verso: "*Love is a wild season*". Na manhã seguinte Bartolomeu enviou-me um soneto, por SMS, que começava quase da mesma forma:

O amor é uma estação perigosa:
rosa ocultando o espinho,
espinho disfarçado de rosa,
a enganosa euforia do vinho etc.

Disse-me, mais tarde, que também ele havia sonhado com o primeiro verso. No sonho de Bartolomeu o verso foi-lhe dito ao ouvido por um búzio dourado. Bartolomeu corria numa praia deserta. Encontrou o tal búzio, colocou-o junto ao ouvido, e este soprou-lhe o verso. Entreguei o soneto a Jacó Congo, o meu costureiro, que nos últimos anos se revelou também um excelente compositor, e dois dias depois tinha uma das minhas melhores canções — "Barroco tropical".

Não estou a contar-lhe histórias. Estou a tentar descrever-lhe um sonho, ou melhor, uma sucessão de sonhos, o que, evidentemente, ninguém consegue. Os sonhos são inapreensíveis. Você, que é psicanalista, pode entreter-se a interpretá-los. Quero lá saber. Na altura sobressaltou-me a sensação de que Bartolomeu se tornara parte de mim, como se me tivesse nascido um terceiro olho, um outro coração, e graças a isso eu viesse ganhando uma mais apurada consciência do mundo.

Contudo, nem no momento em que me apaixonei, nem mais tarde, depois que o meu coração serenou, nunca me passou pela cabeça deixar o Lulu. Habituei-me a pensar no meu marido não como quem pensa numa pessoa mas como quem pensa num lugar. Os lugares são estáveis. Estão lá para sempre. Lulu era a minha cidade natal, a casa dos meus pais, as paisagens da minha infância, um sólido cais de pedra, um porto de abrigo capaz de me proteger das tempestades. Pensando melhor, também os lugares morrem, também eles nos podem trair. Foi o que aconteceu à minha cidade. Em todo o caso eu pensava em Lulu como quem pensa num lugar estável. Faça um pequeno esforço de imaginação. Pense num lugar estável. O Kilimanjaro parece-lhe um lugar estável? Pois eu pensava em Lulu com o mesmo sentimento de segurança, de perenidade, com que você pensa no Kilimanjaro.

Nos últimos anos, é verdade, fomo-nos afastando um do outro. Afastando é uma maneira de dizer, pois estamos sempre juntos, acho mesmo que o que nos afastou foi esse excesso de proximidade.

Cansámo-nos um do outro...

Nos poucos dias que conseguimos passar em Luanda, entre viagens, evitamo-nos cordialmente. Lulu sai às oito da noite, para comprar cigarros, e chega de manhã, depois das dez. Toma um duche, deita-se, abraça-me, e eu finjo que continuo a dormir. Acordo e ele está estendido ao meu lado, de bruços, num sono tão falso e tão indefeso quanto o sorriso da mulher do lançador de facas no momento em que as facas se espetam sem ruído na silhueta atrás dela.

O que quer que lhe diga? Não era o inferno. Era apenas a mediocridade. Eu acreditava que poderia ser sempre assim. Até hoje! Esta tarde, depois de ver a tal mulher cair do céu, cheguei a casa e encontrei Lulu à minha espera, a esforçar-se por parecer funesto e digno. Estava sentado na cama, com uma enorme mala amarela pousada junto aos pés. Não é fácil parecer funesto e digno com uma enorme mala amarela pousada junto aos pés.

— Vou-me embora — anunciou, e eu percebi que estava cheio de medo. — Vou-te deixar. O nosso casamento acabou.

Ri-me, incrédula. Queria falar-lhe da mulher que vira cair do céu. Queria pedir-lhe que me perdoasse por tantos anos de distância e de silêncio. Dizer-lhe que tomara a firme decisão de recuperar o nosso casamento e o amor dele.

— Aonde vais?!...

— Vou-me embora. Apaixonei-me por outra pessoa. Espero que compreendas, até porque também tu tens outra pessoa. Continuaremos a trabalhar juntos, serei sempre o teu melhor amigo, mas vou-me embora. Podes ficar com o apartamento. Eu mudo-me para o Bom Jesus.

Foi como se me tivesse arrancado o coração pela boca. O.k., não me olhe assim. Pronto, então não foi como se me tivesse arrancado o coração pela boca. Mas foi — isso sim! —, foi como se tivesse agarrado o meu coração com força, como se o tivesse agarrado para o arrancar, porque de repente senti um aperto no peito, faltou-me o ar, as cores do quarto escureceram, e tive de me encostar à parede para não cair.

— Tu vais o quê?!

— Vou-me embora...

— Quem é ela?

— Não interessa. Não muda nada.

Sentei-me na cama, junto dele. Lulu voltou-se para mim e beijou-me ao de leve, no rosto. Tinha a pele áspera, a barba por fazer. Devia tê-lo prendido por um braço, mas não fui capaz. Ele levantou-se, agarrou na enorme mala amarela e saiu do quarto. Ouvi o elevador. Ouvi a porta do elevador a fechar-se. Depois a casa ficou em silêncio. Continuei sentada, muito tempo, sem conseguir chorar. Então lembrei-me de Bartolomeu e veio-me uma cólera, uma vontade absurda de lhe fazer mal. Tirei o telefone da bolsa e disquei o número dele.

O telefone começou a ladrar no momento em que saí do quarto cor de esmeralda. Era Kianda. Passaram vários anos mas ela mantém intacto o poder de me desarrumar o espírito. Ouço-lhe a macia voz de sumaúma, a dicção perfeita com que desenha as palavras em todas as suas cores, e sinto-me como se tivesse tomado cinco xícaras de café seguidas: o coração acelera e sofro um ataque de angústia. Isto dura cinco minutos, dez, depois passa.

— O meu marido foi-se embora — disse-me. — Deixou-me.

— Ele descobriu alguma coisa?

— Não sei. Apaixonou-se por outra mulher.

— Apaixonou-se por outra mulher?! — A revelação parecia-me extraordinária. Acreditei sempre que Lulu se mantinha casado com Kianda por simples interesse. Era uma associação extremamente lucrativa para ele. — O teu marido apaixonou-se por outra mulher e deixou-te? Custa a crer.

— Não sei o que faça. — Desfez-se em lágrimas. — Não sei o que faça. Quero pedir-lhe perdão.

— Queres que ele volte?

— O Lulu não vai voltar. A minha vida perdeu todo o sentido.

— Dá-me um momento, a ver se compreendo. E eu?

— Tu o quê?

— Qual é o meu papel?

— Não te quero ver mais.

— Continuo sem perceber. Ao menos explica-me. Se me explicares, talvez eu consiga aceitar. Fica descansada, não corto os pulsos. Não faço um escândalo. Tenho um imenso talento para a felicidade. Durante algumas semanas ficarei muito triste, mas seguirei o meu caminho. Tu seguirás o teu. Só te peço que me ajudes a compreender.

— Eu também não me compreendo. Não preciso de me compreender para ter a certeza de que acabou. Não te quero ver mais.

— E tudo o que se passou entre nós?

Nunca pensei dizer esta frase, a não ser por troça, imitando um mau ator. Disse-a, e no mesmo instante me dei conta de que estava perdido. Eu era Teseu no labirinto, preso por um fio à única saída, e de súbito dava-me conta de que Ariadne o cortara. Ali estava, pois, perdido no labirinto. O resfolegar do Minotauro chegava até mim. O seu hálito azedo entorpecia-me. Queria correr mas não sabia para onde.

— Alguma vez te fiz promessas? — A voz dela era fria. — O que passou perdeu-se para sempre. Eu não gosto de olhar para trás. Tão-pouco faço planos para o futuro. Vivo no presente.

Anoitecera enquanto discutíamos. Desliguei o telefone. Guardei-o no bolso das calças. Depois voltei a sentar-me à mesa onde comera os miúdos de frango, e pedi outra cerveja.

Jacó?

Assustaste-me!

Já não me devia assustar, bem sei, é a quarta ou a quinta vez que me pregas a mesma partida. Nunca me lembro que tens a chave do apartamento. Entrei e nem te vi, sentado no escuro, vestido de preto como um cangalheiro. Tens razão, os cangalheiros não vestem Congo Twins. O fato, aliás, cai-te bem. Ficas muito elegante. Ainda assim preferia que te vestisses como o teu irmão. As camisas do Esaú teriam feito inveja ao Nelson Mandela. Uma vez disse-me:

— Sou meio aparentado aos arco-íris. — Agora eu penso nele e vejo um pequeno arco-íris. Um arco-íris de bolso.

Lembras-te da entrevista que vocês deram à Marília Gabriela? Grande entrevista. Gravei-a. Volta e meia revejo-a quando estou sozinha e acabo a rir às gargalhadas. Faz-me bem. Em determinada altura, a Gabi perguntou ao teu irmão:

— O que você queria ser quando era pequeno? Alguma vez sonhou que iria se transformar num grande costureiro?

E logo ele:

— Não, costureiro não, Gabi. Grande sim, grande eu queria ser! Infelizmente não consegui.

O Esaú era o oposto de ti. Sempre me assombrou isso, duas pessoas tão iguais fisicamente, e com espíritos tão diferentes. Muitas pessoas não gostavam do teu irmão. Exaltava-se facilmente e tinha aquele vício do jogo. Mas pouco importa, sinto saudades dele. Faz-me muita falta. Sabia como me fazer rir. Poucos homens conseguem fazer-me rir. Não merecia aquela morte horrorosa. Ainda hoje não consigo compreender porque o mataram. Não compreendo porque o torturaram tão barbaramente antes de o matarem.

Assalto?!

Não me lixes, já discutimos isso antes. Não acredito que tenha sido um simples assalto, nunca acreditei nessa história. Os assaltantes têm pressa em abandonar o local do crime, não torturam pessoas com maçaricos.

Desculpa, não vamos falar disso.

Recebeste a minha mensagem? Claro, por isso estás aqui. Nunca me falhaste. Tu, sim, és o meu porto de abrigo. O Lulu foi-se embora. Não, não voltará. Sinto-me exausta de dor. Quero morrer. Quero matar-me. Nem sei o que quero. Fui procurar a mulher do Bartolomeu, a psicanalista. Contei-lhe tudo. A seguir pedi-lhe, implorei-lhe, para ir comigo ver o Lulu.

Porquê?

Porque fui falar com ela?

Nem sei bem. Precisava de me libertar da culpa. Há quatro anos que carregava aos ombros o peso da culpa. A culpa, costumava dizer o meu pai, é uma fraqueza do espírito, um achaque pequeno-burguês. "Comunistas não têm remorsos." Eu sou pequeno-burguesa. Sou-o com a mesma firmeza com que o meu pai foi comunista, ou ainda mais, pois ele vive até hoje atormentado pela culpa, o que é a melhor demonstração de que, no íntimo, foi sempre um fraco de espírito e um irremediável pequeno-burguês.

Fui falar com Bárbara, portanto, para que ela me perdoasse. Achei que se ela me perdoasse e viesse comigo falar com Lulu ele compreenderia a firmeza da minha decisão e talvez conseguisse também perdoar-me.

Bárbara recusou-se. Ficou horrorizada com a ideia.

Foi então que te enviei o SMS — ou melhor, o SOS.

Se o Lulu sabia?

Claro! Lulu soube de tudo desde o primeiro dia.

Provavelmente soube de tudo antes mesmo do primeiro dia, antes mesmo que o meu coração começasse a bater mais rápido. Ele sabe mais sobre mim do que eu própria. Tenho de o ter ao meu lado durante as entrevistas para que me ajude com as datas. Lulu sabe, por exemplo, o dia certo em que cantei pela primeira vez no Royal Albert Hall. O nome dos músicos que colaboraram nos meus discos. Os prémios que ganhei. Essas coisas.

Preciso dele para me lembrar quem sou.

Mais importante: é capaz de prever quem virei a ser. Eu não gostava de quiabos. "Vais gostar", disse-me Lulu um dia. "Daqui a dois ou três anos vais gostar muito de quiabos." Então, numa manhã de inverno, acordei em Moscovo com um desejo absurdo de comer quiabos. "Que estupidez", comentei, "acordei hoje com vontade de comer quiabos." Lulu sorriu: "Fantástico. Trouxe quiabos de Luanda". Foi para a cozinha do hotel — ele cozinha muito bem, como sabes — e meia hora depois apresentou-me um delicioso prato de quiabos com camarões. Naquela época eu também não gostava de fado. A música portuguesa irritava-me um pouco. Um dia Lulu apareceu aqui em casa com uma caixa cheia de discos. Música portuguesa, sobretudo fado. Disse-me: "Ouve com atenção. Vais apaixonar-te". E eu gostei. Gostei tanto que no meu terceiro disco decidi incluir uma guitarra portuguesa.

Interessa-te essa estatueta?

É santa Cecília, a padroeira dos músicos. Foi-me oferecida pelo Lulu, ainda nem sequer namorávamos. Comprou-a a um jovem padre, numa pequena cidade do nordeste brasileiro. Santa Cecília costuma ser representada a tocar um instrumento: harpa, violino, violoncelo. A minha parece segurar alguma coisa, vês?, seria talvez um violino, mas desapareceu. Converso muito com ela quando estou sozinha.

Eu, ao contrário de Esaú, se fosse um fenómeno meteorológico seria um crepúsculo. Sou aparentada com tudo quanto escurece.

Uma estrela, dizes?

Pode ser. As noites estão cheias de estrela e no entanto vê como são escuras. O brilho das estrelas não ilumina caminho algum.

7.

Uma descida aos infernos.

Mouche Shaba abriu a porta no momento em que me preparava para tocar à campainha. Vestia um bubu azul metálico com pequenas orquídeas bordadas a fio dourado. O cabelo, trançado e armado, erguia-se como uma coroa por sobre a sua sólida cabeça de antracite. Achei-a quase elegante. Estranhei vê-la vestida, penteada e maquilhada como se fosse para uma festa. Mouche sofre de agorafobia. Vive há anos fechada no apartamento. Compra tudo o que necessita através da Internet. O que não lhe entregam em casa trazem-lhe os empregados.

— Estás atrasado! — ralhou, arranhando os erres. — Os portugueses já chegaram.

Só então me lembrei que prometera jantar em casa dela. Os restantes convidados aguardavam na sala de visitas. Um homem e duas mulheres, empresários, bancários, eu sei lá, que tinham vindo a Luanda com o objetivo de persuadir Mouche a desenhar um hotel de cinco estrelas para o Chiado. A mulher mais jovem lera os meus livros, vira os meus filmes, e manifestara o desejo de me conhecer. Ergueu-se assim que entrei, muito loira, muito corada:

— O seu último livro mudou a minha vida.

Não gosto da frase: é falsa. Felizmente é falsa. Há livros que mudaram a vida de muitas pessoas. A *Bíblia*, o *Corão*, *O capital*, ou o *Larousse gastronomique*. Não creio que a literatura possua um tal poder. Os meus livros ao menos não possuem. Eu não conseguiria escrever se suspeitasse que iria mudar a vida de alguém. Escrever é uma irresponsabilidade. Podia ter dito isto à mulher, mas só serviria para a deixar ainda mais aflita. Assim, agradeci e mudei de assunto. O que eu queria era que Mouche me ajudasse. Aproveitei um momento em que saiu da sala — porque, justificou-se, precisava de dar instruções ao cozinheiro —, fui atrás dela e filei-a pelo pescoço.

(Não tomem a expressão à letra. Mouche é uma mulher enorme, de ombros maciços e grossas mãos de camionista. Confidenciou-me que gosta de virar os amantes na cama. Uma vez tentou mostrar-me o quarto de dormir mas recusei aterrorizado.)

Portanto não a filei pelo pescoço. Interceptei-a no corredor. Sussurrei, numa aflição:

— Preciso da tua ajuda, Mouche. Acho que me querem matar.

— Quem te quer matar?

— Não tenho a certeza. Talvez a Presidente.

Mouche abanou a cabeça:

— A senhora Presidente não mata ninguém. Não odeia ninguém. Para odiar faz-se necessário um coração. Espero que gostes de arroz de pato.

Fomos para a mesa. O português elogiou o pato. A seguir, sem pretexto algum, passou a enaltecer o último espetáculo de Kianda. Ao princípio tentei ignorá-lo. O homem cada vez se entusiasmava mais:

— Kianda lembra-me uma espécie de sacerdotisa de um antigo culto pagão. A gente ouve-a cantar e tem a sensação de estar num ritual.

O arrebatamento do português irritou-me. Irritou-me sobretudo o facto de eu próprio ter sentido o mesmo em todos os espetáculos de Kianda. Cantar, como a etimologia da palavra testemunha, começou por ser uma prática esotérica. Encantar significava originalmente cantar contra alguém — enfeitiçar. Os espetáculos de Kianda, aos quais ela chama cerimónias, deixam-me sempre num estado de grande inquietação criativa. Em palco, enquanto canta, Kianda irradia uma espécie de luz que, ao invés de esclarecer, escurece. É um escurecimento lúcido (mais um oxímoro que ofereço ao meu sogro). Uma pessoa sai dali aflita, mesmo sem saber porquê, ou talvez por não saber. Sai dali pronta para criar.

— A mim irrita-me — declarei. — Acho-a forçada, excessiva, a vida não é assim.

O português olhou-me indignado:

— Evidentemente, ela faz a vida parecer mais intensa. Por isso gostamos de a ouvir cantar.

— Bartolomeu é um catálogo de opiniões — interveio Mouche. — Tem uma opinião diferente em cada dia e defende-as a todas muito bem. Ainda ontem me parecia um devoto de Kianda. Batia-se por ela com unhas e dentes.

A loira sorriu. Um sorriso cúmplice. Também a voz era loira. Pensei que gostaria de a ouvir cantar:

— Os homens são volúveis.

Foi nesse momento que o meu telefone vibrou. Tirei-o do bolso. Havia uma nova mensagem: "Morte aos feiticeiros! Execução-Espetáculo: Termiteira, piso — 3. 24:00". Estremeci. Os jornais trazem com frequência notícias de crianças, acusadas de feitiçaria, que são queimadas em lugares públicos. Estes processos juntam grupos convocados à pressa através de torpedos anónimos.

As pessoas assistem ao assassinato das crianças e depois dispersam. Quando a polícia chega já só encontra os cadáveres calcinados das vítimas. Um dirigente da oposição acusou a polícia de receber dinheiro para não atuar. Insinuou, além disso, que haveria agentes da polícia envolvidos em muitos destes processos de feitiçaria. Espreitei o relógio. Faltavam quinze minutos para a meia-noite. O telefone voltou a vibrar. Desta vez era um torpedo do meu amigo Rato Mickey: "Apanharam a Menina-Cão. Vão queimá-la". Levantei-me da mesa, muito nervoso.

— Lamento. Tenho de ir.

— Estás atrasado para o teu próprio assassinato? — Mouche, irónica, voltando-se para os portugueses. — A senhora Presidente convocou-o para o matar.

Não respondi. Saí a correr.

Tinha passado dois meses à procura da Menina-Cão. Soube da sua existência através de uma breve nota no *Correio de Luanda*:

> Uma Menina-Cão vem assustando os moradores do Kilamba Kiaxi. Populares afirmam ter visto uma menina a conduzir uma alcateia de cães selvagens pelas ruas do município. Segundo diversos testemunhos, a menina, que se comunica com os cães através de uivos e latidos, e assalta quintais para furtar galinhas e outros animais domésticos, não aparenta ter mais de nove anos. A Menina-Cão também já foi avistada no Sambizanga e no Cazenga. Há quem acredite que o seu habitat natural é a Lixeira do Golfe. Recorde-se que a Lixeira do Golfe, entretanto desativada, recebia no início do século cerca de duas mil e quinhentas toneladas de lixo por dia.

Fiquei curioso. A ser verdade, teria ali bom material para um documentário. Liguei para o *Correio de Luanda* e consegui falar com o jornalista que escrevera a nota. Confessou não saber mais nada. Um amigo telefonara a contar o caso. A ele nem sequer ocorrera confirmar a informação. Perguntei a Rato Mickey se ouvira falar numa Menina-Cão. Mickey sabe tudo o que se passa em Luanda, quer no mundo da política e do espetáculo, quer no universo bem mais vasto, complexo e misterioso dos grandes musseques que cercam a cidade. O meu amigo confirmou: sim, escutara vários relatos sobre a Menina-Cão. Uma feiticeira, dizia-se, capaz de se transformar em cachorro, e cuja mordedura provocava a morte lenta da vítima por envenenamento.

Na manhã seguinte fui visitar a Lixeira do Golfe.

Entre nós vai-se tornando difícil distinguir entre cidade e lixeira. Conheço bairros, vastos como metrópoles, erguidos sobre o lixo, e a partir do lixo, numa bizarra e cruel harmonia. Vi velhos contentores ferrugentos transformados em salões de beleza e valas para escoamento de águas abertas no próprio lixo. As paredes das barracas erguem-se à pressa, com tijolos de cimento, e são depois cobertas com folhas de zinco. Sobre estas colocam-se pesadas pedras para que o vento as não levante. Recentemente, durante uma tempestade, um desses telhados soltou-se, ergueu-se nos ares, ganhou velocidade, e ao descer decapitou um ciclista. A cabeça dele apareceu na primeira página d'*O Impoluto*. Lembrei-me, ao vê-la, da cabeça de João Baptista, da cabeça de Maria Antonieta, da cabeça de Zumbi, da cabeça de Lampião, da cabeça de Ernesto Che Guevara, e de tantas outras famosas cabeças sem corpo. Aquela era uma cabeça anónima. Se fosse um jornalista independente, ou um político da oposição, poderia ser tentado a ver nela "a cabeça do povo angolano". Não sou. Olhei para a cabeça e vi uma cabeça.

Pessoas a viver no lixo é algo comum. A mim o que me interessava era confirmar a alegoria — uma menina que desenvolvera a capacidade de se comunicar com cães devido à incapacidade de se fazer ouvir pela restante humanidade.

Montei um observatório na Lixeira do Golfe. Passei noites em claro, escondido com a câmara atrás de uma rede, no alto de uma velha grua. Numa madrugada de nuvens baixas ouvi o latir de cães. Vi-os saltar do nevoeiro como fantasmas aflitos. Contei onze. Velhos rafeiros com as orelhas cortadas. Pastores-alemães. Um galgo ainda altivo. A menina vinha à frente. Corria sobre os pés e as mãos, com as costas em arco, o rosto ligeiramente erguido, farejando o ar. A espessa cabeleira descia-lhe pelos ombros, em rudes tranças sujas. Tinha as costas cobertas por uma pelagem grosseira, à qual se agarravam pedaços de lama seca e de alcatrão. O rosto, todavia, era quase belo. Um súbito golpe de vento alertou a matilha para a minha presença. A menina voltou-se contra mim num ladrar furioso. Os cães rodearam a grua. Se eu estivesse ao alcance deles ter-me-iam despedaçado às dentadas. O ataque durou dois, três minutos no máximo. Então a menina voltou a ladrar, dois fortes latidos ríspidos, e a matilha mergulhou de novo na neblina. Já passava do meio-dia quando consegui coragem para descer da grua e correr até ao carro.

Os jornais angolanos trazem com frequência notícias de pessoas assassinadas sob a acusação de feitiçaria. Guardo vários recortes. Seguem-se alguns deles:

> O pastor da "Igreja Mieza", do município do Cacuaco, António José, mais conhecido por Papá Toni, foi detido pela Polícia Nacional, acusado de "intoxicação medicamentosa", que levou à morte de dois cidadãos em Luanda. O pastor é acusado de homicídio voluntário. Segundo a Polícia, os crimes ocorreram no dia 25 de novembro e as vítimas são Guilherme Mateus Fernandes, casado, de quarenta e cinco anos, padrinho de casamento do pastor, e Maria Inês dos Santos, de trinta e sete anos. Segundo a Polícia Nacional, as vítimas encontravam-se internadas na residência do pastor, que se dizia ser terapeuta tradicional, para serem tratados contra o al-

coolismo. António José deu-lhes a beber um medicamento que matou os dois pacientes. O pastor tem outra versão. O tratamento das vítimas já tinha começado havia duas semanas. Papá Toni disse à nossa reportagem que o "milongo" é à base de ervas que em quicongo se chamam "Nkutakani". As ervas "são muito boas para pessoas que desejam deixar de consumir álcool. Essa erva primeiro é analisada num laboratório tradicional antes do seu uso via oral", disse Papá Toni. O pastor jura que o medicamento ministrado às vítimas "retira todo o álcool do corpo humano". [...] Papá Toni recebe o "milongo" que tira o álcool do corpo da República Democrática do Congo, "mas em Luanda é comercializado em vários mercados". O pastor António José tem trinta e seis anos, é "quimbanda" e pastor há vinte. Afirma que antes nunca morreu nenhum dos seus pacientes. "E eu trato todas as doenças menos a SIDA." Fez o curso na República Democrática do Congo. [...] Em relação ao pagamento dos tratamentos, o pastor diz que "o valor é de natureza voluntária e só depois do tratamento". Segundo o pastor António José, a sua igreja tem autorização da Secção Municipal da Cultura de Cacuaco. O pastor da "Igreja Mieza" tem três mulheres e vinte e três filhos para sustentar. É muita gente a clamar por Papá Toni.

Seis crianças acusadas de práticas de feitiçaria pelos seus pais em Mbanza Congo, província do Zaire, foram vítimas de cárcere privado, durante quinze dias, na residência de um suposto pastor da igreja Betchalome, identificado por David Diambu Afonso Nkote. As autoridades tomaram conhecimento do facto graças a uma denúncia feita pela população, tendo o órgão realizado, de imediato, um inquérito que confirmou a veracidade da ocorrência na residência do aludido pastor. O diretor da DIPC no Zaire referiu que o suposto pastor já se encontra detido, e, neste momento, está sendo movido o processo judicial que será remetido ao Ministério Público para a sua legalização, sendo que, depois, dará entrada ao tribunal, para efeitos de julgamento. [...] Quanto ao paradeiro das crianças, o responsável referiu que as mesmas foram entregues ao centro de acolhimento de crianças, localizado no bairro Bela Vista, arredores de Mbanza Congo. Arrependido, David Diambu Nkote relatou que tudo começou quando um grupo de mulheres acompanhado de crianças apareceu em sua casa, alegando que os menores são feiticeiros e que deviam ser curados por ele. Acto contínuo, o pastor resolveu submetê-las a um jejum de quinze dias que, segundo explicou, serviria para a purificação dos seus pecados. "As próprias mães é que me pediram para curar as suas filhas por serem feiticeiras. O Espírito Santo orientou-me a jejuar com as crianças durante quinze dias e depois fui surpreendido pela polícia na minha residência, com a acusação de que se tratava de um crime. Por isso, fui parar na cadeia", disse.

O envenenamento de pessoas acusadas de práticas de feitiçaria na comuna de Capunga, município do Luquembo, a 275 quilómetros a sul da capital desta província, está a preocupar as autoridades locais. Pelo menos sete pessoas faleceram durante o primeiro semestre deste ano, dentre as quinze forçadas na calada da noite a tomarem juramento ou bambo, como também é conhecido. O veneno é uma mistura de ervas silvestres e de pó de camaleão que pode provocar a morte imediata da vítima, particularmente utilizado contra supostos feiticeiros, que na opinião dos autóctones atormentam os espíritos, provocam malícia e desgraças nas sanzalas. [...] A maioria dos aldeões, inclusive os mais esclarecidos, tomam partido daquele costume tradicional, afirma o administrador municipal, António Luciano Lúcio. "Feitiço é que é a situação vulgar aqui. Até os próprios filhos da área, mesmo sendo intelectuais, eles têm muito crédito no feitiço. E o melhor sistema que eles acham para se eliminar ou para se acabar com o feiticeiro é levar ao juramento."

Ainda voltei à Lixeira do Prenda mais quatro ou cinco vezes, mas não tive sucesso. Desisti. Isto passou-se faz cinco meses. A coincidência dos dois torpedos não permitia a menor dúvida. Chamei o elevador e pedi ao ascensorista que me deixasse no Piso Menos Três. O homem estranhou:

— Tem a certeza, mais-velho?

Não era difícil adivinhar os seus pensamentos. Um residente dos andares superiores nunca desce às catacumbas a não ser um toxicodependente em desespero ou, talvez, um pervertido sexual à procura de uma prostituta (ou de um prostituto) muito jovem.

— Sim — confirmei. — Menos três.

Ao ver-me sair, o ascensorista abanou a cabeça. O rosto exprimia desgosto e repulsa. Passei-lhe para as mãos uma nota de cinco dólares. O dinheiro não compra a dignidade, bem sei, mas conquista quase sempre a benevolência dos puros.

Não havia luz elétrica à saída dos elevadores, no piso menos três. Velas enormes, colocadas a espaços regulares sobre o pavimento de cimento cru, arremessavam contra a escuridão golfadas nervosas de cor. Havia uma estranha beleza naquele baile de sombras. Um homem passou por mim, a correr, vestido com uma camisa de um vermelho muito vivo. Apressei o passo, esforçando-me por não perder a rápida auriflama. Finalmente também esta se afundou nas profundezas.

Ao longe reverberavam vozes. Foi aparecendo mais gente. Homens de casaco e gravata, transportando pastas de couro. Jovens em trajes desportivos. Mendigos nos seus andrajos imundos. Prostitutas. Meninos de rua. Todos em silêncio. O mesmo silêncio convulso de que falava PaulBowles. Parecia uma encenação, uma peça de teatro de um desses grupos radicais, tão em voga nos dias de hoje, que aproveitam os espaços públicos para expor as suas inquietações.

Um pouco adiante havia um círculo de luz, formado por uma

vintena de velas acesas, negras e vermelhas, de dimensão semelhante àquelas que nos haviam conduzido até ali. O Rei ocupava, solitário, o centro do círculo. Tinha os braços cruzados sobre o suado esplendor do peito nu. Desprendia-se dele uma luz negra, uma escuridão refulgente, que depois se propagava em redor. Latidos desesperados fizeram com que a multidão se voltasse na direção oposta à do círculo de velas. Dois homens, com o rosto coberto por máscaras de madeira — dessas máscaras tradicionais, das Lundas, compradas no mercado do quilómetro 17, pintadas de vermelho e negro, e com uma espécie de larga juba feita de fibra vegetal — arrastavam a Menina-Cão, algemada de pernas e braços, enquanto outros dois, igualmente mascarados, abriam caminho. Os da frente exibiam catanas afiadas, armamento desnecessário, pois a populaça não demonstrava a menor hostilidade para com eles. O ódio dos espectadores dirigia-se inteiro contra a Menina-Cão:

— Bruxa! — gritou ao meu lado direito um homem magro, de feições delicadas, vestido como um agente funerário. — Vais ladrar no inferno.

Um outro cuspiu-lhe:

— Morre, fenómeno!

Um terceiro irrompeu de repente, deu-lhe um pontapé no rosto, e regressou a correr para o meio de nós. Os mascarados apressaram o passo. Conduziram a menina até ao centro do círculo. Largaram-na ali e afastaram-se. Uma mulher, a mesma que eu vira no Orgulho Grego, emergiu das sombras carregando um jerrican de plástico, de uns vinte litros, e entregou-o ao Rei. O gigante pegou nele, segurou-o acima da cabeça, como um troféu, mostrando-o ao povo, e a seguir despejou o conteúdo, em gestos amplos e pausados, sobre o corpo frágil da menina. Ela deixara de se debater. Gemia baixinho. Um forte cheiro a petróleo espalhou-se pela atmosfera. Pensei em gritar por ajuda. Contive-me a tempo.

Não era uma boa ideia. O gigante acendeu um fósforo e logo um clarão arrebatador iluminou o subterrâneo. No mesmo instante toda aquela gente se pôs a gritar e a dançar. Eu via dentes rebrilhando à minha frente, como navalhas. Via os musculosos torsos nus, suados, e grandes olhos brancos de assombro. Cheirava a carne queimada, a suor, a petróleo. Um grito horrível ergueu-se acima do desordenado clamor. Vomitei. Corri aos tropeções, aos encontrões, enquanto vomitava. Subitamente descobri a escassos metros, olhando para mim, o homem da gravata de seda com a imagem de uma gueixa a tocar *shamisen*. Pareceu-me que sorria, o rosto iluminado pelas labaredas, mas depois alguém me empurrou, caí, e quando voltei a erguer os olhos ele tinha desaparecido. Doía-me o peito. Sentia os maxilares rígidos e dificuldade em engolir. Afastei-me a correr. Nem sequer me lembrei de seguir o caminho por onde viera, assinalado pelas velas, de retorno aos ascensores. Queria apenas fugir dos gritos aflitos que vez por outra ainda se sobrepunham aos rugidos e cânticos da multidão. Quando dei por mim estava num corredor estreito, soturno, ocupado por caixotes, malas, objetos diversos. Havia pessoas estendidas sobre esteiras ou colchões. Aqui e ali ardia uma fogueira. Homens conversavam em voz baixa, bebiam, jogavam às cartas. A minha passagem atraía olhares desconfiados. Em determinada altura um sujeito alto, forte, vestido apenas com umas cuecas brancas, muito justas, sandálias de plástico, ergueu-se, bloqueando-me o caminho:

— Estás à procura de quem, ó zarolho?

— De ninguém — retorqui, tentando sem sucesso controlar o tremor na voz. Insisti, mais alto. — De ninguém, amigo.

— Não está, o Ninguém! — O homem riu-se da própria piada. — Foi-se embora. Nunca mais o vi.

Agarrou-me com força o braço direito:

— Kumbu, meu cota! Dá-me alguma coisa para comprar cigarros.

Levei a mão direita ao bolso, tirei duas notas de quinhentos quanzas e entreguei-as ao homem. Ele alisou-as, feliz, até com certo carinho, e depois guardou-as nas cuecas:

— Queres comprimidos para desarrumar o pensamento, zarolho? Tenho uns tão bons que até te fazem flutuar. Você fica tipo santo, sobe no céu.

— Não! Não!

— Mulheres? Catorzinhas?

— Não. Só quero saber como diabo faço para sair daqui.

A minha aflição pareceu diverti-lo. Gritou para um outro sujeito, que se deixara ficar imóvel, junto à fogueira, a apreciar a cena:

— O zarolho quer sair daqui, Castigo.

Castigo trazia tatuada na testa uma frase muito apropriada: "Senhor, tende piedade de mim". Não pareceu reparar no meu espanto.

— Não há saída, mais-velho — disse, soltando uma gargalhada terrível. — Uma vez que se chega aqui já não se sai. Bem-vindo ao fim do fundo.

O primeiro voltou a sentar-se. Pôs-se a cantar a meia voz uma das canções mais conhecidas de Kianda, com letra do Agualusa e música do cantor e compositor luso-moçambicano João Afonso. Castigo acompanhou-o percutindo levemente uma panela vazia:

Um dia irei enfim
até ao fim do mundo.
Irei até ao fim do fundo.
Até ao fim do fim.
Irei por ti, por mim,
meu amor vagabundo,
um amor tão profundo
não termina assim.

Um dia irei enfim
até ao findo mundo,
até ao fundo fim.
Até ao fim de mim.

Afastei-me com o coração aos saltos. Kianda parecia estar em toda a parte. Lá, na superfície, o rosto dela espreitava-me dos cartazes colados nos muros. Entrava num café, para comprar cigarros, e via-a a falar na televisão. Mandava parar um táxi, para escapar ao rancor das multidões, e ouvia-a, na rádio, sossegando o ar com a sua voz macia.

Há dois anos subi os degraus de rocha vulcânica do Templo-Montanha de Borobudur, em Yogiakarta, na Indonésia, e quando cheguei lá acima Kianda cantava "Barroco tropical". Um velhinho japonês estava sentado no chão, com as pernas cruzadas, ao lado de um pequeno transístor. Sorriu, beatífico:

— Cantora brasileira — disse. — Muito boa.

Tentei explicar-lhe que Kianda era angolana, não brasileira, mas foi inútil. Ouviu-me atentamente. Por fim voltou a sorrir:

— Cantora boa. Muito brasileira.

Pensava nisto quando, de repente, dei com Ramiro ocupado a desenhar. Nunca cheguei a realizar nenhum documentário sobre o jovem grafiteiro. Gravei, no entanto, várias horas de película com os seus murais. Uma manhã filmei um conjunto de desenhos que me deixaram intrigado. Representavam a avenida Marginal, com as suas palmeiras imperiais e a característica calçada portuguesa, mas incluíam cinco elegantes prédios que não estavam lá. Mostrei o filme a Mouche. A minha amiga estudou-o durante longos minutos:

— Estes prédios são meus, estou a desenhá-los. Não sei como, mas o teu artista teve acesso aos meus projetos. Pior: suspeito que teve acesso aos meus melhores sonhos. — Apontou para um dos edifícios: — Ainda não terminei este. Não sabia como terminá-lo. Agora sei. Excelente solução. — A irmã de Ramiro, a doce Myao, assegurou-me que o irmão não poderia ter entrado no computador de Mouche. Impossível. Ramiro não sabe trabalhar com computadores. Aliás, é quase analfabeto. Depois disso encontrei vários outros exemplos do que, à falta de melhor explicação, chamei "visões do futuro". Pelo menos um deles acabou por se concretizar: a construção de um enorme shopping, em forma de tenda, em Viana, cidade-satélite de Luanda.

Aproximei-me de Ramiro. Naquele troço abandonado da Termiteira havia, não sei por que milagre, luz elétrica. O rapaz trabalhava sobre uma parede recentemente pintada de branco. Reconheci, de novo, a avenida Marginal, com os seus edifícios futuros, mas havia algo ainda mais estranho. A maioria dos prédios estava em ruínas. A elegante torre que Mouche ainda não terminara de desenhar surgia agora horrivelmente mutilada. O prédio atrás parecia haver sido estrangulado pelas mãos de um gigante enfurecido. Um outro expunha as rudes entranhas de metal. Da calçada portuguesa só restavam fragmentos, o desenho de uma sereia nadando no mar. Recuei dois passos:

— O que significa isto?

Ramiro continuou a desenhar. Agarrei-o pelos ombros. Sacudi-o. Queria que me olhasse como uma pessoa, olhos nos olhos, ou melhor, olhos no meu único olho, queria que me reconhecesse e falasse comigo e me salvasse daquele pesadelo. O jovem voltou-se. Deu-me um empurrão forte. Caí. Bati com a cara no chão. Levei as mãos aos lábios e vi que tinha sangue nos dedos. Fiz um esforço para me levantar. Ajoelhei-me. Ramiro estava diante de mim. Tirara a navalha da caixa de sapatos e erguia-a na minha direção. Segurava-a com força na mão direita. Com a mão esquerda prendia o pulso direito, mas ainda assim tremia, tremia muito. Naquele instante fiquei mais aflito por ele do que por mim. Depois, de repente, Ramiro ergueu o pé e eu deixei de ver. Enquanto rolava no cimento húmido, sujo, compreendi que o rapaz me pontapeara o olho. Gritei:

— Calma! Não te quero fazer mal.

Ouvi o ruído de passos que se afastavam.

— Ramiro! Ajuda-me, não me deixes aqui.

Levantei-me, cego. Tateei em redor até alcançar a parede. O Medo. O Medo a toda a volta, rosnando, preparando-se para me romper o pescoço a fortes dentadas.

Uma imagem: eu a saltar do alto de uma escarpa. Céu escuro. Águas negras. Fora onde?

Praia da Caotinha, em Benguela....

Costumávamos passar as férias de março na Caotinha. Eu, a minha mãe e os meus seis primos. Naquela época devia ter dez, onze anos no máximo. Era um garoto alto, de uma magreza aflitiva, com uma cabeleira farta, áspera, que a humidade encrespava ainda mais. Nessa tarde fiz uma aposta com um dos meus primos, o mais novo, em como conseguiria saltar do alto de uma rocha, sobranceira ao mar, à qual chamávamos o Ninho das Águias. Só senti medo, muito medo, antes de saltar. Enquanto caía o medo desapareceu. Abri os olhos. Bolhas, peixes longos e metálicos. A superfície da água a rebrilhar. Lá em cima os rochedos torcidos. Nadei para terra. O meu primo esperava por mim com uma toalha estendida. Olhou-me, sem conseguir esconder a admiração:

— Tiveste medo?

Encostado à parede, a cabeça dorida, o olho a latejar, enxergando apenas uma vaga luminosidade, lembrei-me dessa tarde na Caotinha e pensei:

Pronto, eis-me em pleno salto!

Estou a cair.

E fiquei à espera que o meu coração sossegasse.

Isso não aconteceu.

De vez em quando passavam pessoas. Podia ouvir o estalar de gargalhadas, comentários em surdina. Passos que se aproximavam, detinham um momento, e depois desapareciam. A determinada altura escutei latidos. Não a podia ver, mas era como se a visse — à matilha (eu imaginava a matilha da Menina-Cão). Via-a correndo concentrada, fechada em si mesma, obedecendo a uma única vontade. Pensei: é o fim. Pensei: vou morrer devorado por cães. No entanto também aquilo passou, uma massa múltipla em movimento, o que quer que fosse. Passou sem me prestar atenção. Um corpo roçou-me as calças. Depois vários, ou o mesmo. Deixou (deixaram) ao passar um cheiro aflito.

Encolhi-me ainda mais de encontro à parede.

Sentia-me prestes a estoirar de angústia quando alguém me colocou um laço ao pescoço, uma trela, suponho, e me começou a puxar. Ao princípio reagi. Levei as mãos à garganta para me libertar. Ocorreu-me depois que talvez o meu captor estivesse a tentar tirar-me dali. Podia ser Ramiro. O jovem grafiteiro, como a maioria dos autistas, demonstra um horror intenso pelo contacto físico. Ainda que me quisesse ajudar não iria certamente estender-me a mão.

— Para onde me leva?

Não obtive resposta. A corda, muito esticada, mal me deixava respirar. Então, segui-o.

8.

Primeira conversa com santa Cecília.

O que faço agora, minha santa?

Mato-me?

Devíamos poder morrer temporariamente, como quem vai de férias. Não, não como quem dorme! Como quem dorme, não! Não digas disparates. Dormir é viver sem a opressão da consciência, e às vezes nem isso. Em sonhos também sofremos com remorsos. Também temos medo de morrer. Também adormecemos. Também morremos. Eu queria morrer de verdade, deixar de existir, de forma que durante algum tempo tudo fosse nada. Nada em mim e à minha volta. Eu flutuando no infinito nada.

Estás a rir-te outra vez?

Não suporto esse teu sorriso oblíquo, pintado em madeira. Sabes o que faziam os fazendeiros, no Brasil, quando os santos não atendiam as suas preces?

Não sabes?

Amarravam-nos ao pelourinho e chicoteavam-nos. Foi Bartolomeu quem me contou. Nunca sei se o que ele me conta é verdade. No caso das estatuetas mais pequenas — como tu — usavam pequenos chicotes fabricados especialmente para esse efeito.

Eu podia chicotear-te.

Podia colocar-te numa panela cheia de água a ferver. Imagino que isso te assuste mais do que o chicote, não?

Uma noite, no tempo em que ainda sonhava, sonhei que cantava numa sala enorme, talvez o Royal Albert Hall, e não havia uma única pessoa na plateia.

Ninguém!

Ninguém na plateia. No palco também não.

Os instrumentos tocavam sozinhos. Lembro-me de ter cantado até perder a voz. Depois mordi os pulsos, as veias romperam-se e o sangue jorrou. Quando terminei, curvei-me numa vénia longa sobre o palco coberto de sangue. Vi então, nos dias que estão para chegar, as longas ruas desertas e as casas vazias. Vi-me atravessando noites insones, entre lençóis frios e almofadas húmidas de lágrimas. Vi uma chávena de chá, sempre a mesma, abandonada na cozinha, e uma velha escova de dentes pousada sobre o lavatório. Vi um cão pálido esforçando-se por caçar a própria sombra. Vi-o depois estendido num passeio, degolado, os claros olhos cheios de água.

Já não te ris?

Porque não atendes as minhas preces?

Julgas que não o amo, ao escritor?

Amo-o tanto que não o quero infeliz comigo. Quero salvá-lo de mim. Sou como um mar que rejeitasse os seus afogados. Vesúvio engolindo a lava para salvar Pompeia.

Se fosse uma mulher corajosa ligaria para ele agora.

Ligo? Achas que ligue?

São quase duas horas da manhã e a noite já deve ter começado a devorar os seus filhos. As noites de Luanda têm muita fome.

Não, não lhe vou ligar.

Fui falar com a mulher dele. Disse-lhe o que tinha a dizer. Custou-me um pouco vê-la ali, a fingir-se indiferente, mas morrendo um pouco a cada palavra minha. Somos muito parecidas, o que não espanta. Quantos homens conheces tu capazes de amar ao mesmo tempo duas mulheres? Ao apaixonar-se por mim, Bartolomeu estava de novo a enamorar-se dela. Ao amá-la a ela é a mim que ama. Os homens repetem-se no amor. Repetem-se em tudo. São animais monótonos, estúpidos. Olho para Bárbara e é como se me visse ao espelho. Por exemplo, conheço muito bem aquela arrogância.

A soberba é o chapéu dos nus.

Portanto disse-lhe tudo.

Disse-lhe tudo, sem esconder nada. Houve um momento em que pestanejou, e vi saltarem-lhe grossas lágrimas. Tive de me conter para não a abraçar. Desmoronou-se, mas não caiu. Bem sei, é uma imagem impossível e no entanto foi o que aconteceu. Chorou de cabeça erguida, sem esconder as lágrimas. Quando me calei, debruçou-se para mim e sibilou, numa voz gelada:

— É tudo? Espero não a ver nunca mais.

A esta altura já deve ter posto Bartolomeu na rua. Ou saiu ela e levou as meninas. Em qualquer caso o desgraçado está sozinho. Tento imaginá-lo sozinho. Quero-o cego, compreendes? Tropeçando, caindo, ferindo-se de encontro às esquinas da noite.

Não é amor, isto que sinto?!

Cala-te! O que sabes tu do amor?

Desejo-lhe tanto bem que não suporto a ideia de o ver submetido à tirania do amor. Com Lulu acontece o contrário. Agrada-me tê-lo ao meu lado, a bocejar de tédio, enquanto compro sapatos e experimento vestidos. Quero que esteja junto a mim quando a luz abandonar a minha pele e os meus seios murcharem. Espero que me abrace e console quando em mim não houver senão amargura. Há de ser ele a fechar-me os olhos, a lavar-me, a vestir-me, a colocar-me no caixão. Quero-o aos domingos, todos os domingos, vestido de luto, lavado em lágrimas diante da minha campa. Quero-o condenado ao meu amor, como um boi ao arado.

Achas que não volta?

Vou lá e mato a cabra. Trago-o para casa nem que seja à porrada.

Chove, escuta! É a chuva a espancar as vidraças...

Ah, chover em minha alma, como lá fora, torrentes de água fresca que arrastassem para longe a escória amarga do rancor, a ânsia inútil, a sombra pesada do remorso. Vontade de ser outra vez menina e correr nua pela praia. Vontade de tomar banho de mangueira. Na minha infância (onde quer que ela esteja) há uma mangueira velha, de copa espessa, e uma mangueira amarela, de plástico, enrolada sob a sombra da primeira. Era ali que tomávamos banho depois de vir da praia.

Se eu escrevesse versos

(não escrevo)

mas se escrevesse, falaria da minha velha árvore, da sua sombra húmida, e da mangueira de plástico. Um *haiku* torto, assim:

Dezembro. À sombra verde
dormia uma mangueira amarela:
saudade.

(Ou de como explicar a palavra saudade
a quem não vem da nossa língua.)

9.

O mito do anjo negro.

Chovia quando saímos da Termiteira. Continuava sem saber quem me arrastava. Pedi-lhe, por favor, para me levar a uma clínica; corrigi — um táxi, bastaria pôr-me num táxi. Ainda no interior das catacumbas pensara em dizer-lhe que subisse comigo até ao quadragésimo sétimo andar e me deixasse no meu apartamento. Desisti. E se não fosse Ramiro? Podia ser um delinquente. Imaginem o que faria um delinquente caso eu lhe abrisse as portas do meu apartamento. Não, não imaginem. Como disse: chovia. Fazia-me bem sentir a água fresca a bater-me no rosto. Passei os dedos pelo olho. Estava muito inchado e doía-me cada vez mais. Ao cair rasgara os lábios. O sangue descia-me pelo pescoço.

— Um táxi! Mande parar um táxi.

O meu guia deu um forte esticão à trela, fazendo-me tropeçar:

— Solte-me! — gritei. — Largue-me, deixe-me aqui!

Triste figura a minha. Arrastado por uma trela, como um animal, rosto desfigurado, camisa manchada de sangue, calças rasgadas. Estranhei não vir ninguém em meu auxílio. Subitamente o tipo começou a correr. Fui obrigado a segui-lo, ao mesmo tempo que me esforçava por soltar a trela do pescoço. O couro ensebado e liso fugia-me dos dedos, enterrava-se na carne. Eu corria, tropeçava e corria. Houve um momento em que pensei atirar-me ao chão, terminar com aquilo. Nesse instante o meu salvador, o meu captor, parou. Soltou a trela. Depois empurrou-me para diante, através de uma porta. Chegou até mim um aroma a café. Ouvi uma voz trocista:

— Boa noite, senhor escritor. Sente-se.

Estiquei os braços e encontrei uma cadeira. Sentei-me. Arranquei a trela do pescoço. As minhas pernas tremiam. Todo eu tremia.

— Não vejo nada. Por favor, leve-me a uma clínica.

— Não ver. Não ouvir. Não falar. Sempre me intrigaram, os três macacos sábios. São japoneses. Você deve conhecer a origem do provérbio.

— Tenho de ser visto por um médico...

— Não conhece? Trata-se de um trocadilho japonês. Os nomes dos macacos são *mizaru*, o que cobre os olhos, *kikazaru*, o que tapa os ouvidos, e *iwazaru*, o que esconde a boca com as mãos. Não ouça o mal, não fale o mal, não veja o mal. A palavra *saru*, em japonês, significa macaco e tem o mesmo som da terminação verbal *zaru*, que sugere negação.

— Ouça, pode ser que isto não seja nada, mas ficarei mais tranquilo se me deixar ir agora consultar um médico.

— Um sujeito que não vê e não ouve vai falar mal de quem?

— O que quer dizer?

— Bastariam dois macacos. O terceiro acho supérfluo.

Um doido. Luanda gera doidos com a mesma alegria prolífera e irresponsável com que as coelhas geram láparos. Contudo, se aquilo fosse um bar, como me parecia, não haveria perigo; mais cedo ou mais tarde apareceria alguém, um empregado, o proprietário, um cliente sensato, que me ajudasse a sair.

— Onde estamos?

— Na noite imensa. Eu e você. Mas a sua noite parece bastante mais profunda do que a minha, e mais desamparada também.

— Isto é um bar?

— Não. Não chega a tanto. Contudo tenho café. Quer?

Antes que eu dissesse mais alguma coisa, colocou-me nas mãos uma xícara quente. Cheirei o líquido, desconfiado. Cheirava bem, a café honesto. Provei-o. O calor, o sabor conhecido, o hábito do gesto, tudo isso me acalmou. Veio-me à memória, sem motivo algum, uma notícia que li ontem num semanário local:

> Juliano Mosha Copolla, filho do embaixador angolano no Canadá, cumprirá quinze anos de prisão maior por ter estrangulado mortalmente, com dezenove facadas, o amante da própria esposa.

Coleciono notícias com erros e disparates. Tenho centenas de recortes. Ri-me.

— De que se ri?

Não há como o riso para regenerar o espírito. Voltei a rir, dessa vez mais largamente, e a dor no olho quase desapareceu. Talvez a pancada não tivesse causado lesões graves. Dali a dois dias o olho teria desinchado. Recuperada a visão (em todo o caso meia visão) eu olharia para trás e não conseguiria compreender o que me acontecera. Um cego ao olhar para trás vê o quê?

— Tenho uma história que lhe deve interessar — disse o homem. — Uma história realmente curiosa.

Conheço bem a frase. Acontece-me com frequência ser abordado por leitores que me querem contar uma determinada história. Há também pessoas que chegam até mim por acaso, muitas nem sequer sabem quem sou, nunca ouviram o meu nome, mas ao fim de dois minutos de conversa frouxa respiram fundo, "tenho uma história que lhe deve interessar", e lançam-se em confissões quase sempre extraordinárias. Ouço-as. Não julgo ninguém. Não acredito. Tão-pouco duvido. Sou um cético educado. A vida é uma sucessão de eventos extraordinários. Nem sempre os vemos porque estamos distraídos. Por outro lado o que parece extraordinário a uns pode parecer banal a outros. Depende da intimidade e da perspectiva. O meu amigo Rato Mickey, por exemplo, sobressalta os estrangeiros. Eles acham-no uma aberração. Para nós, contudo, é apenas um sujeito (um bom sujeito) que usa uma máscara do Rato Mickey para esconder a ausência de rosto.

— Preferia escutá-la, à sua história, a caminho de uma clínica.

— Você ouviu falar num viajante húngaro que no final do século XIX se casou com uma princesa do Bié, e ficou por lá, comerciando, registando as suas impressões?

— László Magyar?

— Esse, o Magyar.

— A princesa Ozoro e László Magyar. Deve ser uma das mais belas histórias de amor da história de Angola...

— Acha? A mim o amor já não me interessa. Tão-pouco a história. Angola ainda me interessa menos. Quando o meu pai morreu, deixou-me em herança um monte de papéis velhos. Há poucos dias, ao arrumar esses papéis, descobri um diário, fragmentos de um diário, de László Magyar. Ou melhor, a tradução de um dos diários de Magyar, feita pelo meu pai a partir do húngaro. O meu pai falava húngaro. Viveu exilado em Budapeste. Os papéis têm a letra do meu pai e a indicação — "Diário de László Magyar — Apontamentos para uma tradução".

— Não sou um especialista, mas creio que Magyar terá deixado vários diários, além de correspondência dispersa. Lembro-me de ter lido que algumas das expedições dele foram pagas pelo sogro, o soba do Bié. Acho isso curioso, o facto de ter sido um rei africano a pagar as viagens de um explorador europeu. Ao contrário de outros viajantes e aventureiros europeus, László conhecia bem aquele mundo. A partir de certa altura tornou-se o mundo dele. Contudo os antropólogos não o levam muito a sério. Tem mais café?

O homem estendeu-me outra xícara.

— Não o levam a sério?! E porquê?

— Acusam-no de não possuir formação científica. Além disso parece ter sido um tanto desorganizado.

— Isso sim, deve ter sido. Mas inventava?

— Se inventava? Nunca ouvi dizer que inventasse.

— Precisamente. Sabe como os bienos lhe chamavam? Senhor O-Que-É-Isto devido à curiosidade dele. Estava sempre a fazer perguntas. A determinada altura, nos últimos meses de 1864, ou seja, pouco tempo antes de falecer, László mostrava-se muito impressionado com uma lenda, a história de um gigante negro, com asas, que seria mantido num lugar escondido por uma sociedade secreta de feiticeiros. Digo feiticeiros porque é como nos habituámos a dizer aqui em Angola. Podia dizer xamãs.

— Um anjo negro?

— Vê? Eu sabia que você se iria interessar...

— E então?

— Falam-lhe, ao Magyar, na existência desta sociedade secreta, um grupo de quimbandas, de homens sábios, de xamãs, alguma coisa do género, que cuidam desde há séculos de um anjo negro...

— Cuidam?

— Segundo a lenda, o anjo estaria vivo, embora adormecido.

— Posso ver esses papéis?

— Ver?!

Irritou-me o tom irónico. Pareceu-me reconhecer o timbre. Infelizmente o meu ouvido é mau, e a memória também não ajuda. Fiz um esforço para ligar a voz a um rosto, mas sem sucesso.

— Já nos encontrámos antes?

— Encontrar? Eu diria o contrário, que nos temos desencontrado.

— É um jogo, isto?

— Não. Não é um jogo.

— Certo, também pouco importa. Tem os papéis consigo?

— Tenho. Tenho-os aqui. Quer que lhe leia algumas passagens?

— Gostaria muito.

— Não prefere que o leve a uma clínica?

— Leia-me primeiro as tais passagens.

O homem levantou-se. Ouvi a cadeira a arrastar-se (chão de madeira) e depois passos que se afastavam. Uma porta a abrir-se. Vozes. O cheiro da terra molhada. Um rápido perfume a pitangas. Dezembro cheira a pitangas. Passos de volta. Firmes. Ligeiros. O meu interlocutor devia ser ainda jovem, magro, em todo o caso alguém, a julgar pela elasticidade e leveza dos passos, em boa forma física. Voltou a sentar-se. Espalhou sobre a mesa várias folhas de papel.

— Ora aqui está, meu caro. Ouça isto.

10.

Outro *haiku*.

Dezembro. Sobre o muro
ardia em silêncio a pitangueira:
a saudade é um fruto vermelho.

(Sinto muito, mas não há realmente forma de explicar a palavra saudade a quem não vem da nossa língua.)

11.

Segunda conversa com santa Cecília.

Nas igrejas, ao menos aqui em Angola, é comum as pessoas dirigirem-se em voz alta às imagens de Cristo, da Virgem Maria, de qualquer santo, rogando, implorando ou mesmo censurando-Os. Ninguém acha isso estranho. As imagens estão lá, afinal de contas, como uma espécie de telefone público para o além. Um telefone público só com bocal, sem auricular. As pessoas podem interrogar as imagens, mas não têm direito a escutar as respostas. Quem se dirige a Deus é devoto; quem afirma ouvir a voz de Deus é maluco. Eu não sou nem devota nem maluca. Falo contigo para fingir que não estou a falar comigo.

O vazio, tu sabes. O vazio e

O que vem a seguir não tem nome.

12.

Fragmentos do último diário de László Magyar.

"A floresta de Olo-Vihenda é quase completamente desabitada; alguns caçadores de elefantes e recoletores de mel aí vagueiam, além das tribos Ka-szekelor, que nas zonas do sul são chamadas Mu-kankala, sendo completamente nómadas. Existem também muitos animais selvagens, leões, elefantes e rinocerontes, que beneficiam da existência, aqui e ali, de largas clareiras. O espírito do viajante pode ser invadido por forte euforia enquanto caminha sob a verde e vigorosa sombra das árvores, para logo depois, em meio ao silêncio intocado, cair em tristeza e melancolia. A monotonia é apenas interrompida, como já disse, por clareiras, cheias de capim e de águas claras, que se animam com o suave movimento das gazelas e outros animais. Deixando Olo-Vihenda entra-se pela província de Gyiokoe, habitada por povos caóticos e confusos. Os habitantes destas terras são desconfiados, vis, mentirosos, e extremamente dados a feitiçarias. Desconfiam dos estrangeiros. Qualquer movimento a que não estão habituados é tido como funesto, e com esse pretexto forçam a vítima a pagar imediatamente uma multa (*apopokamilonga*). Se alguém se recusa a pagar eles não hesitam em atacá-lo. Eu próprio me vi forçado a enfrentá-los, certa ocasião, com os meus quatrocentos companheiros armados, tendo sido ferido na coxa por uma seta. Assisti nesta província a vários prodígios, e digo prodígios não me atrevendo a dizer milagres, em todo o caso acontecimentos que se me afiguram em violenta contradição com as leis da natureza. Há poucos dias fui convidado, juntamente com o meu sogro, a testemunhar uma cerimónia de adivinhação. Era o caso de se saber quem roubara quinze jardas de fazenda a um comerciante português chamado Gregório Bendrau. Veio o quimbanda, um homem muito alto e muito forte, um verdadeiro hércules, famoso em todo o território pelo acerto dos seus augúrios e a maravilha das suas curas. O quimbanda trazia bem seguro entre as mãos um enorme chifre de palanca cheio de uma pasta negra como azeviche. Deteve-se um momento em frente de três homens suspeitos do roubo, todos eles amarrados e muito maltratados, posto o que, voltando-se para nós desenhou algo a tinta vermelha na base do chifre. Depois, pousando o chifre, com grande cuidado, sobre um cepo à sua frente começou a questioná-lo:

— Quem roubou o senhor Gregório?

Repetiu a pergunta uma e outra vez, erguendo a voz, modulando-a, quase cantando. Vi então (vimos todos) o chifre estremecer, ao princípio muito levemente, depois como um homem afetado por fortes sezões, e por fim em enérgicas sacudidelas, até que se soltou do madeiro no qual estava encaixado, girando sobre si mesmo enquanto se erguia no ar. Ordenei a um dos meus carregadores que o fosse buscar. O rapaz, Bentinho Chilemba, a quem, há alguns anos, salvei de uma morte horrorosa, apressou-se a cumprir as minhas instruções. Suponho que estivesse cheio de medo mas mesmo assim deitou as mãos ao objeto — sem sucesso. O chifre estava possuído por uma força formidável. Continuou a erguer-se, girando cada vez mais rápido, e arrastando consigo o pobre moço.

— Solta-o, Bentinho! — gritei. — Solta-o!

Bentinho largou o chifre, indo estatelar-se com um grito sobre umas bissapas. O quimbanda deitou-me um olhar de troça, enquanto o soba e seus macotas trocavam altas exclamações de espanto. O chifre continuou a erguer-se até alcançar uma altura considerável, superando mesmo as ramadas mais elevadas da mulembeira à sombra da qual nos abrigávamos. Finalmente parou de girar e caiu com a ponta voltada na direção de um dos suspeitos. O quimbanda teve um gesto escasso:

— É este o homem.

Chifres voadores, pois. Um destes dias ainda dou com uma palanca a levitar [...]"

"Viajando sempre para leste, a uns vinte dias de viagem de onde me encontro agora, vi brilhar sobre um pequeno lago lamacento, movendo-se rapidamente, uma singular nuvem de prata. Ocorreu-me que fosse um enxame de besouros, fenómeno comum em alguns países do norte de África, mas raramente testemunhado por aqui. Ao aproximar-me, tive a surpresa de descobrir um cardume de minúsculos peixes-voadores. Pendurados na vegetação próxima fui encontrar centenas destes peixes, alguns ainda vivos, outros já mortos, secos, com barbatanas relativamente grandes e achatadas, como asas. Os nativos chamam a estes peixes tuqueia. São muito apreciados na culinária local. [...] Agachado na margem lamacenta da lagoa, ocupado a recolher o que me pareceu serem umas pedras de cor esbranquiçada, dei com o feiticeiro gigante. Ergueu-se, ao ver-me, soltou uma forte gargalhada, suponho que ao recordar-se da queda de Bentinho Chilemba, voltou costas e afastou-se [...]"

"Há alguns anos o meu sogro viu-me a ler um livro à luz trémula de uma fogueira:

— O que fazes? — quis saber o velho. Tentei explicar-lhe a serventia dos livros. Ele ouviu-me com atenção. — O que me dizes é que essa pequena caixa está cheia de vozes, e que a essas vozes tu não as escutas, mas que as podes ver?

Confirmei. Sim, algo do género. Expliquei-lhe depois, pacientemente, que também eu, László Magyar, poderia, se assim quisesse, colocar a minha voz dentro de uma caixa semelhante àquela, de forma a que, mais tarde, semanas, meses ou anos mais tarde, outra pessoa me escutasse.

— E o que acontece quando morreres?

— Desapareço — disse-lhe. — Mas a minha voz não morrerá. Estas caixas guardam as vozes das pessoas mesmo depois que elas morrem. Existem caixas com vozes antiquíssimas, gente que viveu no tempo dos avós dos nossos avós, e existem cubatas, cubatas enormes, que servem apenas para guardar essas caixas. Nessas cubatas é possível ver as vozes de milhões de pessoas.

Aquilo, sim, pareceu impressionar o velho soba. Ficou um longo tempo cofiando a barbicha, estudando as sombras que as chamas da fogueira faziam dançar de encontro às ásperas paredes das cubatas. Por fim falou:

— Nós, os filhos desta terra, sabemos que os espíritos dos mortos estão por toda a parte, e que tentam comunicar connosco através do rumor das ramagens, e do sopro do vento, do canto das aves e da chuva que cai. Os brancos não conhecem a língua da chuva e, por isso, quando escutam a chuva a cair, o que ouvem é apenas o som da água a percutir o chão. E então dizem — "ora, é apenas a chuva a cair". Não compreendem o que a chuva fala. Nós sabemos falar vento, falar chuva, sabemos conversar com o capim, e o capim diz-nos para onde foram as gazelas ou onde se escondem os nossos inimigos. Ensina-me a ver as vozes dos teus antepassados, meu filho, ensina-me a ver as vozes que guardas com tanto cuidado nessas caixas, e ensinar-te-ei a ouvir e a compreender as vozes dos nossos espíritos.

Temos cumprido ambos este acordo, embora, creio, com mais proveito para mim do que para ele. É certo que o senhor meu sogro já se mostra apto a ler uma carta e a redigir um bilhete breve. Mas não lhe ofereçam um jornal. Sim, ele lê-o. O mundo que aquelas vozes lhe revelam é-lhe no entanto incompreensível, e assusta-o e atordoa-o. Carros a vapor. O telégrafo. A valente teoria segundo a qual o Homem descende do símio. Ah, ruído, ruído. Tudo ruído e estultícia. Eu, por outro lado, tornei-me um pisteiro razoável. Aprendi, inclusive, a utilizar certas plantas para prevenir e tratar maleitas graves. Conversar com os espíritos não converso, mas acho que, por vezes, consigo que me ouçam e me atendam.

Nos últimos meses fiz amizade com o quimbanda gigante, Welema, um homem estranho, fechado, mas que depois de um ou dois copos de aguardente se torna bastante mais loquaz. Por uma destas noites, após termos dividido entre os dois um garrafão de um excelente vinho tinto português, Welema pôs-se a folhear, entre distraído e curioso, o volume XII do *Paraíso perdido*, de John Milton. O livro foi-me oferecido por um amigo inglês, muito querido, e trago-o sempre comigo como uma espécie de talismã. A páginas tantas o quimbanda deu com a imagem de um anjo. Olhou-a, perplexo, nervoso. Estranhei:

— É apenas um anjo, homem! Um tipo com duas asas coladas nas costas. Nunca viste um anjo?

— Sim, eu vi — retorquiu, endireitando o forte pescoço, num arremesso de arrogância que lhe é característico. — Nós também temos um homem-pássaro. Nós, os pretos.

A revelação alvoroçou-me. Conheço relativamente bem a mitologia dos bienos, e de outras nações dos bantos, e nunca antes ouvi falar em homens alados. Venho escutando inúmeras referências a divindades protetoras de rios e lagos, semelhantes às nossas sereias, bem como a espíritos que vigiam bosques ou que tomam a forma de determinados animais. Conheço histórias de homens capazes de se transformarem em jacarés, em leões ou elefantes. Por estes sertões também ninguém duvida da existência de cobras voadoras ou de peixes tagarelas, que continuam a falar mesmo depois de mortos, assados e devorados.

— Vocês, os bienos, acreditam em anjos?!

— Acreditar? Nós guardamos um!

— Guardam? Como guardam?

O quimbanda calou-se. Insisti durante alguns minutos. Welema perdera a arrogância. Parecia mesmo um pouco assustado.

— Não posso falar — respondeu por fim. — Não posso falar dos mistérios com um não iniciado.

Terminámos de beber.

— Ele está connosco há muitas gerações. Dorme. Sabemos que continua vivo porque respira, a pele permanece quente, o seu coração bate devagar. Nós cuidamos dele. Tem asas negras e as suas penas curam doenças e prolongam a vida.

— Posso vê-lo?

Olhou-me aterrado:

— Não! Não! O homem-pássaro não está aqui. Guardamo-lo num lugar secreto, longe do mundo. Só um homem sábio, preparado, pode ter acesso a ele. Agora esquece tudo o que te disse, branco, pensa que foi um sonho e depois esquece-o.

Retornou ao seu silêncio como para dentro de um poço. Tirou algumas folhas de uma bolsinha de couro que traz sempre à cintura e pôs-se a mascá-las. De súbito inclinou-se para mim, curioso:

— E vocês, os brancos, o que fizeram aos vossos homens-pássaros?

Não soube o que lhe responder."

13.

Os remorsos do terrorista.

O meu pai foi um terrorista famoso.

Sou a filha de um assassino. Amo-o. Odeio o que ele fez.

Não sabes o que é viver estes anos todos dividida entre a repugnância e o amor.

Em Roma, durante a promoção do meu último disco, um jornalista perguntou-me por ele. Astrobello, como descobri já muito tarde, é um nome inventado. Luca chama-se na verdade Ferrarini. O meu nome de batismo é Salomé Monteiro Astrobello, mas a grande maioria das pessoas só me conhece por Kianda. O tal jornalista estava muito bem informado.

— Como está o seu pai, Luca Ferrarini? Disseram-me que mudou muito.

— Luca não mudou, continua a fabricar bombas — retorqui, tentando controlar o pânico (e a ira). — Tem bons amigos em vários países do mundo, sobretudo em Itália. Deixe-me tomar nota do seu nome.

O jornalista hesitou, depois estendeu-me um cartão de visita — Goffredo Di Bella, *giornalista* —, fez-me uma vénia elegante e afastou-se. Não descansei nas três noites seguintes, até sair o artigo. Li o primeiro parágrafo com o coração aos saltos: "Kianda é filha de um pianista romano, Luca Astrobello. Herdou do pai a paixão pela música e, ao que consta, um génio tempestuoso". Enviei um ramo de rosas a Goffredo Di Bella, acompanhado por um pacote de bombons chamados Bombas de Chocolate.

Luca mudou. Não como a maioria dos homens que, ao envelhecerem, ganham peso e rugas, perdem o cabelo e deixam que o coração lhes endureça. Luca perdeu cabelo, perdeu-o todo, ganhou rugas, mas não engordou e o coração amoleceu-lhe. Começou a praticar ioga, converteu-se ao budismo, e renunciou à violência. Passou de carnívoro feroz a pacífico vegetariano. Defende que matar para comer é o princípio da brutalidade. Acha que se toda a gente fosse vegetariana não haveria violência.

— E os rinocerontes? — contrapus. — Os rinocerontes são bichos muito irascíveis. Nunca viste um rinoceronte enfurecido?

— Tu já viste algum?

— Vi. Vi na televisão.

— Ah, na televisão. Eu não acredito em nada que veja na televisão. Seja como for, os rinocerontes não mordem, arremetem. Há uma certa diferença entre arremeter contra uma pessoa e desfazê-la à dentada.

— Não vejo grande diferença para quem morre. Além disso, entre nós, os seres humanos, é raro alguém matar outra pessoa à dentada.

— E à cornada? Conheces alguém que tenha assassinado outra pessoa com uma cornada?

Riu-se. Aprendi com o meu pai a desconfiar do óbvio:

— O evidente mente — repete às gargalhadas. Luca gosta de jogos de palavras. Nem sempre acerta. — Se queres encontrar a luz, procura-a na escuridão.

Na escuridão de onde ele veio flutuam os cadáveres de dois *carabinieri* e de uma jovem juíza.

Não, não acho que Luca Ferrarini deva ser perdoado.

Mas é o meu pai.

Os jovens, graças a Deus, não sabem quem foi. A maioria nunca ouviu falar nas Brigadas Vermelhas ou no assassinato de Aldo Moro.

Luca conseguiu fugir de Itália em 1976, passeou-se alguns meses pelos Champs Élysées, andou à deriva por vários países árabes, até que um belo dia aportou a Luanda. Suponho que terá trabalhado certo tempo com os militares, ou, pior ainda, com a gente secreta do Ministério do Interior, não sei. Nunca quis saber. Luca sai quase todos os domingos, de madrugada, na companhia do general Custódio. Vão pescar no barco dele. Outra visita frequente lá de casa é o sogro de Bartolomeu, Benigno dos Anjos Negreiros. Passam horas a jogar xadrez. Dois homens, dois velhos militares, são tudo o que liga Luca Astrobello a Luca Ferrarini. Ah, eles e Goffredo Di Bella, o jornalista.

Quando eu nasci os meus pais dirigiam uma fábrica de farinha de peixe no sul do país. Mais tarde viemos para Luanda e Luca passou a trabalhar na Rádio Nacional, como técnico de som. Não sei onde adquiriu formação. Ele estudou piano no Conservatório de Milão — sabias? Tocava em hotéis e bares de jazz antes de se deixar arrastar pela política, e passar à clandestinidade. Há uns dez anos voltou a tocar. Até já me acompanhou em alguns espetáculos, meio a sério, meio na brincadeira.

Não se saiu nada mal.

Eu devia ter doze anos quando descobri tudo. Fui ao escritório dele, à procura de cigarros, porque tinha começado a fumar às escondidas, abri uma gaveta e dei com uma pequena pasta de cartolina. Lá dentro havia dezenas de recortes de jornais. "Luca Ferrarini condenado a quinze anos de prisão à revelia." "Ferrarini juntou-se à OLP." "Luca Ferrarini refugiou-se num país comunista da África." Alguns dos artigos incluíam fotos do meu pai, muito jovem, com uma grossa barba negra e cabelos encaracolados caindo pelos ombros.

Há instantes, ao telefone — era ele.

Estava num bar, a tocar, e alguém lhe disse que Lulu me abandonou. Nesta cidade as notícias voam.

Rádio Mujimbo falando para Angola e para o mundo!

A campainha!

Ora vês, chegou depressa, ele.

Disse-lhe que estava bem, tu ouviste! Repeti, estou bem, estou muitíssimo bem, papá, não te incomodes comigo, mas Luca insistiu, que não, que de qualquer maneira não se ia deitar tão cedo.

Tão cedo?

São quase três horas da manhã!

O que lhe vou dizer?

O papá trata-me como se eu fosse ainda uma criança.

Estou ótima!

Já te disse, papá, sinto-me bem.

É verdade, o Lulu saiu de casa.

Fui eu que o mandei embora.

Disseram-te o contrário? Se te disseram o contrário mentiram. As pessoas falam à toa.

Senta-te. Vou preparar-te um martíni.

Falam à toa, sim. Nem sei de outra cidade onde as pessoas falem com tanto entusiasmo daquilo que não conhecem. Embora, pensando melhor, o que conhecemos muito bem raramente nos entusiasme.

O que nos entusiasma é o desconhecido, não te parece?

Ao menos comigo passa-se assim.

O Lulu já não me entusiasma. Conheço-o demasiado bem.

Portanto, mandei-o embora.

Vamos continuar a trabalhar juntos, claro. Nem me imagino a trabalhar com outra pessoa. Não existe melhor produtor neste país. Daqui a três meses regressamos à estrada. Sinto-me cansada.

Estou ótima, já te disse. Apenas cansada.

Nunca te cansas, tu? Não, tu nunca te cansas.

Às vezes penso que devia parar. Parar para sempre. Nunca mais cantar.

O Lulu? Não insistas. Não vale a pena.

Não, quanto a esse assunto não há nada que possas fazer.

Podes abraçar-me. Podes fazer-me um cafuné.

Ainda sou a tua menina? Então abraça-me. Faz-me um cafuné. Canta-me uma canção, como antigamente, canta-me uma canção até eu adormecer.

14.

A noite é privilégio dos cegos.

O homem terminou de ler os papéis de László Magyar e arrumou-os. Concordei. Estava ali uma bela história. Pensei melhor e corrigi. Uma intrigante história. Quis saber o que pretendia ele fazer com os papéis de Magyar e o mistério do anjo negro. O homem suspirou:

— Trouxeram-no para Luanda. Sei que o trouxeram para Luanda. Está algures por aqui.

— Ótimo. Talvez você me possa levar até ele. Preciso de tratar o olho. Um anjo adormecido, milagreiro, vinha mesmo a calhar.

— Essa sova foi bem dada. — O homem soltou uma pequena gargalhada. — Não que eu aprove a violência. Não aprovo. Mas foi bem dada. Nem sequer sei quem lhe bateu, ou porque lhe bateram, mas tenho a certeza que você sabe. Há muita gente nesta cidade que gostaria de lhe dar uns tabefes. E não só por causa das suas posições políticas.

— O senhor também?

— Já lhe disse. Desaprovo a violência.

Nesse momento entrou na sala um outro homem. Devia ser pesado, a julgar pela forma como o soalho rangia. Disse qualquer coisa ao primeiro. O meu interlocutor retorquiu, irritado. Falavam entre eles numa língua escorregadia e lisa e prateada como um peixe. Não compreendi nada do que diziam naquela língua-peixe mas não era difícil adivinhar que discutiam por minha causa. O primeiro homem pôs fim à troca de palavras com um grito áspero. Depois voltou-se para mim:

— Não quer saber porque pedi para falar consigo?

— Você não pediu para falar comigo.

— Bem, tem razão, não exatamente. Soube onde você estava e dei ordens para que o fossem buscar.

— Não foi o Ramiro quem me trouxe até aqui?

— Qual Ramiro?

— Não importa. Como soube onde eu estava?

— Tenho bons informantes.

— Certo. Diga-me lá porque quer falar comigo.

— Li os seus livros. Há anjos em todos eles.

— Disparate!

— Sim, há anjos em todos eles. Não estou a dizer que você acredita em anjos. Estou a dizer que você gostaria de acreditar. Simpatiza com a ideia. Eu também não acredito, claro. Mas interesso-me por tudo em que não consigo acreditar. O meu negócio é o espetáculo. Imagine o que poderíamos fazer com um sujeito com asas. As pessoas iriam pagar, pagar muito, para verem uma aberração do género. Um anjo a cantar.

— A cantar?!

— Porque não? Acha que os anjos não cantam? Imagine um cantor de *rap* com asas nas costas. Asas autênticas. Imagine-o a voar por sobre o público.

— Ouça, estamos a falar de um mito. — Respirei fundo. Enchi o peito de ar. Viver numa cidade como Luanda exige a paciência de um domador de camaleões (sim, dei esse título ao meu terceiro romance como metáfora para a paciência). — Sabe o que são mitos? Relatos fantásticos da tradição oral, geralmente protagonizados por seres que encarnam, sob forma simbólica, as forças da natureza e os aspectos gerais da condição humana. Não existem anjos, nem sereias, nem serpentes voadoras.

— Nem peixes que falam? — Notei na voz dele um leve brilho. Talvez estivesse desde o início a troçar de mim. — Também não acredita em peixes falantes?

— Também não, graças a Deus os peixes amam o silêncio. São surdos e mudos, ou ao menos não se esforçam por comunicar connosco. Acho que a inteligência deles se revela em tal desdém. A última pessoa a discursar para os peixes foi o padre António Vieira e ao que parece não teve sucesso.

— A minha avó contava a história de um jacaré que saiu do rio, no tempo colonial, para pagar os seus impostos. Também contava muitas outras histórias sobre pessoas que à noite se transformavam em animais ferozes. Lembro-me de uma história que a mim me assustava muito. Um feiticeiro cuja língua se soltava da boca e ia de rastos, através da escuridão, estrangular os inimigos. Você acha que tudo isto são lendas?

— Sim, embora a história da língua me pareça muito boa. Há línguas assassinas, sem dúvida.

— E no entanto você viu anjos. Viu-os recentemente, a dançarem...

— Como sabe?!

— Já lhe disse. Tenho os meus informantes. Neste país, em qualquer negócio, precisamos de bons informantes. Eu tenho os meus. Seja como for, você viu-os. Só não sei onde os viu.

— Proponho o seguinte. Eu digo-lhe onde vi os tais anjos e você leva-me a um médico. De acordo?

— Combinado.

— Não eram anjos. Meta isso na cabeça. Não existem anjos. Vi um grupo de mascarados a dançarem. Conhece o prédio da Mangueira? Aquele que não chegou a ser concluído? Foi aí. Lá em cima, no terraço.

— A que horas?

— A meio da noite. Acordei a meio da noite com um ruído estranho. Talvez fosse simplesmente a canalização. A água a gemer nos canos. Levantei-me, espreitei pela janela do meu quarto, e vi-os...

— E o que dançavam?

— Como?!

— Sim, caro escritor, dançavam o quê? Rebita, kuduro, samba? Dançavam a rumba?

Levantei-me, disposto a virar a mesa:

— Leve-me a um médico!

O homem aquiesceu:

— Júnior! — ordenou, dirigindo-se a alguém que devia estar colocado atrás de mim. Suponho que fosse o meu captor. — Júnior, leva o nosso amigo à farmácia da esquina. Está sempre aberta.

Júnior aproximou-se. Percebi que se abaixava para apanhar a trela. Gritei:

— Não! Outra vez isso não! Não quero essa merda ao pescoço!...

— Ele tem razão, Júnior. A trela dá mau aspecto. Agarra-o por um braço, vá, o gajo não morde.

— Uma última coisa. Você disse que trouxeram o tal anjo negro para Luanda. Como sabe?

— Não quer ir ver como está esse seu olho? Vá!

Júnior agarrou-me pelo braço direito e levou-me dali.

O farmacêutico reconheceu-me assim que me viu entrar. Saiu de trás do balcão e veio amparar-me, solícito. Teve a delicadeza, inclusive, de evitar perguntas. Conduziu-me até uma sala que cheirava a hospital, sentou-me numa cadeira e observou-me demoradamente. Abriu-me as pálpebras enquanto me apontava a luz de uma lanterna.

— Vê alguma coisa?

— A luz! Estou a ver a luz!

Ele riu-se. Assegurou-me que não havia lesões graves, podia ficar tranquilo. Fechou a ferida. Fez-me um curativo rápido. A voz ampla, muito macia, acalmou-me.

— Agora vá para casa e durma um pouco. Quando acordar, o seu olho já deve ter desinchado. Seja como for procure um especialista. Quer que chame alguém para o vir buscar?

— Que horas são?

— Três e vinte e cinco. Ligo à sua mulher?

— Não. Não. Ela não está.

— A um amigo?

Dei-me conta de que já quase não me restam amigos. Amigo é alguém a quem podemos ligar às três e meia da manhã para que nos venha salvar de um pesadelo. Lembrei-me do Rato Mickey. O antigo sapador costuma passar as noites numa barbearia, na Maianga. É uma espécie de guarda-noturno. Às sete da manhã estende-se num colchão estreito, nas traseiras da barbearia, e dorme até às duas da tarde. Almoça qualquer coisa e a seguir vai vender artesanato diante do Palácio de Dona Ana Joaquina. Estendi o meu telefone ao farmacêutico:

— Por favor, procure em Mickey.

— Mickey?

— Sim, sim. Rato Mickey.

O homem não disse nada. Completou a ligação e devolveu-me o telefone. Mickey não pareceu surpreendido por me escutar. Disse-lhe que tinha sido agredido por um maluco e perdera a vista temporariamente. Riu-se:

— Porreiro! Você sempre teve inveja de mim.

Quinze minutos mais tarde um táxi parou diante da farmácia.

— O seu amigo está lá fora — informou-me o farmacêutico. — Aquele só pode ser o Rato Mickey.

Não aceitou pagamento. Prometi que lhe faria chegar os meus três romances devidamente autografados. Mickey ajudou-me a entrar no táxi:

— Fez bem em me chamar, mais-velho. A noite é o meu lar, doce lar. Quer que o leve à Termiteira?

— Não, ainda não. Conheces um bar chamado O Orgulho Grego?

— Conheço.

— Está aberto?

— O Grego? O Grego nunca fecha.

— Então vamos até lá, beber um copo.

O taxista era um velho amigo de Mickey. Também ele antigo militar. "Este é o Dálmata", apresentou Mickey. Dálmata é alcunha, claro, uma alcunha cruel, porque o desgraçado sofre de vitiligo. Tem a pele toda às manchas.

— Um dia ainda vou ser branco. — Usava luvas para esconder os dedos, já completamente despigmentados. — Ser branco é uma doença.

Antes de entrarmos no Orgulho Grego, pedi a Mickey que me emprestasse a máscara. Não queria ser reconhecido.

— E eu? — inquietou-se ele. — Com que cara é que entro?

Dálmata passou-lhe uns óculos escuros. A mim deixou-me usar as luvas. Muita gente conhece Mickey. Conhecem-no, é claro, pela máscara. Não queria correr o risco de que alguém olhasse para as minhas mãos e desse pela fraude, afinal de contas eu sou quase branco, Mickey é preto. Saímos do carro. Surpreendentemente, atendendo à hora tardia, a tasca estava cheia. Cheirava a fritos. Ouviam-se gargalhadas. Frases soltas. A uma das mesas, dois ou três tipos cantavam antigos sucessos angolanos e brasileiros. Um deles dedilhava mansamente um violão. Outro batucava no tampo da mesa. O taxista informou-nos que só havia lugares ao fundo, a um dos cantos, e ajudou-nos a chegar lá. Formávamos um grupo um pouco bizarro, mas ninguém pareceu reparar em nós. Luanda, já o disse, é um alfobre de personagens insólitos.

(Gosto de ressuscitar palavras. Nos dias que correm poucas pessoas se servem da palavra alfobre, por exemplo, a não ser um ou outro eclesiasta da velha escola. Creio que se aplica particularmente bem ao presente contexto, sobretudo atendendo à possível etimologia árabe — escavação, buraco, fossa.)

Sentámo-nos os três. Minnie estendeu-se debaixo da mesa, aos pés do dono. Mandámos vir cervejas e bolinhos de bacalhau. Perguntei a Dálmata se conhecia a Mãe Mocinha. Sim, confirmou, conhecia muito bem. Consultara-a algumas vezes.

— Está aqui?

— A esta hora, cota? Já deve ter ido dormir. — Ficou um momento em silêncio, certamente observando as pessoas. — Está sim. Vejo-a ali, no outro canto, a conversar com um branco feio. Conheço aquele tipo, tenho a certeza, já o vi algures.

— Quem é?

— Um jornalista. Sim, sim, um jornalista. Vi-o uma ou outra vez na televisão. Sempre zangado, disparata muito. Não me lembro do nome.

— Um branco feio? Um muadié que parece um rato?

— Ya, cota, um rato velho.

— Só pode ser o Chambão. Malaquias da Palma Chambão.

Mãe Mocinha fora uma das poucas pessoas às quais eu tinha

falado sobre a dança dos anjos. Também falei com Bárbara Dulce e com Kianda, mas troçaram de mim. A minha família, os meus amigos, não me levam muito a sério.

— Esse Chambão bebe bem — disse Dálmata. — Tem a mesa cheia de garrafas de cerveja. Está a despedir-se de Mãe Mocinha. Olhe, levantou-se. Vem para aqui.

Ouvi a voz rouca do jornalista.

— Costumo vê-lo. Você vende artesanato ali em frente do Palácio de Dona Ana Joaquina, não é?

Mickey ia dizer alguma coisa, mas adiantei-me:

— Sim, sou eu. — Tentei imitar o sotaque do meu amigo. — Fui sapador. Agora estou no comércio de artesanato.

— Posso sentar-me? Gostaria de falar consigo. Sou jornalista. Trabalho para O *Impoluto*, conhece?

Arrastou uma cadeira e sentou-se à minha frente.

— Conheço — aquiesci. A situação começava a divertir-me. — Infelizmente é muito mau. Um pasquim.

— Um pasquim?! Porque diz isso?

— O cota tem razão — ladrou Dálmata. — Vocês são a voz do dono. Até pior, porque não só fazem a propaganda do regime como ainda por cima caluniam todos aqueles que se atrevem a protestar. Cipaios, é o que vocês são! Cipaios sem vergonha!

— Não diga isso — indignou-se Chambão. Gaguejava, a voz era um fino fio metálico. Lamentei não lhe poder ver o rosto. — Olhe que não é verdade, sinceramente. Fazemos um jornalismo revolucionário e insubmisso. Eu próprio já tive muitos problemas por causa da minha postura iconoclasta. Nunca andei ao sabor das modas, fique o senhor sabendo. Nunca andei ao sabor das modas nem a mando de quem dá mais. De resto, nunca andei a mando de ninguém. Sou um rebelde. Uma alma livre. Há quem diga que tenho mau feitio. Pode ser. Mau feitio, sim, mas bom coração. Foi este mau feitio que me deixou na penúria em que hoje vivo alegremente. Mas como conservo a honra intacta, sou mais rico que o mais rico da nossa burguesia nacional.

Não consegui impedir uma gargalhada. Mickey e Dálmata imitaram-me. Rimos os três um bom bocado. Receei que Chambão se enfurecesse, mas não. Juntou-se a nós:

— Ora vocês! — disse, e riu-se também, embora sem vontade. — Ora vocês! Não me zango, porque nunca me zango com elementos do povo, com as gloriosas massas populares. Vou mandar vir mais umas cervejas para festejar o nosso encontro.

Vieram mais cervejas. Deixei que Chambão relaxasse.

— O senhor é jornalista, não é?

— Sim, já lhe disse. Gostava de fazer uma matéria consigo. Na minha opinião você constitui um extraordinário exemplo da resistência do povo angolano para enfrentar a adversidade. Admiro as pessoas que combateram pela defesa da pátria, que sofreram tanto, mas que ainda assim continuam a cavalgar a vida a todo o galope.

— Sim, sim, pode crer, a cavalgar a vida a todo o galope. Se é jornalista deve saber o que aconteceu à modelo, aquela que foi encontrada morta em Bom Jesus.

— Núbia de Matos? — Malaquias da Palma Chambão baixou a voz, conspirativo. — Eu conhecia-a bem, não tão bem quanto gostaria, mas enfim, encontrei-a numa ou noutra festa. Conversámos. A rapariga era linda, linda de se morrer por ela, e completamente cacimbada.

— Morreu como?

— Dizem que caiu de um helicóptero. Eu cá acho que caiu da lua. Núbia vivia na lua.

— E então?! — Mickey, irónico. — Na lua vivemos todos.

— Ouvi dizer que sabia coisas — atirei. — Dizem que morreu por saber de mais.

— Antigamente, nos filmes de espionagem, é que as pessoas

morriam devido a uma overdose de conhecimento. Agora já nem sequer se fazem bons filmes de espionagem — Chambão debruçou-se sobre a mesa. Senti-lhe o hálito azedo, e recuei um pouco. — Além disso, que tipo de coisas é que ela podia saber?

— O senhor compreende, eu na rua ouço muito assunto. As pessoas falam à minha frente, esquecem-se que estou ali, e falam. Falam e falam bué. Num cego ninguém repara.

— Sim — concordou Mickey. — Neste nosso país, se você não vê, ninguém te vê. Para os videntes os cegos são invisíveis.

— O senhor também foi militar?

— Também. — Adiantei-me a Mickey. — O meu amigo também foi militar. Trabalhávamos juntos, eu e o Marufo. Perdemos a vista na mesma explosão.

— Marufo?! — soprou Mickey, horrorizado. — Como Marufo?

— Marufo era a alcunha dele, lá na guerra…

— Grande história! Vocês têm de me deixar escrever isso.

— Noutra altura. Estávamos a falar de Núbia.

— O que quer que lhe diga? A rapariga não batia bem da tola.

— Pode ser. Mas o que eu gostaria de saber, o que todos gostaríamos de saber, é porque a mataram. Gostaríamos de saber quem a matou.

— Diz-se muita coisa. Não sei o que ouviu, mas diz-se muita coisa. Você até estava certo, há pouco, quando comentou que talvez ela tenha morrido por saber de mais. Núbia convivia com gente poderosa, convivia mesmo muito intimamente, se me faço entender, e, é claro, deve ter ficado a par de vários negócios. Os grandes negócios, neste nosso país, são quase sempre tramados na sombra. Enquanto estava lúcida, Núbia era fácil de controlar.

— Fácil de controlar? Como?

— Como?! Ora essa, como aqui se faz com toda a gente.

Pagando. Pagavam-lhe, e pagavam-lhe muito bem, para ela manter a boca fechada. Pagavam-lhe também, às vezes, para abrir a boca, desde que não fosse para falar.

Não achei graça. Começava a sentir-me enojado.

— A miúda passou-se, e então mataram-na, certo?

— Núbia tinha um programa na televisão. Você sabia?

— Não vejo televisão.

— É claro! Pouco perde, acredite. Bem, Núbia tinha esse programa na televisão. Chamava-se *Na ponta da língua*. Entrevistava cantores, atores, e sobretudo gente famosa por não fazer nada. Um programa estúpido, como são quase todos, a televisão é um meio estúpido, mas o programa dela pelo menos era inofensivo. Um dia convidou um empresário bastante conhecido. Esse homem, o nome não interessa, fez uma grande fortuna a comerciar diamantes. Imagine a figura, um novo-rico, com o rei na barriga, habituado a frequentar as colunas sociais. Aceitou ir ao programa para falar de uma nova discoteca, um negócio em que investira alguns milhões, e ela pergunta-lhe, assim à queima-roupa, o que achava sobre a prostituição de menores. "Qual a sua opinião sobre as catorzinhas?" O pobre tipo engasgou-se, depois lá conseguiu retomar o fôlego e foi dizendo que não podia concordar, embora em África as mulheres amadureçam mais cedo, não é como na Europa. Por outro lado, acrescentou, as prostitutas sempre existiram, são um mal necessário, e ia ele por este caminho, um tanto pedregoso, reconheça-se, quando Núbia o interrompeu: "Dizem que a sua *boîte* dá cobertura a uma rede de prostituição infantil. Quer comentar?". Então o gajo levantou-se, sempre a sorrir, mas com toda a gente a perceber que estava mesmo à beira de um ataque cardíaco, e disse que se ia embora. "Não vais, não", gritou-lhe Núbia: "Quando fui eleita Miss Angola, tu fazias parte da organização do concurso. Disseste-me que uma das minhas obrigações, como miss, era a de ser simpática para certas pessoas.

Lembras-te? Queres que diga aqui o que tive de fazer para ser simpática para essas pessoas? Queres que diga quem eram essas pessoas?". Nesse momento o programa foi interrompido. Despediram Núbia, como é óbvio. Depois disso esteve algum tempo internada no Tata Ambroise. Saía, voltava a disparatar, e punham-na de novo lá dentro. Começou a falar com Deus. Dizia às pessoas que era a Virgem Maria, que estava grávida do Messias. Um horror.

O jornalista calou-se. Por um momento ficámos os quatro em silêncio. Na mesa ao lado cantava-se o "Muxima" na versão dos lendários N'Gola Ritmos. Ninguém escuta o "Muxima" sem sentir saudades de alguma coisa, mesmo não sabendo do que seja. Malaquias da Palma Chambão soltou um fundo suspiro:

— Conheci este bar no tempo colonial, quando o Charalampos, o grego, ainda estava entre nós. Lembro-me de uma altura em que fui despejado de um quarto, ali no Marçal, por um comerciante desalmado, proprietário de tascas e cubatas de pau a pique com teto de zinco, que o cabrão alugava ao preço da chuva. Onde acham que vim morar? Aqui. O grego me deixava dormir em baixo de uma dessas mesas. Foi então que perdi a minha noiva. Muito puta, ela. Puta como as putas do Jorge Amado, que não eram bem putas, mas doces flores noturnas, imarcescíveis. A minha noiva ia para a cama com os soldados tugas e quando estes bebiam, e normalmente bebiam, bebiam muito, abusavam dela. Eu não admitia faltas de respeito. Se lhe faltavam ao respeito ficava louco de fúria e atacava-os, armado de um belo sarrafo, e como sempre tive esta triste figura, magrinho, cambuta, acabava no hospital. Virgentina, era o nome da minha noiva, cansou-se de me ver levar porrada e um dia voltou para a terra natal, no Cabiri. Fui buscá-la, com o coração despedaçado, disposto a cortar as minhas asas de galo de capoeira, mas não a encontrei. Desaparecera. Nunca mais a vi.

(Acho que foi a primeira vez que ouvi a palavra sarrafo. Intuí o significado dela mas só há pouco, enquanto redigia este testemunho, é que consegui ir a um dicionário confirmar — varapau, cacete. Imarcescível eu já conhecia. Suponho, aliás, que a encontrámos ambos no mesmo verso, pois a frase do jornalista remete-me para ele: "A imarcescível puta preta/ que me arrastou na adolescência/ me ensaruou de sua concha." Os versos são de Manoel de Barros, o poeta do Pantanal. Devo confessar que Malaquias da Palma Chambão subiu uns pontos na minha consideração. Há que reconhecer-lhe criatividade e amor ao idioma, além de certa cultura poética. Um tipo ignóbil, sem dúvida, mas de uma abjeção tão desaforada que se torna quase heroica.)

— Você tem saudades do tempo colonial, senhor jornalista?

— Eu, filho? Eu odeio portugueses.

— Conheço muitos portugueses honestos, gente boa — contestou Dálmata, muito sério. — O meu cunhado é português.

— O que se passa é que Angola faz bem às pessoas — explicou Chambão. — Todos os tugas são ruins, mas em contacto com os angolanos melhoram rapidamente e a um ponto tal que alguns deixam de ser portugueses. O meu pai, por exemplo, nasceu português e morreu angolano, um puríssimo caluanda.

— O que acho mais estranho — disse eu — é que você fala como se fosse amigo dos pobres, mas depois, no seu jornal, defende os ricos e os poderosos.

— Compreendo a sua perplexidade. Viver é um paradoxo. Tenho amigos burgueses e sendo eu um anarquista, um libertário radical, devia odiá-los, devia escarrar no rosto deles, devia ovacioná-los, sempre que os visse, com uma sonora salva de traques. Mas não. Amo os meus amigos burgueses. Amo-os com o meu coração inteiro. Quem sabe se um dia, quando eu mais precisar, não me estenderão um prato com um pedacinho de funje e metade de um cacusso seco no portão dos seus esplêndidos solares? Eu defendo o fim da luta de classes. É preciso conciliar o caviar com a quicuerra, o vinho do Porto com o caporroto, a valsa com o kuduro, o sovaco perfumado das madames com a agreste catinga operária. — Ergueu a voz, declamando. — Desde que partiste, ó minha bem amada, minha meretriz esplêndida, os meus dias uivam de tão ermos, de tão abandonados, tristes savanas mortas sob um céu órfão de pássaros.

— Esse cota está mas é muito bêbado — sentenciou Mickey.

Era verdade, mas àquela altura estávamos todos. Do que se passou a seguir nem guardo muita memória. Lembro-me de Dálmata me ajudar a entrar no elevador da Termiteira, e de ter vomitado em cima da ascensorista, uma rapariguinha tímida e assustada. Ofereci-lhe as notas que ainda tinha. Entreguei a chave do meu apartamento a Dálmata e ele abriu a porta. Entrei e atirei-me para o sofá. Adormeci.Sonhei com Kianda. Entrou silenciosamente no meu escritório. Trazia um vestido azul-escuro, até aos pés, confeccionado num desses novos tecidos inteligentes, ainda mais leves e diáfanos do que a seda. Soltou as alças e o vestido deslizou-lhe pelo corpo, como a sombra de uma nuvem sobre uma praia dourada. Aproximou-se de mim e beijou-me. Senti a língua dela a roçar na minha, e depois a picada. Afastei-a com um grito:

— *Blöde Kuh*!

(Vivi um ano em Berlim, beneficiando de uma bolsa de criação literária do Deutscher Akademischer Austausch Dienst. Não cheguei a aprender a língua, mas ganhei o hábito de praguejar em alemão. Descobri durante aquele ano que o alemão pode ser um idioma muito

doce, dependendo de quem o utilize e com que objetivo, mas é sobretudo uma magnífica língua para praguejar. Em primeiro lugar porque no resto do mundo quase ninguém compreende palavrões em alemão; em segundo lugar porque, com a pronúncia certa e a convicção apropriada, uma bela imprecação em alemão sossega a alma, ao mesmo tempo que impõe imediata autoridade.)

Kianda riu-se:

— Olha! — Levou o polegar e o indicador à boca e tirou uma abelha. — Sou a Rainha das Abelhas.

As abelhas fluíam dela
zzzzzzzzzzzzzzzzzzzzzzzzzzzzumbindo
um enxame arremetendo enfurecido de um cortiço.
Era bela e terrível como uma catástrofe,
um tornado, um furacão, um maremoto.

No meu sonho acordei e as abelhas ainda estavam lá.

Abri o meu único olho e vi a luz.

(Bem sei, dito assim parece o relato da conversão de um místico. A verdade é que foi uma experiência quase religiosa. Vi primeiro uma vaga luz flutuando à minha frente e logo depois o impreciso contorno da janela; a seguir a perfeição esdrúxula de uma enorme orquídea branca. Quem já viu uma orquídea sabe que, como muito bem sintetizou André Breton, a beleza ou é convulsa ou não é verdadeira beleza. Então lembrei-me das últimas horas e compreendi eufórico que recuperara a vista.)

Levantei-me. Aproximei-me da janela. O mar ainda dormia, ao longe, para além dos prédios altos, como um gordo deus apático.

Olhei o relógio. Cinco e cinco da manhã. Era domingo, e eu via a luz a estender-se, rendada colcha de mel, sobre as ruas sujas da cidade.

Liguei o meu laptop. Espreitei o correio eletrónico. Havia três mensagens novas. Na primeira David Dover, da Islândia, afetado por uma espécie rara de cancro no esófago, requeria a minha ajuda para entregar dez milhões de dólares a uma instituição de caridade. Em troca dar-me-ia dez por cento desse valor. Apaguei a mensagem. Na segunda propunham-me a compra de uma pomada capaz de aumentar o tamanho do meu pénis em cinco centímetros. Nunca pensei aumentar o pénis. Apaguei-a. A terceira mensagem enviara-a Núbia de Matos e tinha como assunto "Do outro lado". Fora enviada apenas cinco minutos antes. Continha um arquivo de som. Abri-o.

15.

Do outro lado, ou a pequena vida de Núbia de Matos.

Meu amado José,

ou devo dizer, para que me tomes mais a sério, caro senhor Bartolomeu Falcato?

Tanto faz.

Estou a gravar esta mensagem. Programei o meu computador para a enviar no caso de alguma coisa me acontecer. Se estás a ouvir-me, então é porque alguma coisa me aconteceu. Quero que saibas que se alguma coisa me aconteceu a enfrentei sem medo.

Levei a vida inteira para vencer o medo.

Escurece enquanto escrevo estas linhas. Não lá fora — lá fora não, não, ainda brilha o sol. Tropeço na escuridão do meu espírito para encontrar o que te quero dizer.

Ontem sonhei que a luz me atravessava. Eu ascendendo, e me acendendo, puro lume, um resplendorzinho rebrilhando à flor da alba. Um branco lírio, um círio aceso, uma noiva de véu e grinalda.

Deus veio e me disse:

A luz que dá a vista é a mesma que cega.

Disse-me isto. Disse-me outras coisas mais. Não compreendo tudo. Não fui feita para compreender, mas para amar.

Amei-te assim que soube de ti e não me reconheceste. O não me teres reconhecido foi o que mais me doeu.

(Dói, ainda dói. É uma dor que pulsa, que está quente e pulsa, como apertar um passarinho nas mãos.)

Disse-me Deus:

A vida começa com lágrimas.

A vida termina com lágrimas.

Contei-te isto no avião. Sorriste, trocista:

— Então viste Deus, e o filho da puta era um cantor de tangos?

Lembras-te?

Não te deves lembrar.

Nasci muito pobre. A mamã lavava roupa para fora. O meu pai nunca conheci. Tive sete irmãos e todos me abusaram. Usavam-me à vez. Eu achava natural. Também não me parecia estranho que almoçassem antes de mim, deixando-me apenas os restos. Uma tarde o patrão da minha mãe, o sr. Teófilo, parou à minha frente, lambeu os lábios e suspirou:

— Caramba, já te saíram as maminhas!

(Núbia era uma verdadeira atriz, capaz de imitar vozes e sotaques com extraordinária competência. Enquanto ouço esta mensagem vejo-a à minha frente, os olhos grandes, cheios de luz, representando para mim o espanto lascivo do sr. Teófilo.)

O sr. Teófilo deu-me emprego como criada. Ganhava o suficiente para comprar no máximo um perfume barato ao fim do mês, um vestido de três em três meses, mas tinha direito a duas refeições por dia e a um quarto só para mim. Uma ocasião o sr. Teófilo convidou o patrão dele para jantar, um homem gordo, chamado Marçal. Também o gajo me desejou. Levou-me. Ofereceu-me um quarto maior e três refeições por dia. Cresci. Foi o dr. Marçal quem me inscreveu no concurso de misses. "Vais ganhar", assegurou. E eu ganhei.

— O futuro é a solidão por estrear. — Frutuoso Leitão disse-me isto na noite em que me entregou o cheque de cinquenta mil dólares como prémio por ter vencido o concurso Miss Angola. A empresa dele, a The Flying Pig, patrocinava o concurso. Deves conhecer o Frutuoso, vocês, os ricos, conhecem-se todos uns aos outros. Bonito, talvez demasiado bonito para homem, com uma cara de boneco de plástico. A mim faz-me lembrar o Ken, da Barbie, pintado de preto. Coleciono bonecas. Gostava de te mostrar a minha coleção. Em criança nunca brinquei com bonecas. O Frutuoso, portanto, lembra-me o Ken da Barbie. Os dois têm a mesma pele de plástico, lisa e brilhante, abdominais tipo carapaça de tartaruga, e um sorriso aparafusado à cara. Não é como se sorrissem, é como se tivessem um defeito nos lábios que os impedisse de não sorrir. Aquilo está para um sorriso como um travesti está para uma mulher. Faz muito efeito, sim, mas não é um sorriso. Apaixonei-me por ele assim que me colocou o cheque na mão. Antes de Jesus me aparecer eu só me apaixonava por homens ricos. Acho que a isso se chama instinto. O meu coração procurava homens ricos como um cachorro recém-nascido busca a teta da mãe. Frutuoso, portanto, era um homem rico, bonito, educado — e triste. Triste como a merda. Na noite da atribuição do prémio levou-me a jantar ao Cais de 4. Tantas luzes e o mar à nossa frente, um macio chão de estrelas. Nunca antes tinha jantado num lugar assim, e estava assustada. Ele foi simpático, comemos. Finalmente vieram os pudins. Frutuoso provou o seu, afastou-o e disse:

— Sabes o que é o futuro? O futuro é a solidão por estrear.

Nessa noite, deitada numa cama enorme, com o tipo ao meu lado, um boneco de plástico, a ressonar, fiquei a repetir a frase até achar que a compreendera. Pensava: ele salvou-me e eu vou salvá-lo a ele. Foi o pior erro da minha vida. Uma semana depois, Frutuoso levou-me a uma festa em casa de um general. Reconheci várias caras, de as ver nas revistas, porque na altura eu ainda não conhecia ninguém do *jet set* nacional, assim em carne e osso — quase sempre mais carne do que osso. Havia também muitas meninas iguais a mim, tímidas, falando mal o português. Percebia-se que tinham comido muita quicuerra na meninice para baralhar a fome. Uma disse-me que era modelo, outra foi mais franca:

— Sou puta, querida, não somos todas?

Devo ter feito uma cara espantada. Ela abraçou-me:

— Ninguém te explicou o que vieste fazer aqui? — Levou-me para a casa de banho e fez-me cheirar uma linha de coca. Eu nem sabia o que era, cheirei, e o pó explodiu no meu cérebro. Ela sorriu. — Isto vai-te ajudar.

Quando voltámos à sala, as meninas dançavam umas com as outras. A que me levara à casa de banho despiu o vestido, tirou o sutiã e ficou apenas com umas calcinhas vermelhas e meias-ligas da mesma cor. Dançava bem. Vi Frutuoso sentado num dos sofás, a masturbar-se, mas àquela altura já nada me espantava ou assustava. Eu estava eufórica. Era como um sonho, mas sem a escuridão dos sonhos. Todos os sonhos são escuros. Mesmo quando têm luz, são escuros nas margens, não achas? Os meus são.

Assim fui vivendo, ou quase vivendo, entre festas, sexo, drogas e, vez por outra, um desfile de modas. Cheguei a desfilar em Paris para os irmãos Congo. Não me lembro de tudo. A minha memória é uma estrada cheia de buracos, e que não leva a lugar nenhum. Trago sempre comigo um álbum de fotografias porque vivo com medo de me perder de mim.

Ao princípio Frutuoso acompanhava-me às festas, ficava lá até ao fim, e depois levava-me a casa. O apartamento onde vivo foi-me oferecido por ele. É bonito, o meu apartamento, gostava que o visses. Mandei pintar as paredes de um cor-de-rosa choque. Os tetos também são cor-de-rosa. Todos os meus móveis são cor-de-rosa. O frigorífico é cor-de-rosa. Mesmo os quadros nas paredes, quadros de pintores angolanos famosos, o António Ole, o Alvim, o Van, mesmo os quadros são em tons de vermelho-claro e rosa. Um crítico de pintura uma vez foi lá e ficou muito impressionado. Um tipo meio maricas, o tal crítico. Disse-me:

— Você não vive num apartamento, minha querida, você vive numa instalação. Devia chamar-lhe *Desvio para o rosa*.

Então, certa noite, estava a ver televisão quando Jesus Cristo começou a falar comigo. Jesus não apareceu na televisão. Era um homem qualquer, um locutor de serviço, a ler notícias, mas eu percebi que ele falava só para mim. Jesus Cristo falava comigo através daquele homem. As pessoas que estavam a ver o noticiário ao mesmo tempo que eu não deram conta de nada. Olhavam para o ecrã e viam um homem vestido com um fato prateado, crânio rapado, pele lustrosa, a falar sobre a visita da sra. Presidente à República Popular da China. Eu olhava para ele e ora via um homem, ora via um peixe, e tanto o homem quanto o peixe estavam encharcados de Deus, como um cobertor encharcado de água, e era Ele quem me dizia, filha tu pecaste, arrepende-te muito porque me ofendeste a Mim e a ti mesma em actos vis e abomináveis pensamentos.

Deus mostrou-me o inferno. Vi as almas tortas saltitando ao redor das chamas. Pequenos diabos cuspindo pela boca sapos, nuvens de lagartos, gargalhadas ruivas. Aves sem cabeça rodopiando, piando pelo pescoço, num céu asmático. Vi duas mulheres muito velhas e vermelhas mordendo uma à outra, e uma era eu, e a outra também. Vi um espelho abrindo-se como um fruto, e dentro dele uma floresta, e dentro da floresta um anão soprando um osso. Vi um pároco a navegar um pato. Um rato a parir um príncipe. Vi o que não pode ser visto: todas as sombras da solidão. A manhã em que morri, eu, um anjo, a flutuar nas nuvens. Vi-te a ti, num quarto que era ao mesmo tempo a cela de uma cadeia e um deserto sem fim, a chorar a morte da tua filha caçula.

Depois disso mudei.

Frutuoso não gostou de me ver mudada:

— Andas muito enjoada — disse-me. — Armada em fina. É bom que não te esqueças de onde vieste. A qualquer momento podes voltar para lá. Quem nasce na escória à escória há de voltar.

Decidi abandonar aquela vida. Telefonei ao diretor da Televisão Independente de Angola e disse-lhe que gostaria de apresentar um programa de entrevistas. Hesitou um pouco. Pediu algum tempo para pensar. Enviei-lhe para o telemóvel uma fotografia nossa numa festa: os dois nus, estendidos num sofá. Deves conhecê-lo. É um homem gordo e feio, com o corpo coberto de pelos. Telefonou-me na manhã seguinte, gaguejando que sim, que lhe parecia uma boa ideia. Até já tinha um nome para o programa: *Na ponta da língua*. Um mês depois eu era uma mulher independente. Frutuoso sorriu, com aquele sorriso de plástico, e desejou-me boa sorte. Continuámos a ver-nos. Jantávamos de vez em quando. Eu fingia que nada mudara, mostrava-me muito agradecida por ele me ter salvo da miséria, beijava-o, tratava-o por querido, meu querido, meu muito querido, mas a minha vontade era cuspir-lhe no rosto.

Durante seis ou sete meses entrevistei modelos, atores, estilistas. Muita gente. Entretanto Deus continuava a falar comigo. Acontecia-me caminhar por uma rua qualquer e todas as pessoas que passavam se dirigiam a mim com uma frase, às vezes uma só palavra, Deus falando pela boca dessas pessoas, de tal forma que eu ia caminhando e ouvindo o que Ele tinha para me dizer.

Filha, disse-me certo dia, tens de denunciar aqueles que te prostituíram. É preciso castigar os que te prostituíram. Não podia deixar de cumprir as ordens de Deus. Convidei o Frutuoso para uma entrevista e assim que começaram a filmar acusei-o de me ter prostituído. Ele levantou-se, foi-se embora, e passado um pouco vieram dois guardas buscar-me. Frutuoso é proprietário de uma empresa de segurança, a Anjos da Guarda, que dá emprego a antigos militares. Os dois brutos que me vieram buscar traziam vestida a farda azul e branca da Anjos da Guarda.

Levaram-me para o Tata Ambroise. Lembro-me de ter atravessado os corredores aos gritos, tentando soltar-me das mãos deles, mãos grossas, mãos rugosas, enquanto passávamos por homens nus, acorrentados a pesadas peças de motores. Eu gritava por Jesus, esforçava-me por escutar a voz de Jesus, mas os homens acorrentados olhavam-me em silêncio, e já nem eram bem homens, eram como as cascas do corpo das cigarras depois que as cigarras saem lá de dentro com um novo corpo. Uma enfermeirinha veio ao nosso encontro. Trazia uma seringa na mão. Picou-me o braço direito e eu perdi os sentidos.

Acordei nua, amarrada com correias de couro a uma cama pequena, em ferro. Lembro-me da ferrugem. Quando penso naqueles dias, do que me recordo primeiro é da ferrugem a arder. Camas chiando, e lá fora, nos corredores, e nos corredores, e nos corredores, homens arrastando grossas correntes de ferro ferrugento, e tudo vermelho, o chão e o ferro, as feridas nos calcanhares.

A cama não tinha nenhum lençol, apenas um colchão de espuma, estreito, a cheirar a mijo e a suor. Virei a cabeça e dei com uma velha sentada na cama ao lado. Vestia uma espécie de bata verde-alface que lhe ficava a flutuar, como um cabide, sobre os ossos pontudos. A velha riu-se devagarinho, disse-me:

— Estávamos à tua espera.

Riu-se novamente. Gargalhadas como pedrinhas rolando na praia. Uma outra velha arrastou-se até junto da primeira, sentou-se ao seu lado e abraçou-a. Essa era gorda, muito gorda mesmo, e estava nua como eu. Cada perna devia pesar uns bons quarenta quilos, talvez mais, mas da cintura para cima parecia quase magra. Tinha um peito bonito.

— Disseram-nos que virias. Estávamos à tua espera.

— Quem disse? Jesus?!

As velhas olharam uma para a outra como se ali a maluca fosse eu.

— Qual Jesus, filha! As enfermeiras.

Ambas me conheciam. Mostraram-me uma televisão presa a um suporte de metal, num dos cantos da enfermaria. Costumavam assistir ao meu programa. Nessa tarde estavam a ver a minha entrevista com o Frutuoso quando de repente o filho da puta se levantou e saiu. Logo a seguir tiraram-me do ar. As velhas disseram-me que depois de alguns minutos apareceu um locutor anunciando a suspensão do programa por razões técnicas.

Naquela sala havia dez camas, todas ocupadas. Algumas mulheres tinham sido atiradas para esteiras, no chão de cimento, e ali estavam, em silêncio, como roupa suja. Pedi à gorda que me soltasse. Ela assustou-se:

— Não podemos soltar-te. Seríamos batidas, todas nós!

— Porque estão aqui?

A magrinha sorriu, envergonhada:

— Papá Ambroise diz que eu sofro de uma aflição no pensamento, filha. Diz que tenho o pensamento degenerado, que há um espírito crioulo colado a mim. O que eu sei é que vejo tudo muito grande. Formigas me perseguem como cães. Mesmo o meu corpo cresce às vezes enquanto eu durmo, ou partes do meu corpo. Um dia acordei e a minha mão direita era maior do que eu. Para andar eu tinha de arrastar a mão atrás de mim, como se fosse um animal doméstico preso por uma corda. Andei umas semanas assim, depois a mão voltou ao normal.

A gorda não sofria de maus pensamentos, o problema dela era o excesso de carne, idade a mais, e pouca sorte no amor. O marido tirou-a de casa e substituiu-a por duas catorzinhas. Pagava um bom dinheiro para lhe guardarem a esposa no meio das malucas. Acho que queria vê-la perder o juízo.

A gorda chamava-se Januária. A magra, se bem me lembro, Anunciadora. Ficaram minhas amigas. Escondiam comida para me dar. Ensinaram-me a cuspir os remédios, umas ervas podres que as enfermeiras nos davam durante as rezas. Ah, as rezas! Tata Ambroise junta toda a gente no templo, os acorrentados, as malucas mansas, os meninos que cheiram gasolina, junta toda essa gente para exorcizar os maus espíritos. Música, muita música, uma orquestra grande de sopros. Tu irias gostar. Sim, irias gostar. Saxofones, trompetes, cornetas de todo o tipo, eu nunca tinha visto nada assim, e batuques e guitarras, e um coro de homens e outro de mulheres, homens e mulheres vestidos de branco puro, como um jardim só de lírios. Lírios líricos cantando em lingala, cantando em quicongo, cantando em português, cantando com muitíssimo entusiasmo para afastar os espíritos malignos.

Depois dos primeiros cânticos há doentes que começam a xinguilar, a espumar, a falar línguas estranhas, e então Tata Ambroise aproxima-se deles e grita com os espíritos, ou demónios, ou o que quer que sejam. Grita até eles se cansarem e desistirem e voarem para longe com as suas asas transparentes como as das libélulas. As enfermeiras obrigam os doentes a engolirem infusões e mezinhas e a comerem umas ervas secas de cor avermelhada. As ervas dão uma tonteira. A pessoa sai do próprio corpo, vê-o lá em baixo, uma coisa esquecida, sem serventia, que não comanda mais. O corpo faz o que Tata Ambroise ordena. Acho pior do que morrer, porque é como estar morto, mas sem o descanso da morte.

A mim faziam-me também engolir pequeninas plumas pretas. Uma enfermeira ia buscar-me a meio da noite e levava-me arrastada até ao gabinete de Tata Ambroise. O gabinete de Tata Ambroise tem prateleiras, presas às paredes, cheias de frascos com líquidos. Raízes e plantas flutuam lá dentro, como em aquários, e também cobras mortas, lacraus e sapos. Eu olhava para aqueles frascos e o que via eram pedaços do inferno que Jesus me tinha revelado. O inferno guardado em frascos.

Tata Ambroise quase não falava comigo. Deixava-me à espera enquanto escrevia. Escrevia muito. De vez em quando parava e lia em voz alta, mas numa língua que eu não conheço, lingala talvez, de forma que nunca soube o que tanto escrevia. Ao fim de algum tempo tirava uma caixinha de metal de uma gaveta, na secretária, abria-a e mostrava-me uma pena:

— Tratamento de luxo para a menina.

Dava-me a pena e um copo com água e eu tinha de a engolir. Se a cuspia amarravam-me à cama e no dia seguinte não me deixavam comer. A pena tinha um efeito diferente das ervas, me acontecia uma espécie de comichão na alma, e eu começava a falar como quem cai, e falava e falava, e podia falar e falar até a luz do sol abrir a manhã. Tata Ambroise tomava nota do que eu falava, fazia perguntas e eu respondia. De que falava eu? Da minha vida, pois, de tudo que me tinha acontecido, de Jesus, e de ti, claro. Falava muito de ti.

Contei-te como nos apaixonámos, eu e tu?

Uma noite ouvi-te na rádio. Tagarelavas sobre mulheres.

... as mulheres estão presas às estrelas por fios invisíveis...

Dizias. E outros disparates:

... A lua atrai as marés e faz com que as plantas se abram em flor. Essa mesma energia atravessa as mulheres. Harmonizadas com os astros,

ainda que não o saibam, todas as mulheres têm vocação para o infinito. Os homens, pelo contrário, estão soltos no universo como gravetos num rio. Só as mulheres podem salvar os homens de se perderem no caos...

Achei tudo muito estranho, muito estúpido, mas gostei da tua voz. Percebi que, como Jesus, também tu falavas só para mim. Falavas ao meu ouvido com essa voz doce que só tu tens, e já estavas apaixonado por mim, embora não o soubesses. Não me admirei quando Jesus me apareceu num sonho e me disse apontando para ti — tu dormias, eu via-te a dormir na tua cama. "Aquele é o teu José. Hás de gerar dele, e o vosso filho salvará o mundo." No dia seguinte passei por uma livraria e comprei os teus livros. Li-os a custo, mas foi bom, porque em cada frase via confirmado o teu amor por mim.

Voltemos ao Tata Ambroise. A partir de certa altura dei-me conta de que enquanto falava ia perdendo a memória, como alguém que tenta ler um papel enquanto este arde. Percebi que era esse o propósito deles. Enfeitiçavam-me com ervas e penas negras para que lhes dissesse tudo o que sabia e ao mesmo tempo me fosse esquecendo de mim.

Então passei a fazer como Januária e Anunciadora me ensinaram. Guardava a pena debaixo da língua. Não a engolia. Guardava-a debaixo da língua, e depois falava, falava o que Tata Ambroise queria ouvir, e que eu achava que lhe podia dizer, e de regresso à enfermaria, já deitada na minha cama, cuspia a pena. Passados alguns dias deixaram-me regressar a casa. Felizmente tinha guardado algum dinheiro.

Dois ou três meses mais tarde encontrei o Frutuoso numa festa elegante, na piscina do Alvalade, e pus-me aos gritos, a insultá-lo, a acusá-lo de me ter prostituído. Vieram outros dois Anjos da Guarda, agarraram-me e levaram-me dali, aos pontapés, para o Tata Ambroise.

Dessa vez deixaram-me duas semanas presa com correntes num daqueles corredores. Durante a primeira semana choveu todas as noites. Pelo menos não passei sede. Na segunda semana sofri mais. O corpo coberto de lama seca e de poeira. Até os malucos tinham nojo de mim. Finalmente veio buscar-me um rapaz bem vestido, de fato escuro, com uma gravata colorida. Lembro-me da gravata. Tinha o desenho de uma chinesa a tocar um cavaquinho. O rapaz foi simpático. Passou por minha casa, deixou-me fazer a mala e depois seguimos para o aeroporto. Entregou-me um bilhete para Lisboa, um passaporte português, com a minha fotografia, e um pacote com dinheiro.

— O chefe oferece-te isto — disse-me. — Quer que recomeces a vida em Lisboa. Não voltes mais. O chefe acha que como falas tanto com Jesus devias fechar-te num convento. Parece que nos conventos portugueses se come muito bem. Bons doces. Vais gostar.

Tenho uma amiga em Lisboa, modelo, que conheci no início da minha carreira. Fui para o apartamento dela. A princípio correu bem. Olga, é o nome da minha amiga, apresentou-me a várias pessoas do mundo da moda e voltei a desfilar.

Depois — já adivinhaste, não foi? — Jesus reapareceu-me. Uma noite acordei e lá estava Ele a flutuar junto ao teto, voltado para mim, com uma expressão tristíssima, a cara da minha mãe no instante em que morreu. "Filha", disse-me, "não podes abandonar a tua missão. Volta para Luanda, lá darás nascimento ao novo messias." Eu não queria voltar. Sabia que não podia voltar. Chorei muito. Jesus voltou a aparecer-me nos dias seguintes. Aparecia em toda a parte, de imprevisto, como um assaltante.

Comprei um bilhete para Luanda, despedi-me da minha amiga e fui para o aeroporto. Estava na sala de embarque quando tu entraste e soube então que o meu destino (o nosso destino) se ia cumprir. Não quiseste amar-me entre as estrelas, como estava escrito. Pior: desapareceste. Ao desembarcar encontrei o Frutuoso. Esperava por mim, muito calmo, na companhia dos dois guarda--costas do costume. Um deles agarrou na minha mala e o outro empurrou-me para um Hummer prateado. Levaram-me ao Hotel Mimese. Subimos os quatro até ao décimo oitavo andar. O meu ex-agente, se lhe posso chamar assim, bateu à porta do quarto 1801. Tata Ambroise abriu-a. Vestia uma túnica branca, larga, como as que costuma usar nas cerimónias em que enxota espíritos. A sala era ampla, bem iluminada, muito bonita. As paredes estavam pintadas, do rodapé até ao teto, com uma paisagem da serra da Leba. Parecia tudo tão real que dava vertigens, as montanhas altas, e a estrada serpenteando ao fundo. Assustei-me com uma lagartixa pousada numa rocha, a olhar para mim. Foi por isso, por estar a admirar a paisagem, que não reparei no homem sentado atrás da secretária.

— É você que conversa com Jesus?

Só o vi depois que falou. Era um homem pequeno, mas majestoso, como se fosse grande, ou como um homem enorme que tivesse encolhido de um momento para o outro e ainda não se achasse pequeno. Tinha uma careca redonda e estava vestido (muito bem-vestido) com um casaco branco, às finas riscas pretas, sobre uma camisa escura; gravata azul-cobalto. Uma vez, no Dubai, um príncipe árabe mostrou-me um falcão. Aquele homem tinha olhos de falcão, brilhantes e duros, sem o açúcar da piedade. Não eram olhos humanos.

— Podes começar — disse, dirigindo-se a Tata Ambroise. — Dá-lhe a pena...

Tata Ambroise tirou de uma sacola de couro a pequena caixa de metal que eu já vira, lá, no consultório dele. Abriu a caixa e mostrou-me as penas. Retirou cuidadosamente uma delas e entregou-ma. Um dos guardas estendeu-me um copo com água.

— Engole!

Fingi que engolia a pena. Tata Ambroise fechou os olhos e começou a lengalengar numa língua dos pretos do mato, digo isto sem conceitos nem preconceitos, eu também sou preta, e a minha mãe veio do mato, mas nunca falei senão português. Um português de musseque, sim, em menina, antes de ter aprendido a falar direito, como uma verdadeira senhora. Agora sou capaz de discorrer, repara que até digo discorrer, de um jeito tão afinado que mesmo em Lisboa, nas lojas de luxo, os empregados me julgam alfacinha legítima, doutora.

— A senhora doutora é da Linha?

— Não, querido, não aprecio. Nunca fui de andar na linha. Quem anda na linha arrisca-se a ser atropelado por um comboio.

Parece-te uma piada estúpida? Bem sei, mas os empregados das lojas de luxo sorriem sempre. Sorriem por educação, claro, uma pessoa educada é aquela que sabe sorrir ao invés de disparatar. Isto também aprendi com Frutuoso. Não consigo é falar à maneira das senhoras da Linha durante muito tempo. Nem há nada que canse tanto quanto o esforço de ser outra pessoa.

Desculpa, agora perdi-me. Perco-me muito nestes dias. As ideias fogem-me. A memória vai-se. Estava a falar no Tata Ambroise. Bem, ele fechou os olhos e começou a cantarolar. Fingi que engolia a pena e me deixava ir, flutuando, o pensamento à solta, a minha boca se abrindo para falar sozinha. Frutuoso voltou-se para o pequeno homem:

— Quer fazer alguma pergunta, senhor embaixador?

— Sim. Tenhô muitas perreguntás a fazerre a esta senhorrá. — Falava assim, arranhando os erres, meio afrancesado. — Qual sua relação com Barretolomeu Falcatô?

Tata Ambroise já me tinha feito essa pergunta noutras ocasiões. Achei que não valia a pena mentir. Sim, sim, respondi, Deus me revelou esse homem, sim, sim, o pai do meu futuro filho, o Salvador. Disse-lhes isto como se me afundasse num pântano, oh meu Deus, disse-lhes isto enquanto me deixava arrastar pela minha própria voz, como me deixo arrastar pela tua quando fazemos amor, não, tu não te lembras, não te lembras de que fazemos amor, porque não te lembras do que está para vir. Mas fazemos amor, sim, fizemos ou faremos um dia, o que vem a ser a mesma coisa, sem tirar nem pôr, pois na eternidade o futuro é o passado e o passado, o futuro.

— A gaja está a fingir — disse o pequeno homem. — Não engoliu a porrecarria que lhe deste. Faz com que a engula.

Tata Ambroise deu-me uma chapada com as costas da mão. O golpe foi tão forte que me desequilibrei e caí. Frutuoso ajudou--me a levantar. Então o feiticeiro tirou uma mão-cheia de penas da caixa de metal e enfiou-as na minha boca, empurrando-as, garganta abaixo, enquanto eu cuspia e tossia. Senti que sufocava. No instante seguinte o meu coração disparou. Os macacos, pintados nas paredes, começaram aos guinchos. Saltavam de ramo em ramo. Pareciam-me tão verdadeiros quanto Frutuoso Leitão, encostado à porta, ou o pequeno homem sentado diante de mim. As palavras saíam-me da boca como se estivessem acesas. Eu via-as a girarem pelo ar, pirilampos de som, mas não sabia o que queriam dizer. Aquilo deve ter durado várias horas. Quando terminou, eu estava exausta. Lembro-me de ver o pequeno homem a sair de trás da secretária. Apontou para mim:

— Acabou. Liverrem-se délá. — Parou um instante junto à porta que dava para o quarto. — Quanto ao gajo, a esse Barretolomeu, é preciso dar-lhe uma boa liçon.

Frutuoso trouxe-me a casa.

— Dorme um pouco — disse-me, acariciando-me o rosto com doçura. — Venho buscar-te ao fim da tarde. Vamos dar um longo passeio, conversar, temos tantas coisas para conversar.

Um dos guardas ficou a vigiar-me a porta. Sei que vou morrer, mas não sinto medo. Prefiro morrer a esquecer, e se viver, esquecerei. Escrevo para te prevenir. Esta gente é perigosa. Escrevo também para te pedir perdão. Não pretendia complicar a tua vida. Amar é uma traição do espírito. Beijo-te. Beijo-te tanto, meu amor. Adeus.

16.

Breve história da luz e da escuridão.

Escrevo para iluminar os corredores da minha alma. Bartolomeu iria crucificar-me por causa desta frase. Consigo vê-lo a rir-se. Quando estou com ele até tenho medo de falar, vigio-me constantemente para não dizer trivialidades, não empolar as frases. Quero que se dane! Sou assim mesmo. Além disso, é verdade: conheço bem a luz que dorme em certas palavras, a noite que se esconde noutras. Há metáforas que deflagram como granadas, estrofes capazes de abrir clarões à nossa frente. Já me aconteceu ter cantado os mesmos versos centenas de vezes sem os compreender. Então, de repente, num palco qualquer, o Bozar, em Bruxelas, o Finlândia Hall, em Helsínquia, o Koninklijk Theater Carré, em Amesterdão, num palco qualquer, aquela mesma canção acende-se e revela-se: abre-se, como uma porta, para um mundo de cuja existência nem suspeitava. Quando me sinto perdida, sento-me e escrevo. Quando estou irremediavelmente perdida, canto.

Canto para me salvar.

O que escrevo? Registo o que me acontece, num esforço para compreender o que me aconteceu. Não invento nada. Não preciso de inventar nada. Não sou escritora. Podia chamar a isto um diário cego, porque não tem datas. Prefiro chamar-lhe um elucidário.

Manhã cedo, primeira luz. Acordei. O papá olhava para mim, intensamente. — Passaste a noite a vigiar-me?

— Passei.

— Descobriste alguma coisa?

— Descobri, enquanto te via dormir, que a luz participa da vida. Onde há vida brilha sempre alguma luz. Em ti brilha muita luz. O teu marido nunca te disse isso?

— O Lulu?! Acho que não o conheces. O Lulu tem os pés bem assentes no chão, grande virtude. Nunca diz piroseiras. Já tu és um nefelibata e um romântico foleiro. Nem outra coisa seria de esperar num terrorista reciclado em budista. Os únicos animais que conheço onde brilha alguma luz são os pirilampos e certos peixes dos abismos oceânicos, o resto é poesia.

— Ao contrário, filha, os pirilampos são poesia, o resto é a vida. Em italiano pirilampo diz-se *lucciola*. Também há quem utilize esse termo em vez de putas. O meu pai, que era um homem conservador, nunca dizia putas. Dizia as *lucciole*, ou as peripatéticas.

— Peripatéticas?

— Que se ensina andando, próprio da filosofia aristotélica, porque Aristóteles ensinava enquanto caminhava com os seus alunos.

— E o que tem o Aristóteles a ver com putas?

— Não sei.

— As coisas que tu não sabes, papá! Quando era criança acreditava que tu sabias tudo.

— Nessa época eu sabia tudo. Com a idade fui desaprendendo. Se viver o suficiente, hei de alcançar a mais completa ignorância. Entretanto ainda me chegam aos ouvidos muitas coisas. Inclusive algumas que preferia não saber.

— Por exemplo?

— Por exemplo, tenho andado a receber informações um pouco inquietantes sobre o Bartolomeu Falcato.

— O escritor? O que sabes tu sobre ele que preferias não saber?

— Não precisas que te diga.

— Ah, sim. Tens de me dizer.

— Em primeiro lugar sei que costumas encontrar-te com esse cavalheiro, aqui, em certos hotéis da capital, e no estrangeiro. Sobretudo no estrangeiro.

— Encontrar? Um homem corajoso não recorre a eufemismos, papá. Queres saber se sou amante do Bartolomeu Falcato? Não, já não sou, mas fui.

— Acabaram?

— Sim, acabámos. Acabei com o Lulu e acabei com ele. Percebi que um não fazia sentido sem o outro. Se não tenho um, também não quero ter o outro.

— Ainda bem. Assim escuso de te contar o resto.

— Contas, sim! Vais contar-me tudo!

— Está bem, eu conto. Não te exaltes. Espera um pouco que te vou fazer umas torradas. Café não tomas — certo? Um sumo de laranja, então. Depois conversamos.

Três horas mais tarde.Depois que o papá se foi embora, preparei um banho quente. Mandei construir no meu apartamento uma espécie de *hammam*. É redondo, todo em ladrilhos de um profundo azul oceânico, incluindo o teto. Pequenos focos de luz brilham lá em cima como estrelas na imensidão. Reproduzem o desenho exato das constelações vistas da minha cidade no dia em que nasci. Preparo banhos com a dedicação com que um perfumista compõe um novo aroma. Misturo sais, óleos odoríferos, algumas colheres de mel, pétalas de rosa. Acendo velas de várias cores. Depois apago as luzes todas, com exceção das falsas estrelas, e estendo-me a levitar na água escura. Tento esvaziar o espírito. Imagino-me num balão, a largar lastro para ganhar altura. O lastro são as pequenas aflições do quotidiano:

... Lulu (o peso no peito, o ciúme e o rancor), largo-o...

... Bartolomeu (a lembrança dos dedos dele acariciando o meu cabelo. O cheiro dele), largo-o...

... Aquela mulher caindo do céu. Largo-a, e a infeliz vai esmagar-se na lama, dois mil metros lá em baixo...

... Os meus cabelos brancos. A pele lassa na cintura. Ah, o terror de envelhecer, largo-o, atiro-o para longe...

... O novo disco. O medo de não ser capaz de fazer algo que não seja uma repetição. O medo dos críticos. Largo-o, largo os medos todos. Lá vão eles aos uivos e lamentos pelo meu passado abaixo...

Talvez nunca alcance o nirvana, mas pelo menos faz-me muito bem à pele. Estava, pois, mergulhada no mais profundo esquecimento, quando escutei uma pequena voz trocista:

— Isso é um banho, princesa, ou um suicídio perfumado?

Ergui-me, assustada, e dei com Jacó sentado numa cadeira em pau-rosa, com um assento em veludo *bordeaux*, que comprei faz anos num antiquário de Lisboa. Vestia de preto, como quase sempre, mas trazia um laço vermelho a alegrar o conjunto. O sorriso dele brilhava, como o laço, à mansa luz das velas:

— Assustei-te?

— Quem te autorizou a entrar? — gritei. — Vai-te já embora!

— Calma! Tenho-te visto nua muitas vezes. Aquilo que mais me agrada neste ofício não é tanto a alegria de vestir mulheres bonitas, mas a possibilidade de as despir.

— Dizes cada disparate! Às vezes pareces mesmo o Esaú.

— Às vezes ainda sou o Esaú.

A maneira como disse aquilo, de repente muito sério, muito grave, perturbou-me mais do que a frase em si — que, aliás, não compreendi. Ele aproveitou o silêncio e fulminou-me:

— Eu fui o Esaú!

O que me contou a seguir ainda me custa a compreender. Tento transcrever o que me disse, devagar. Paro, releio o que escrevi, e volto a teclar.

"Nós: eu e o meu irmão.

Nós — um nó. É assim que nos vejo. O entrelaçamento de dois fios. Um dos fios feito de pura luz, o outro, de sombria amargura. Um generoso, o outro ambicioso. Um inclinado para o amor, o outro para o ódio. Juntos funcionávamos bem. Sobretudo no trabalho. Eu ardia em raiva. Um incêndio no peito, uma vontade permanente de me fazer explodir juntamente com o mundo: Esaú, o anão-bomba. À minha raiva Jacó contrapunha a gargalhada apaziguadora. Onde eu me exaltava, nas cores ou no uso de certos materiais, ele sugeria a paz da seda e dos tons mornos. Acho que foi essa mistura entre o riso e a revolta, a ruptura e a harmonia, que atraiu as pessoas e explica o triunfo da nossa marca. Ah, a Congo Twins!, os melhores anos foram os primeiros. Mesmo a negociar contratos a nossa bipolaridade dava bons resultados. Eu era o tipo agressivo, que exigia condições impossíveis, e Jacó, o sujeito sensato, que cedia aqui e ali, para, no fim, me devolver o controle da situação.

Até onde me recordo fui sempre um revoltado. A minha mãe morreu quando nascemos. O meu pai odiava-nos. Espancava-nos por qualquer contrariedade. Jacó, coitado, fazia tudo para lhe agradar. Eu, pelo contrário, respondia ao desprezo dele com violência. Uma certa manhã, lembro-me bem, era um plácido domingo, o pai encontrou Jacó a desenhar um vestido e ficou louco de fúria. Achava que o nosso interesse por roupa só podia ser coisa de maricas. Começou aos gritos: "Anões, e ainda por cima paneleiros!". Arrastou o Jacó para a cozinha, acendeu uma das bocas do fogão, colocou uma grelhadeira em cima, e esperou até o ferro mudar de cor. Tirou a grelhadeira, pousou-a no chão, segurou na mão direita de Jacó e encostou-a com força de encontro à chapa em brasa. O meu irmão não gritou. Mordeu os lábios. As lágrimas saltavam-lhe dos olhos.

Nessa noite esperei que o velho se fosse deitar e rebentei à martelada o relógio de pulso, em prata, o único objeto de valor que havia lá em casa. O pai contava que um amigo lhe oferecera o relógio. O amigo era soldado, eram ambos soldados, levou com um balázio na barriga, e enquanto agonizava tirou o relógio do pulso e entregou-o ao meu pai. Sempre o ouvi contar esta história. Espero que fosse verdadeira e que o relógio possuísse de facto um grande valor sentimental. Gostaria de ter visto a cara do papá quando o encontrou desfeito. Não fiquei para ver. Coloquei meia dúzia de tralhas num saco de plástico, algumas notas no bolso, e saí de casa com o meu irmão.

Nessa noite dormimos ao relento. Na manhã seguinte fomos pedir emprego a uma alfaiataria, no Cazenga, que parecia ter muita clientela. O proprietário, o sr. Kumar, teve pena de nós e deixou-nos ficar. Ao princípio só fazíamos limpezas, e em troca o sr. Kumar dava-nos de comer e deixava-nos dormir na oficina. Ainda fez o favor de nos inscrever numa escola, ali perto, de forma que estudávamos de manhã e trabalhávamos à tarde. Pouco a pouco conquistámos a confiança dele. Percebeu que tínhamos jeito com as tesouras e ensinou-nos o ofício.

De certo modo fomos felizes nesses anos, mas eu continuava a arder em pura raiva. Podia explodir a qualquer momento. Lembro-me de um vizinho do sr. Kumar, um mulato já de certa idade, que costumava ser passeado através do bairro, ao fim da tarde, por um pastor-alemão. O cão enfurecia-se, ladrava, mal o meu cheiro lhe chegasse às narinas. Imaginem, se conseguirem, um enorme cavalo de dentes afiados a ladrar contra vocês, como se vos quisesse devorar, e terão uma ideia do terror em que eu vivia. Era sempre a mesma coisa. O diabo do cão odiava anões. Uma noite lancei um pedaço de carne para o quintal onde o animal estava amarrado. Escondi dentro da carne cacos de vidro e uma mão-cheia de pregos enferrujados. Nunca mais me chateou.

Era de supor que o sucesso aplacasse a minha raiva. Porém, isso não aconteceu. Ficava a ferver sempre que alguém se atrevia a lançar uma piada sobre anões. Jacó, pelo contrário, ria-se. Tinha mesmo uma coleção de piadas sobre anões. As pessoas gostavam dele.

Matei o meu irmão. Fui eu quem o matou.

Não o matei com estas mãos, claro, matei-o com a minha arrogância, a minha estupidez.

Sofri do vício do jogo. Comecei a jogar para sufocar a cólera. Ao princípio tanto me fazia perder como ganhar. O que eu procurava era um pretexto para urrar, fosse de genuína fúria ou de falso júbilo, sem correr o risco de que me internassem no Tata Ambroise. Havia um outro motivo: ninguém repara no tamanho de um sujeito que coloca uma fortuna em cima da mesa. Aquelas mulheres excessivamente loiras, ou excessivamente mulatas, tanto faz, com as mamas a espreitarem sob o decote, olhavam para mim e viam um jogador. Um grande jogador. Não viam um anão.

Eu sonhava com dados. Sonhava com roletas e com números. Os números estavam por toda a parte. Ia na rua, por exemplo, e as matrículas dos carros sugeriam-me combinações. Passava o tempo a somar e a multiplicar números, obcecado com coincidências, na convicção absurda de que o universo se esforçava por comunicar comigo. O universo queria que eu ganhasse. Enganei-me. Ou o universo é mudo, ou eu sou surdo ao universo. A partir de certa altura comecei a perder muito dinheiro. Em pouco tempo esgotei todas as economias e passei a pedir cumbu emprestado aos amigos. Depois, para pagar aos amigos, dei comigo a desviar os fundos da empresa. Acabei por contrair empréstimos junto de gajos que não fazem outra coisa senão lixar tipos como eu. A minha vida tornou-se um inferno.

Entre os nossos clientes, naquela época, havia um homem de quem toda a gente fala, mas que poucos conhecem: Adibe, o embaixador. Eu via-o em cuecas. Conversava com ele enquanto lhe tirava as medidas. Conversar com alguém em cuecas conduz inevitavelmente a uma ilusão de intimidade. Não, não lhe pedi dinheiro emprestado. Fiz pior. Um dia encontrei um envelope esquecido no bolso interior de um blazer que o senhor embaixador nos entregara para alargar. O senhor embaixador, como aliás a maioria dos ladrões muito ricos, não gosta de desbaratar o dinheiro que roubou aos pobres. É um homem poupado. Abri o envelope e encontrei um cartão assinado por Frutuoso Leitão, tu deves conhecê-lo, o Leitão Voador, dirigido ao camarada Pascal Adibe. Frutuoso, muito obsequioso, muito sucinto também, dava conta ao camarada embaixador que encontrara o anjo negro e que se confirmavam os poderes extraordinários do seu simples fôlego. Acrescentava que dera início à operação de resgate. Era o que estava lá escrito. Nem mais nem menos. Julguei que fosse uma mensagem em código. Pensei que mais tarde ou mais cedo uma tal informação me poderia ser útil.

Não olhes assim para mim.

Só os muito pobres se podem dar ao luxo da honestidade. Não têm nada a perder.

Fotografei o cartão com o meu telemóvel e voltei a colocá-lo no envelope. Nos dias seguintes não consegui pensar noutra coisa. Aprecio enigmas.

O que seria o anjo negro?

Ocorreu-me que talvez fosse o nome de uma nova droga. Toda a gente sabe que o fundador da dinastia Adibe enriqueceu produzindo e comerciando cocaína. Pascal Adibe herdou os negócios de Monsieur Constantine e ampliou-os, ao mesmo tempo que se transformava num dos maiores traficantes de armas do mundo.

Duas ou três semanas mais tarde recebi um convite da embaixada de Portugal para um almoço de homenagem a um famoso escritor luso-angolano. Jacó não foi. Ficou em casa a terminar um projeto. Frutuoso Leitão sentou-se diante de mim. A minha presença em jantares formais provoca invariavelmente certo constrangimento, pois quando chega a hora de instalar os convidados à mesa não sabem o que fazer comigo. Às vezes vão buscar almofadas. Outras, querem que me sente em cadeiras de criança. Naquele caso tiveram a amabilidade de me colocar numa cadeira especial, com um assento mais alto, e dois pequenos degraus, mas em tudo o resto idêntica às restantes. Essa pequena atenção deixou-me feliz, quase eufórico. Fartei-me de conversar. Fui brilhante.

Naqueles dias eu andava desesperado, perseguido pelos credores, um dos quais enviara um delinquente para me pressionar. Repara que emprego o verbo no sentido literal, o delinquente em causa é um sujeito com mais de dois metros, e uma curva cicatriz do queixo à testa, que lhe dá um aspecto verdadeiramente assustador. Pegou em mim pelos ombros e ergueu-me à altura dos olhos enquanto ia apertando. Garantiu-me que da próxima vez não me deixaria um osso inteiro e que depois me engoliria, como uma jiboia a um passarinho.

Onde é que eu ia? Ah, sim, ao almoço na embaixada de Portugal. Terminado o almoço, toda a gente se levantou. Formaram-se pequenos grupos. Esperei até que o Frutuoso estivesse sozinho, numa das varandas, a fumar um charuto, e fui ter com ele.

— Sei de tudo — disse-lhe, ainda um tanto inebriado pelo meu recente sucesso à mesa, e também pelas duas taças de vinho que o embaixador português insistira em servir-me. — Sei que vocês têm o anjo negro.

O muadié olhou-me espantado, depois sorriu:

— Não compreendo.

Então mostrei-lhe a fotografia do cartão que ele enviara ao embaixador. Voltou a sorrir:

— Disseram-me que você joga, senhor Congo. Qual o seu preço?

Não fazia a menor ideia de quanto valia o meu silêncio. Assim, imitei-lhe o sorriso:

— O preço justo.

— Suponho que para um alfaiate a palavra justo tenha em primeiro lugar o sentido de estreito, bem cingido, será isso?

Não tenho nada contra os alfaiates, muito pelo contrário. Mas não sou alfaiate. Sou um estilista. No meu atelier desenhamos o futuro.

Não te rias.

Ou então, ri-te. Também tu foste desenhada por nós. És capaz de me dizer quanto do teu sucesso se deve ao figurino? Para que as pessoas te ouvissem tiveram primeiro de te ver, e fomos nós que te fizemos visível.

A verdade é que fiquei um pouco irritado com a observação de Frutuoso. Contive-me a custo. Disse-lhe que, pensando melhor, não deveria tê-lo incomodado, e virei-lhe as costas. Ele veio atrás de mim. Segurou-me por um braço:

— Muito bem, Esaú. Vamos conversar.

Combinámos que passaria pelo meu apartamento nessa

noite, depois do jantar. Poderíamos falar sobre o anjo negro com mais tranquilidade. Uma sucessão de coincidências felizes, seguida por uma combinação de pequenos desaires, impediu-me de estar em casa à hora combinada. Além disso, não consegui avisar Frutuoso do atraso.

Coincidência nº 1:

Conheci nesse mesmo almoço uma jovem jornalista portuguesa, a qual vestia uma blusa da Congo Twins. Ficou muito entusiasmada quando me viu.

Coincidência nº 2:

Foi a primeira vez que encontrei alguém que sabia o significado do meu nome. Riu-se quando lhe estendi a mão: "Não pode ser", disse, "você não pode chamar-se Esaú." Queres saber o que lhe respondi?

Coincidência nº 3:

Amaranta, é o nome da jornalista, vive no primeiro apartamento que nós, eu e o Jacó, alugámos em Lisboa. Tu não chegaste a conhecê-lo. Um pequeno apartamento no Chiado. Ela alugou-o ao tipo a quem nós o vendemos.

À saída o embaixador brasileiro ofereceu-se para me levar a casa. Amaranta estava hospedada no apartamento do adido cultural português. Ficámos um aturdido instante um diante do outro. Sou um jogador. Um jogador é como um paraquedista: salta. Não reflete sobre as razões do salto. Perguntei-lhe se queria tomar nota do meu número de telefone. Infelizmente nem ela nem eu tínhamos uma caneta. Tão-pouco o embaixador brasileiro ou o adido cultural português. Então tirei o meu telefone do bolso e entreguei-lho:

— Fique com ele. Mais tarde telefono para si. Assim sei que a volto a ver.

Um clarão iluminou-lhe o rosto. Guardou o meu telefone na bolsa:

— Tenho um fraco por homens fortes.

Entrei no carro, onde já me aguardava o embaixador brasileiro, e foi então que começaram os pequenos desaires. Francisco Bezerra da Silva é um velho amigo. Também ele gosta de jogar. Qualquer tipo de aposta o atrai. Assim que entrámos no carro revelou-me, cúmplice, os olhinhos húmidos e brilhantes, que me queria levar a uma fazenda, um lugar frequentado por empresários chineses e sul-africanos e um ou outro general angolano, onde se organizavam rinhas de cães. Disse-lhe que nunca assistira a um combate de cães. Odeio cães, preferia viver num mundo sem latidos e cocó nos passeios, mas isso não significa que goste de os ver numa arena, a despedaçarem-se às dentadas. Francisco lambeu os lábios. Fixou em mim o gume azul dos olhos:

— Você tem ideia do valor das apostas? Já vi gente ganhar num único combate mais de meio milhão de dólares.

No dia anterior tinham-me entregado uma boa soma, em notas grandes, como avanço para desenhar o vestido de noiva da filha mais velha da sra. Presidente. Pretendia usar o dinheiro para pagar dívidas. Juro-te. Era o que ia fazer. Mas assim que Francisco me lançou o isco eu engoli-o.

Tomámos a direção da foz do Quanza. A determinada altura virámos à direita, por uma estreita faixa de terra batida, até encontrarmos uma cancela listrada de branco e vermelho. Reparei numa placa, pendurada na cancela: Fazenda K44. Um sujeito vestido de camuflado, com uma AK a tiracolo, veio levantar a cancela. A três ou quatro quilómetros dali, diante de um embondeiro imenso, erguia-se um desamparado barracão de madeira. Vários carros aguardavam à sombra do embondeiro. Os motoristas conversavam uns com os outros. Alguns dormiam, no interior das viaturas, com as portas abertas. Quando entrámos no barracão, estavam a pesar os cães. O furor dos animais infectava o ar. Cheirava a suor, a pelo molhado e a lixívia. Os homens falavam baixo, havia na voz deles um brilho metálico, de forma que pareciam gritar em segredo.

Não te preocupes, não tenciono mostrar-te o sangue, poupo-te ao sangue, mas preciso que compreendas — houve sangue! O sangue (o drama) tem o poder de anular o tempo. Quando dei por mim, perdera todo o dinheiro e o sol esmorecia. Então chegou a polícia. Durante alguns minutos instalou-se o pânico. Encontrões e gritos, os cães aos uivos. Depois, como um nó que se deslaça ou a lisura do mar que sucede à calema, tudo acalmou.

Cena seguinte: eu, de cócoras, algemado, na caixa aberta de um camião do exército. A Francisco não lhe serviu de nada agitar o passaporte diplomático. Um dos polícias arrancou-lhe o documento das mãos e rasgou-o. Levaram-nos a todos para uma esquadra suja, decrépita, que nem sequer dispunha de celas para colocar os presos. Atiraram-nos para um quintal, cheio de lama, onde chafurdavam porcos e galinhas, e ali nos deixaram, não sem antes nos terem confiscado relógios e telefones. Duas ou três horas mais tarde chegou um militar com instruções para nos libertar a todos. Devolveram-nos os nossos pertences e deixaram-nos chamar táxis. Quis ligar ao embaixador Adibe, mas tinha o número dele na agenda do meu telefone. Pedi um telemóvel emprestado e liguei para o meu número. Amaranta não atendeu.

Era quase meia-noite quando entrei em casa. Jacó estava na sala, morto, amarrado a uma cadeira. Torturaram-no durante horas com um maçarico a gás. Suponho que Jacó entrou no meu apartamento à procura de alguma coisa para comer. O meu frigorífico estava sempre mais bem recheado do que o dele. Tinha a chave, claro, e fazia isso com frequência. Estava lá quando os esbirros do Frutuoso Leitão, ou do embaixador Adibe, não sei, tocaram à porta.

Ainda hoje acordo com os olhos de Jacó fixos nos meus e desperto aos gritos enquanto me afogo no ar da sala como nas águas mortas de um pântano. Abracei-me ao cadáver do meu pobre irmão e ali mesmo jurei que o ressuscitaria. Dois dias depois eu, Jacó, enterrei Esaú. Tu estavas lá, choraste comigo. Abandonei o álcool e o jogo, a volúpia da polémica e as roupas coloridas. Só ressuscito o Esaú para criar. Muita gente achou que a Congo Twins não iria sobreviver à morte do meu irmão. Sobreviveu porque continuo a recorrer à fúria dele, à raiva dele.

Dentro do atelier sou o Jacó mas também sou o Esaú.

Queres saber porque te conto tudo isto?

Porque eles voltaram. Recebi há duas horas a visita de um dos empregados do embaixador Adibe, um tipo alto e bem-vestido, que não me importaria de contratar como modelo para a Congo Twins. A gravata, inclusive, poderia ter sido desenhada por mim. Entrou no meu gabinete, e pôs-se a estudar vagarosamente os retratos nas paredes. Eu, ou Jacó, ou ambos, ao lado de cantores, atores, políticos, em diversas cidades do mundo. Ficou impressionado, tenho a certeza, mas disfarçou.

— Senhor Esaú! — disse, e fez uma pausa, a avaliar a minha reação. — Ah, senhor Esaú, o seu irmão, Jacó, era uma pessoa extraordinária. Em momento algum tentou desfazer o equívoco. Deixou-se torturar, deixou-se matar!, para o proteger.

Isto foi o que Jacó/Esaú me contou.

Chorava. As lágrimas dele não me comoveram. Queria bater-lhe. Se eu fosse homem (e ele um pouco mais alto), ter-lhe-ia batido. Jacó era meu amigo!

Além disso, com franqueza, que desatino de enredo. Razão têm os neonativistas (é como se autodesignam) quando se insurgem contra a perniciosa influência das telenovelas brasileiras. Primeiro alteraram a toponímia da nossa bela cidade capital. Roque Santeiro. Os Trapalhões. Títulos de telenovelas que se tornaram nomes de mercados. A seguir alteraram a nossa maneira de falar português. Falta apenas que as pessoas comecem a plagiar as vidas cheias de coincidências disparatadas dos personagens das novelas. Saí da banheira, enrolei-me numa toalha e fui para a varanda tomar sol. A luz ajuda-me a refletir.

O *personal killer* do embaixador Adibe fez uma única pergunta a Jacó/Esaú:

— Senhor Esaú, diga-me, comentou alguma coisa sobre o anjo negro com a sua amiga Kianda, a cantora?

Jacó/Esaú jurou-lhe que não. O enviado do embaixador Adibe tirou três fotografias do bolso do casaco e entregou-as a Jacó/Esaú.

— Pode ficar com elas — murmurou. — É para se lembrar do pobre Jacó.

A primeira fotografia mostra Jacó amarrado a uma cadeira. Vê-se que está assustado, mas tenta sorrir. Na segunda, grita. O grito dele é uma coisa sólida, com espinhos, que nos salta à garganta. Na terceira, está morto.

O papá sentou-se à minha frente a ver-me comer. Deixou-me terminar a primeira torrada. Depois atacou:

— Esse teu ex-namorado, Bartolomeu, não é?

— Ex-amante!

— Ex-amante, o que tu quiseres. Não o deves ver mais.

— Porque não?

— Porque pode ser perigoso.

— Perigoso?! Perigoso para quem?

— Para ti, claro. O destino dele não me interessa. Preocupo-me contigo.

— O que fez o Bartolomeu?

— Perguntas! O rapaz é perguntador.

— E então?

— Perguntar é pensar, menina, e quem pensa acaba sempre

a contestar. Ninguém quer pensadores neste país. É coisa que desagrada quer aos dirigentes angolanos quer a todas as empresas e governos que aqui têm interesses. Angola vai muito bem. Continua a crescer, mesmo sem o petróleo. Dá dinheiro a ganhar a muita gente. Os pensadores costumam ser enviados para o aeroporto, ou então para o Tata Ambroise. Alguns morrem pelo caminho, coitados. Pensar prejudica a saúde.

— O que é que o Bartolomeu descobriu?

— Não sei. Nunca faço perguntas.

— Os teus amigos metem-me nojo. Como é que uma pessoa como tu se pode dar com tal gente?

— Provavelmente porque somos iguais.

17.

A caveira falante — um conto africano muito popular.

Um homem encontrou uma caveira. Aproximou-se para a observar melhor e então a caveira cumprimentou-o, desejando-lhe longa vida e felicitando-o por todos os triunfos pessoais e pela nobreza da sua linhagem — enfim, demonstrando inesperada cortesia para um ser (vamos chamar-lhe assim) tão depauperado. O homem recuou dois passos, tomado de intenso horror e incredulidade:

— Pois tu falas? — quis saber, assim que conseguiu recuperar o fôlego. — Como chegaste até aqui?

— Falando — respondeu a caveira com um pequeno riso seco. — Falando e perguntando. Falava de mais, perguntava de mais.

O homem correu aos gritos até à aldeia mais próxima:

— Encontrei uma caveira que fala. Oh gente! Uma caveira que fala!

Levado à presença do soba, confirmou o estranho caso:

— Sim, meu rei. Encontrei nas cercanias uma caveira que fala.

O soba recomendou-lhe que tivesse juízo e não importunasse o labor dos mais velhos. O homem insistiu. Podia conduzir o soba e os seus macotas até à caveira. Sabe-se lá o que uma caveira teria para contar?

Notícias em primeira mão dos ancestrais?

Visões do futuro?

Bons conselhos sobre a arte de governar?

Os segredos do universo?

— Muito bem — concordou o soba. — Mas se estiveres a mentir mando cortar-te a cabeça.

E lá foi toda a aldeia em busca da caveira. Encontraram-na onde o homem a havia deixado. Este aproximou-se dela e com grandes manifestações de respeito apresentou-a ao soba e seus macotas.

— Estamos aqui para te ouvir falar.

A caveira, nada. Deixou-se estar, no acomodado silêncio dos mortos. O homem aproximou-se mais, rojou-se no chão, cobriu a própria cabeça com areia em sinal de respeito:

— Fala! — implorou. — Conta-nos como vieste aqui parar.

Silêncio. Também o soba se aproximou e, erguendo a forte voz, ordenou-lhe que falasse. A caveira ignorou-o. Nunca se vira por aquelas paragens uma caveira tão obstinada em permanecer calada. O soba fez um gesto enfastiado na direção dos seus conselheiros e afastou-se. Dois guerreiros agarraram o homem pelos braços, enquanto um terceiro o degolava. E ali o deixaram. Correram anos sobre o drama e o lugar. Uma manhã de cacimbo um rapazinho passou por ali, pastoreando cabras, e deu com as duas caveiras. Adiantou-se, passo a passo, entre o receio e a curiosidade:

— O que fazem aqui estas ossadas? — perguntou para si mesmo em voz alta, pois estava mais habituado a falar consigo e com as cabras do que com outros homens. — Como vieram aqui parar?

Ao que as duas caveiras retorquiram em uníssono:

— Falando e perguntando. Falávamos muito, perguntávamos de mais.

Lembro-me com frequência deste conto tradicional.

Entre nós as crianças são educadas para a dissimulação. Aprendem a prescindir do pensamento. Viver sem pensar é uma arte difícil. Exige um treino árduo. Em situações em que o pensamento aflora (um descuido), as crianças são ensinadas a não abrir a boca. No caso de serem forçadas a abrir a boca, enquanto pensam, nunca, mas nunca, devem dizer o que lhes vai na alma. A hipocrisia constitui virtude muitíssimo apreciada na terra dos homens-camaleões. Outras normas:

> Ter o cuidado de não deixar marcas da nossa passagem. Varrer as pegadas que ficam para trás.
>
> Não respirar na presença de estranhos. Sendo mesmo necessário respirar, deve evitar-se o mais leve ruído.
>
> Esforçar-se, sempre, por confundir-se com a paisagem, em particular a paisagem política.
>
> Em Roma sê romano, e de preferência um pouco mais papista do que o papa. Quando os outros disserem mata, grita esfola.
>
> Ser sempre o último a sair da mesa (das festas, do escritório, etc.). Numa mesa com angolanos, os que saem vão sendo sucessivamente caluniados pelos que ficam. A punhalada pelas costas é desde há muito um dos nossos desportos nacionais.

18.

Um rato no labirinto.

Calcei um par de ténis, vesti umas jeans velhas, surradas, e uma camisa branca, de mangas compridas, coloquei o meu laptop numa mochila discreta, e saí para a rua. O sol saudou-me alegremente. Misturei-me com a multidão em passadas rápidas. Girei pela cidade, sem rumo, durante uma boa meia hora, até ter a certeza de que ninguém me seguia. Então liguei para Dálmata, o motorista. Pedi-lhe que me fosse buscar e que trouxesse o Rato Mickey. A chegada de ambos fortaleceu-me o ânimo.

— Sinto muito, Mickey. Vou precisar outra vez da tua cara.

Disse a Dálmata que nos levasse ao Centro de Saúde Mental Tata Ambroise. Perdemos mais de uma hora presos no trânsito. O sol já ia alto, a ferver no céu, quando, finalmente, deixámos a cidade. Uma pequena multidão aguardava junto aos portões do manicómio. Vinham ver familiares. Trazer-lhes comida e um pouco de conforto. Outros estavam ali para entregar parentes, amigos, as noivas ou os noivos. Calcei as luvas de Dálmata e coloquei no rosto a máscara do Rato Mickey. Pedi ao motorista para me acompanhar. Mickey ficou no carro. Um sujeito gordo, suado, vestido com a farda azul e branca dos Anjos da Guarda, empresa de segurança muito conhecida, propriedade de Frutuoso Leitão, controlava as entradas e saídas. Dálmata agarrou-me firmemente por um braço. Explicou ao guarda que me trazia ali para ser consultado por Tata Ambroise.

— Este meu primo esteve na guerra muitos anos, amigo, cacimbou. De há uns tempos para cá deu-lhe para falar com os ratos. O que me preocupa é que eles o ouvem.

Meteu cinquenta dólares na mão do gordo e este deixou-nos passar. Avançámos pelos corredores, tropeçando nos alucinados e nas respectivas alucinações, nas correntes, nos pesados estorvos de ferro em carne viva. Reconheci um dos acorrentados, um antigo professor de ciências políticas na Faculdade de Economia da Universidade Católica, que se atrevera a candidatar-se às últimas eleições presidenciais como independente. A poucos dias do fim da campanha mergulhara numa depressão profunda e tentara suicidar-se saltando de um táxi em alta velocidade. Ficara cinco meses no hospital e depois fora internado ali. Malaquias da Palma Chambão escreveu um editorial lamentando o destino do candidato oposicionista e saudando a generosidade da sra. Presidente, que interviera em pessoa para que o seu adversário recebesse os melhores cuidados médicos, e, a seguir, fosse internado no Centro de Saúde Mental Tata Ambroise, "instituição pioneira no seu gênero, pela ousadia de romper com os padrões coloniais, devolvendo a dignidade e o respeito à tradição africana de cura espiritual". A máscara não impediu que o velho dirigente oposicionista me reconhecesse:

— Bartolomeu? Bartolomeu Falcato?

Fingi que não escutara. O homem ergueu-se de um salto, ao mesmo tempo que me prendia a camisa com ambas as mãos:

— Escritor! Tire-me daqui pelo amor de Deus!

Sacudi-o, assustado.

— Sou um rato, *du arschloch*!

— Bem sei — gritou ele. — Ratos somos todos. Ratazanas cobardes e perniciosas.

Ficou diante de nós, em pé, numa magra nudez sem remédio, enquanto grossas lágrimas vermelhas lhe deslizavam pelas faces. Afastei-me rapidamente, seguido por Dálmata. Os corredores pareciam enredar-se uns nos outros. Era como se tentássemos avançar através de um novelo de teias de aranha. Sentei-me a um canto, tirei o meu laptop da mochila, liguei-o, e procurei Luanda no Google Maps. Não me foi difícil descobrir, visto do ar, o denso labirinto do Centro de Saúde Mental Tata Ambroise. A única área coberta fica exatamente no centro da desvairada construção. Copiei para um papel o tortuoso traçado. Voltei a guardar o laptop na mochila. Graças ao improvisado mapa conseguimos em quinze minutos alcançar o nosso objetivo. Dálmata travou-me à entrada:

— De que estamos à procura, mais-velho?

— Não sei bem — confessei. — Alguma coisa com grandes asas pretas. Um anjo velho.

O motorista sacudiu o crânio lustroso:

— Não estamos em Kinshasa, meu pai.

— Há anjos em Kinshasa?

— Deve haver. Kinshasa não obedece à razão. Deus criou o mundo, depois bebeu muito caporroto para festejar, e de quebra fez Kinshasa. Tudo o que não pode existir dá-se muito bem por lá.

— Papéis — esclareci. — Estou à procura de um caderno de apontamentos. Acho que nos pode ajudar a perceber o que aconteceu a Núbia de Matos. E também, já agora, espero que me ajude a compreender o que está a acontecer comigo.

Uma enfermeira passou por nós, apressada, segurando com ambas as mãos um enorme frasco quadrado, onde, num líquido amarelo-manga fosforescente, flutuava um tubérculo cuja forma lembrava um pequeno homem em estado de clara excitação sexual. Entrámos. Presa a uma das paredes havia uma placa de metal com a indicação, a tinta vermelha, "Gabinete do Diretor", e uma seta a apontar para um dos corredores. Seguimos a seta. Ao fundo, uma porta: "Gabinete de Sua Excelência o Diretor".

Bati duas vezes. Ninguém respondeu. Disse a Dálmata que, no caso de alguém se aproximar, me prevenisse, assobiando o "Muxima", e entrei. A sala estava submersa numa macia penumbra dourada. A única luz provinha de uma janela estreita e comprida, junto ao teto, coberta por uma tela de plástico amarelo. O rosto de Tata Ambroise espreitava-me, numa pesada moldura, por detrás da secretária — um retrato a óleo, ao estilo dos pintores ingénuos congoleses, em cores sólidas e vibrantes. Tal como Núbia contara, havia uma prateleira repleta de frascos com líquidos de várias cores, além de grande número de pequenas caixas de madeira contendo folhas ou frutos secos. Vi também ossos, conchas, cornos de rinoceronte. Havia frascos e frascos cheios de belos seixos polidos. Pedras brancas. Pedras negras. Um tubo comprido, uma espécie de proveta, chamou-me a atenção. Estava cheio de uns elegantes escaravelhos refulgentes, muito verdes, que não tive dificuldade em reconhecer: cantáridas.

Lembrei-me de uma ocasião em que me encontrei secretamente com Kianda em Marraquexe. Na primeira tarde, depois de termos deixado as malas no hotel, decidimos dar um breve passeio pela Medina, de mãos dadas, como simples namorados. À medida que Kianda ganhou fama e prestígio, foi-se tornando cada vez mais difícil encontrar lugares onde pudéssemos passear de mãos dadas. A determinada altura um garoto saltou-nos ao caminho, agitando uma pequena caixa:

— *Une mouche pour une nuit d' amour!*

Tentei enxotá-lo, mas Kianda ficou logo interessada. Acho que tudo quanto é perigoso ou ilícito a atrai (de preferência ambas as coisas. Ela chama-lhe o abismo). Comprou seis moscas e comeu-as a todas, inteiras, ao jantar, misturadas a um cuscuz magnífico. Não foi — lamento informar — a mais louca noite de amor da minha vida. O excesso de cantáridas provocou-lhe uma tormentosa infecção urinária. Passou umas doze horas fechada na casa de banho, aos uivos e choros, num misto de desespero e impotente excitação.

(Perdoem-me a insistência nos oxímoros. O que querem?
É mais forte do que eu.)

Contornei a secretária. Era um móvel antigo, de boa madeira, com três gavetas do lado direito. Abri a mais alta e encontrei uma coleção de preservativos coloridos, cada qual com um sabor diferente: chocolate, banana, menta e limão; um vibrador azul, com o formato de um golfinho; um pequeno álbum, em plástico transparente, com fotografias de mulheres nuas; uma caixinha metálica com comprimidos de Viagra. Abri a gaveta do meio: uma Bíblia em quicongo; uma biografia de Simão Toco; um exemplar da *Caras de Angola*, com Tata Ambroise na capa, ao volante de um Ferrari, e a manchete: "Tata Ambroise — O Pai dos Desvalidos". A terceira gaveta estava atafulhada de papéis. Encontrei também uma caixa metálica semelhante à que continha os comprimidos de Viagra. Abri-a, num súbito sobressalto, mas achei-a vazia. Foi então que escutei o assobio nervoso de Dálmata. Atirei a caixa para a gaveta e preparava-me para a fechar quando dei com um pequeno caderno de capa preta, um *moleskine*, ou a imitação de um *moleskine*, com um nome — Núbia de Matos — escrito a marcador vermelho. Guardei-o na mochila, e ia precipitar-me porta fora, mas já não fui a tempo. A voz irada de Tata Ambroise soou muito perto, a escassos metros de mim.

— Quem é o senhor? O que faz aqui?

Dálmata rosnou qualquer coisa. Não compreendi. O que quer que tenha dito sossegou o curandeiro. Procurei, ansioso, outra saída. Além da janela, demasiado alta, havia apenas uma segunda porta. Abri-a e entrei. Fechei-a no preciso instante em que Tata Ambroise confluía no escritório.

(Estranharam o verbo? Bem, é assim que imagino a cena: Tata Ambroise desaguando como um rio vasto e brilhoso entre as paredes do seu escritório.)

Encostei-me à porta. Escuridão absoluta. Contrastando com o ambiente exterior, fazia um frio ártico (uma metáfora que começa a ficar arcaica). Podia escutar, acima da minha cabeça, o surdo rumor de um aparelho de ar condicionado. No escritório, Tata Ambroise falava com outra pessoa.

— Juro-lhe, já lhe disse tudo o que sei.

Bastou-me ouvir o outro homem suspirar para saber de quem se tratava. Não era uma expressão de desânimo, como algo que se esvazia, e sim de rude impaciência: o resfolegar de um rinoceronte antes de carregar. Mesmo sem o ver não me foi difícil imaginar os olhos acesos, o tronco couraçado, as possantes mãos apoiadas sobre o tampo da secretária:

— A ver se nos entendemos, senhor Ambroise. Ao longo de todos estes anos temos trocado favores. Você recebe alguns dos nossos desordeiros ideológicos, e nós fechamos os olhos às bizarrias que aqui se praticam. Todo o mundo ganha. — Benigno dos Anjos Negreiros, o meu sogro, fez uma pausa dramática. O silêncio necessário para que o Medo se instalasse. Quem trabalha com o Medo, como ele mesmo me explicou, aprende a utilizar o silêncio. Finalmente prosseguiu. — Sei que ela esteve aqui internada. Sei ainda que você esteve com ela no Hotel Mimese. Agora o senhor vai dizer-me o que aconteceu naquele quarto. Também me vai dizer quem empurrou a menina, e, sobretudo, porque a empurraram.

— Está bem informado, general. Sugiro que coloque essas questões ao embaixador Adibe.

Benigno levantou-se, arrastando a cadeira. A voz era tensa, rouca, creio que estava prestes a explodir:

— Ouça-me bem, Ambroise: eu estive na guerra de libertação. Passei por todas as nossas guerras. Sacrifiquei os melhores anos da minha vida para que Angola fosse um país livre e independente. Essa bandeira que você mandou hastear lá fora, mas que não respeita, essa bandeira tem uma faixa vermelha. Reparou? É o meu sangue. É o sangue dos meus camaradas mortos. Neste país mandam os angolanos. Pode dizer isso ao embaixador Adibe.

Ouvi o forte som dos seus passos, afastando-se, e depois a porta a bater com estrondo. Tata Ambroise levantou-se, e pôs-se a cirandar pelo escritório, praguejando em lingala. Finalmente calou-se e saiu. Procurei a maçaneta. Nada. Tateei a porta cuidadosamente, desde a altura do meu peito, até muito abaixo, mas não encontrei nenhuma saliência. Experimentei a dureza da madeira. Era uma tábua sólida e tão bem cortada que mal permitia a entrada de luz. Dei graças a Deus por me ter feito um fumador contumaz, tirei um isqueiro do bolso das calças e acendi-o. Ocorreu-me um anúncio para a promoção do tabagismo: "Fume! Um dia os cigarros poderão salvá-lo da escuridão".

Nenhum puxador. Nenhuma maçaneta.

Onde estava eu?

Rodei sobre mim mesmo com a chama na mão. Descobri uma esteira e um corpo estendido sobre ela. Surpreendeu-me a desmesurada dimensão da criatura. Escrevo criatura, porque o que vi a seguir, ou o que julguei ver, agitando-se entre as sombras, ou agitado pelas sombras, eventualidade que me parece agora mais provável, me tirou o fôlego (e o fogo também). Soltei um grito:

— *Scheiße*!

E o isqueiro caiu-me da mão.

19.

A oficina messiânica.

Dou imensas entrevistas, quase sempre iguais. Os jornalistas repetem enfastiados as perguntas uns dos outros e nós, os artistas, escolhemos entre duas ou três respostas já preparadas pelo nosso gabinete de imprensa. Trata-se de um sistema prático e funcional. Nem os jornalistas correm o risco de ficarem com uma má entrevista, nem nós nos comprometemos.

— Qual a pergunta que nunca ninguém lhe fez?

Esta é uma pergunta frequente. Costuma ser acompanhada por um sorriso de desafio, um ar de "veja como eu sou original e inteligente", que a mim me irrita ainda mais do que a pergunta.

O jornalista alemão Tobias Wenzel publicou um livro com perguntas — e respostas — de escritores a si mesmos. Lembro-me do que perguntou Richard Ford a Richard Ford:

— O que é importante para si, Richard Ford? — Talvez não seja uma pergunta muito original; no entanto a resposta justifica-a: — Não sei, mas posso inventar.

Também me agrada a pergunta-resposta de Hans Magnus Enzensberger:

— Senhor Enzensberger, porque você não é infeliz? — Resposta: — O tempo que me resta é precioso de mais para isso.

Quanto a mim, gostaria de ter coragem para me perguntar alguma coisa do género "Kianda, de que cor são os seus pelos púbicos?", sobretudo num desses programas em direto, na televisão, em que cantores, escritores, artistas plásticos são entrevistados juntamente com personagens vazias do *jet set* por jornalistas que não se parecem com jornalistas, antes com personagens vazias do *jet set*, e que, como aqueles, nada conhecem nem de música nem de literatura nem de artes plásticas.

Outras perguntas que nunca me colocaram:

— Kianda, se você pudesse matar alguém tocando um simples sino, sem se incriminar, como Eça de Queirós imaginou n'O *mandarim*, quem mataria?

Resposta:

— Mataria todos os militares, o papa, os padres, a generalidade dos dirigentes religiosos, além de um bom número de jornalistas e críticos musicais. Seria uma carnificina.

— Kianda, o que é que lhe dá mais prazer, sexo ou os aplausos do público?

— Os aplausos do público. O meu público nunca me falhou. Além disso, com o meu público não preciso de fingir orgasmos.

Receio que a mamã sofresse um ataque cardíaco. O papá não sei. Afinal de contas foi terrorista. Quando tinha a minha idade, Luca também gostava de *épater la bourgeoisie*, inclusive a tiro.

Vez por outra lá surge um jornalista que conhece a fundo o trabalho do entrevistado, e se esforça por pensar pela própria cabeça. São os que mais me assustam. Há duas semanas, em Bruxelas, apareceu-me pela frente uma destas aves raras. Conhecia-o de nome. Português. Publicou um romance passado em Angola, no tempo da guerra, e um ensaio sobre a solidão das grandes estrelas. Assim que se sentou diante de mim, no bar do hotel, comecei a tremer. Baixei as mãos, escondendo-as atrás da mesa, para que ele não se apercebesse da minha aflição. Fisicamente não impressiona ninguém. Se o encontrasse atrás de uma secretária, numa repartição de finanças, ocupado em arquivar recibos, nem o veria. Burocratas feios são invisíveis. À medida que a entrevista avançava, porém, fui reparando nele. Admirei-lhe os ombros retos, as costas direitas, o ventre enxuto. Quando se foi embora já o achava bonito. Começou com uma série de perguntas corteses, mas assim que voltei a pousar as mãos sobre a mesa, sorriu e disparou:

— Você transformou-se em poucos anos numa das cantoras africanas mais famosas do nosso tempo. Milhões de pessoas em todo o mundo escutam a sua música. O público ama-a. No entanto não parece feliz. O que lhe falta?

Irritei-me:

— Acha-me infeliz?!

— Muito. Fui ouvi-la cantar. Estive em cinco concertos seus. É verdade que você vende a tristeza como os políticos vendem a prosperidade e as ciganas, visões do futuro. Nem as promessas dos políticos nem as visões das ciganas são para levar muito a sério. Suspendemos por alguns instantes a razão, e fingimos acreditar nos políticos, nas ciganas, nos atores ou nos cantores, mas é apenas um jogo. Consigo não. As pessoas vão aos seus concertos para a ver sofrer, e para sofrerem consigo — e sofrem! Durante uma hora choram em conjunto. Saem dali aliviadas. A mim parece-me uma espécie de catarse coletiva.

— Não sei em que espetáculos você esteve. As pessoas choram, mas também cantam. Divertem-se. Tenho canções alegres.

— Sim, e até essas são tristes. O que eu quero dizer é que você finge tão completamente, como escreveu Fernando Pessoa, que chega a fingir que é dor a dor que deveras sente. Qual a fonte de tanta mágoa?

Lembrei-me de uma afirmação irónica de Luca a propósito da proliferação de seitas em Angola.

— Sabe, a dor é uma oficina messiânica.

O jornalista perdeu o pé. Vi-o a esbracejar, como um afogado, num esforço para compreender a frase, e sobretudo para compreender a frase no contexto da pergunta. Foi Bartolomeu quem me ensinou o ardil:

— Sempre que não souberes o que responder, ou não quiseres responder, lança uma boa frase, ou uma frase que pareça boa ainda que não signifique coisa nenhuma. Uma boa frase funciona em qualquer contexto. No pior dos casos serve de cortina de fumo. Quando o efeito passar, já tu recuperaste o fôlego.

Assim aconteceu. As perguntas seguintes foram todas sobre o disco em que estou a trabalhar. Respondi calmamente. Nessa noite, fechada no quarto, comecei a pensar nas palavras do jornalista.

Se fosse responder com verdade, o que poderia dizer?

Entre, senhor jornalista, sou uma morada aberta. Venha percorrer os meus corredores escuros e silenciosos, os amplos salões desamparados. Ali estou eu, a sala sem visitas, e ali eu, a cozinha, e na cozinha aquela mesa posta (copos de cristal, pratos da Vista Alegre) onde esta noite não jantará ninguém. Sobraram velhos retratos nas paredes, sombras onde estiveram outras fotografias ainda mais antigas. No quarto das meninas as bonecas estão cobertas de poeira. Eu sou o quarto e todas as bonecas, incluindo aquela, de porcelana, à qual arrancaram os olhos e a cabeleira ruiva, e que nunca mais nenhuma menina embalará nos braços.

A fonte da minha dor?

Filho da puta — o que têm os outros a ver com as minhas dores?!

Quando eu era criança, o meu pai bebia muito. Foram anos difíceis. Luca tinha começado a questionar tudo aquilo em que até então acreditara. Ao invés de Sigourney Weaver, em *Alien*, que descobriu um monstro alienígena alojado no seu ventre, o meu pai era o monstro alienígena no interior do qual começava a emergir uma inesperada humanidade. Bebia, julgo eu, na esperança de que o torpor do álcool lhe trouxesse um pouco de paz. Não trazia. Bêbado gritava com a mamã. Enfurecia-se comigo por qualquer pretexto. Um dia bateu-me, a mamã veio em meu auxílio e Luca partiu-lhe o nariz com um soco. Passada a bebedeira, deixava-se cair num estado de extrema prostração. Abraçava-se à mamã a chorar. Murmurava confusas declarações de amor em italiano, árabe e português. Durante muitos anos associei o amor à violência. Ouvia falar em amor e começava logo a tremer.

Luca ainda bebe, em ocasiões especiais, aniversários, casamentos, mas nunca mais o vi agressivo. Bêbado torna-se melancólico. Vez por outra dona Fineza também se excede na bebida. Fica ainda mais triste do que Luca. Canta velhas canções de amores magoados, algumas das quais gravei no meu segundo disco. São canções que a minha avó, a Velha Ximinha, mãe da minha mãe, compôs em quimbundo. Ximinha é curandeira. Aos vinte anos apaixonou-se por um comerciante português, e este deu-lhe duas filhas. Depois o comerciante mandou vir da terra a mulher branca, uma minhota de rijo bigode negro, e expulsou-a de casa.

Ximinha escreveu dezenas de canções. A maioria são lamentos de uma mulher abandonada. O que eu fiz foi traduzir para português as letras de algumas dessas canções, ou pedir a poetas conhecidos para escreverem letras novas. As melhores são da autoria de Eucanaã Ferraz e de Ana Paula Tavares. Ao cantá-las sinto que a minha avó está comigo, que canta através de mim. O meu primeiro álbum foi muito bem recebido, mas ainda não era eu, era eu cantando como se fosse a Billie Holliday. A partir do segundo álbum passei a ser a Kianda. O problema é que a Kianda também não sou eu: é Ximinha Pedro Ganga.

Abri o frigobar e encontrei sete pequenas garrafas de uísque. Alinhei-as na mesa de cabeceira, como soldadinhos de vidro. Lulu não estava. Zangara-me com ele uma semana antes, em Belgrado, ou Budapeste, ou Bratislava, na minha cabeça é como se o mundo não tivesse leste, ou como se o leste inteiro se confundisse num mesmo mundo, e obriguei-o aos gritos a regressar a Luanda. Bebi as sete garrafas de uísque, uma por uma, engolindo de cada vez um Valium. Preparei uma linha de coca. A seguir outra e finalmente uma terceira. Liguei para o Bartolomeu. Tinha de lhe dizer que o amava, pedir-lhe que me viesse buscar. Queria ralhar com ele por não estar comigo, por não ter sabido salvar-me da minha própria descrença. Atendeu-me, ensonado. Disse-lhe:

— Volta a dormir, querido! Não é importante.

Desliguei a chorar e adormeci. Na manhã seguinte acordei (acordaram-me) e quando me olhei ao espelho vi uma mulher morta de olhos pousados nos meus. A cabeça latejava-me de dor. Não fosse a dor e eu seria inteiramente aquela mulher morta. Há momentos em que só a dor nos prende à vida. Entrei na banheira, girei a torneira do chuveiro, o mais quente possível, e chorei muito tempo debaixo da água. Para chorar não há como debaixo da água. O ideal é à chuva, mas apenas resulta quando chove muito, e tem de ser num país tropical, bátegas tépidas, grossas e pesadas, dessas que limpam tudo. Se não estiver a chover na altura em que vem o choro, e quase nunca está, então o melhor que uma mulher pode fazer é procurar um bom chuveiro. Chorei com pena de mim, assombrada pelo vazio que encontrei na minha alma. Chorei por não saber onde estava. Troquei a vida pelos palcos. Achei que podia fugir ao amor. Enganei-me. O amor é um cão velho e tinhoso, porém obstinado, que nunca desiste. Abandonamo-lo no mato, para morrer de fome e de sede, para morrer de frio, porque queremos que morra, e dias depois ele está de regresso a casa, a abanar a cauda. Enxotamo-lo à pedrada, mas volta sempre.

Doze horas. A luz, de tão forte, frustra-me a tristeza. Não conheço ninguém que se tenha suicidado ao meio-dia, numa praia, por exemplo, sob o sol radiante de dezembro. Quando quiser suicidar-me terei de voltar a Bratislava, a Belgrado, a Budapeste. Dessa vez tenciono encher a banheira e abrir as veias com uma lâmina.

Penso no meu suicídio como num espetáculo: terá de acontecer numa banheira imensa. Velas vermelhas espalhadas pela suíte. Incenso queimando (sândalo), e pétalas de rosas, milhares delas, na casa de banho, na banheira, como um macio incêndio de veludo. Eu de cabelo solto, espalhado na água, e o sangue fluindo espesso e quente dos meus belos pulsos abertos. Lizz Wright cantando "Stop": "Diz-me que o amor não é verdade, etc.".

Aborrece-me que Deus não nos permita viver um acontecimento tão importante quanto a morte senão uma única vez — e ainda por cima sem direito a ensaios.

Bartolomeu costuma contar, a propósito do caráter nacional dos angolanos, um episódio passado com a filha mais nova, Alice, três anos e poucos meses de idade, uma criança de uma alegria e lucidez aterradoras. Morreu. Isto passou-se pouco antes da morte dela. A menina passeava com o pai pela Ilha. Diante da Clínica Sagrada Esperança — batizada com o título da única recolha de poemas que o presidente Agostinho Neto publicou em vida —, Bartolomeu apontou o edifício e disse-lhe: "Olha, filha, foi ali que tu nasceste". Alice abriu um sorriso feliz:

— Uau! Quero nascer outra vez!

Talvez tenha dito aquilo porque as hortênsias no jardim da

clínica brilhavam para ela com um azul profundo, como espelhos refletindo o céu. Talvez porque nascer lhe parecia uma festa. Na opinião de Bartolomeu, contudo, a frase resume o lendário otimismo angolano e a vontade de renascer a despeito de todas as contrariedades.

Eu sou angolana, e comigo passa-se o contrário: gostaria de morrer mais vezes. Gostaria de morrer as vezes suficientes até conseguir morrer na perfeição.

Não acredito em Deus. Se Deus quisesse que acreditássemos n'Ele, revelar-se-ia de forma inequívoca à humanidade inteira. Nunca o fez, então não deseja que acreditemos n'Ele. Acreditar em Deus vai, portanto, contra a vontade divina. Ofende-O. Os céticos, pelo contrário, agradam ao Senhor. Deus — a haver um Deus — será ateu.

Aqui, da janela do meu quarto, consigo ver o escritório de Bartolomeu. Pouco depois de começarmos a namorar, ele comprou dois telescópios idênticos. Ofereceu-me um e ficou com o outro:

— Quero ver a minha estrela antes de adormecer. — Disse-me, com aquela voz de chocolate quente de que se serve para seduzir raparigainhas. — Quero ver-te a sorrir para mim.

Durante alguns meses, o jogo divertiu-nos. Combinávamos determinadas horas (a meio da noite) para espreitarmos um ao outro. Conversávamos por gestos. Lulu deve ter achado um pouco estranho o meu súbito interesse pela astronomia. Contudo, não fez comentários. Nunca fazia. Uma noite, por acaso, vi Bartolomeu a abraçar e a beijar Bárbara Dulce e tive uma crise de ciúmes. Enterrei o meu telescópio no cemitério dos trapos, um armário grande no qual deposito vestidos que foram importantes para mim, mas que não uso mais.

Naquela época Bartolomeu ter-se-ia separado de Bárbara Dulce para ficar comigo. Eu não quis. Não sei porque não quis. Talvez por não suportar a ideia de perder Lulu, ou porque não queria perdê-lo a ele, a Bartolomeu, quando finalmente se cansasse de mim. Eu achava que Lulu nunca se cansaria de mim. Lulu não podia cansar-se de mim. Não era escritor, nem tinha uma voz dourada, feita à medida pelo Senhor Deus para conquistar rapariguinhas. Era a minha sombra, a merda da minha sombra, e as sombras não abandonam nunca os corpos que as projetam.

Também nisso me enganei.

Fui buscar o telescópio, montei-o, e apontei-o para a Termiteira. Estava um homem junto à janela, no escritório de Bartolomeu, a espreitar para a rua. Manteve-se imóvel durante uns bons segundos, como um manequim de plástico exposto numa montra, depois girou lentamente, tirou uma pistola do casaco e apontou-a para alguém — ou para alguma coisa — no interior do apartamento. Vi os lábios dele a desenharem o som:

— Pum! Pum!

O cabrão estava a brincar aos assassinos.

Lembrei-me do que Luca me dissera. Agarrei no telefone e liguei para Bartolomeu. O telefone tocou três vezes.

— Kianda? És tu? — Tive dificuldade em reconhecer-lhe a voz. Parecia assustado. — Não vais acreditar no que me aconteceu.

— O que foi?

— Um disparate. Preciso de ajuda. Fiquei fechado num lugar muito estranho, e há uma coisa aqui, uma coisa que não sei o que seja. Tenho medo. Não consigo sair. A porta não abre por dentro. Espera, vem aí alguém.

Disse isto e desligou.

20.

O vendedor de espelhos, seguido de um debate sobre línguas e identidades destinado a confundir os meus detratores neonativistas.

O meu telefone começou a ladrar no momento em que o isqueiro caiu. Procurei-o nervoso. Escapava-me dos dedos trémulos como um escorregadio peixe-cão metálico. Levei alguns segundos a atender enquanto os latidos cresciam, enfurecidos. Reconheci a voz de Kianda. Tentei explicar-lhe o que me acontecera. Não tive tempo. Ouvi a porta do consultório a bater de encontro à parede, e a voz de Tata Ambroise desarrumando o ar em assombrada cólera:

— Um cão aqui?! Quem deixou entrar um cão?

Desliguei o telefone. Voltei a guardá-lo no bolso. Tata Ambroise abriu a porta da minha prisão. Empurrei-a com toda a força e saí. O curandeiro caiu. Ou melhor, foi caindo. Montanhas não caem de uma só vez. Rolam lentas sobre si mesmas. Já no chão olhou para mim. Acho que nunca testemunhei um tão convincente esgar de espanto:

— Um rato!

O telefone voltou a ladrar. Não atendi, claro, estava demasiado ocupado a tentar fugir. A porta do consultório ficara aberta.

Afastei uma enfermeira e lancei-me a galope pelo corredor. Tata Ambroise berrava atrás de mim:

— Um rato-cão! Agarrem o monstro!

Corri em direção à luz do sol e depois, já no exterior, ao longo dos muros do indecifrável labirinto, saltando sobre as correntes de ferro e empurrando os loucos. Uma corrida de obstáculos. Uma gincana. Terra vermelha. Céu azul. O esplendor da cal. Cacos de vidro brilhando sobre os muros. Consegui, quase por milagre, encontrar a saída. Dálmata viu-me chegar, ligou a ignição e abriu a porta do lado do motorista. Atirei-me para dentro do táxi e arrancámos.

— Porque demorou tanto? — quis saber Mickey. — Julgámos que o inimigo tivesse capturado você. Ficámos aqui, em prontidão combativa, sem saber muito bem o que fazer. Faltou-nos estratégia e planejamento.

Dálmata sacudiu a cabeça:

— Tivemos sorte. Beneficiámos do fator surpresa. Não volto a entrar naquele inferno.

Devolvi a máscara a Mickey. O suor escorria-me pelo rosto. A camisa encharcada colava-se-me à pele. O sol reverberava nas chapas de zinco, nas poças de água, nos óculos dos transeuntes. Um homem vendia espelhos. Trazia vários, pequenos, à cabeça, e segurava outros dois, enormes, um de cada lado do corpo. Corria por entre as filas de carros como uma espécie de demónio — um ser de fogo —, arremessando em redor violentas chapadas de luz. Os motoristas encandeados insultavam-no aos gritos. Meia hora depois de o termos ultrapassado ainda era possível distinguir os clarões, lá muito ao fundo, a pulsarem através de densas nuvens de poeira acobreada.

Pedi a Dálmata que nos levasse ao Orgulho Grego. Sentia-me meio morto de sede. Queria parar num lugar fresco, beber uma cerveja, fumar um cigarro e arrumar ideias.

O restaurante estava quase tão cheio quanto algumas horas antes, na madrugada vertiginosa em que troquei amabilidades com Malaquias da Palma Chambão, mas os rostos eram diferentes: jovens estudantes de uma universidade próxima; operários almoçando um prato barato; catorzinhas estremunhadas após uma noite de trabalho duro. Halípio Onrado saiu de trás do balcão para me cumprimentar:

— Benha, escritor. Tenho uma mesa para bocês.

Sentou-nos a um canto, sob o sopro fresco de uma enorme ventoinha, e recomendou-nos o frango no churrasco. Pedimos três doses e cerveja bem gelada. Abri a mochila e procurei o *moleskine* de capa preta com a menção "Núbia de Matos" escrita na capa. Abri-o. Não compreendi nada. Estendi o caderno ao taxista.

— Você sabe lingala?

Dálmata passou os olhos pela árdua caligrafia do curandeiro:

— Lingala? É quicongo, cota. Nem há no mundo língua mais bela.

Foi traduzindo para nós, num esforço demorado, pesando cada palavra, observando-a à luz da tarde, como se da tradução do *moleskine* de Tata Ambroise dependesse a salvação dos bacongos. Por vezes detinha-se, olhava para mim e abanava a cabeça. Eu tinha de o empurrar — "continue!" — e então Dálmata voltava a abanar a cabeça, pesaroso, um tanto envergonhado, porque a narrativa não parecia muito favorável à imagem do seu povo, e prosseguia. A chegada da comida interrompeu-nos. Devorámos o frango, mandámos vir mais cervejas e retomámos a leitura. Estava tão absorvido tomando notas enquanto o taxista traduzia as palavras de Tata Ambroise que não dei pela entrada de Benigno dos Anjos Negreiros no Orgulho Grego. Só o vi quando se deteve diante da nossa mesa, um colosso com corpo de culturista, certamente mais à vontade num camuflado militar do que, como naquele momento, vestindo um burocrático fato escuro e apertada gravata cor de vinho. Levantei-me num salto, derrubando a cadeira.

— General?!

Benigno lançou um breve olhar aos meus companheiros.

— Anda! Tens de vir comigo!

— Aconteceu alguma coisa?

— Morreu uma mulher, mas isso já tu sabes. Vamos!

— Vamos para onde?

— Para o meu carro, para o teu apartamento, para qualquer lugar onde possamos conversar sem que ninguém nos perturbe. Trocamos informações. Depois decides o que queres fazer.

— Desculpe. Prefiro conversar aqui.

Benigno voltou a interessar-se pelos meus amigos. O olhar, entre o desprezo e a repugnância, apaziguou-se, transformou-se, quando lhe expliquei quem era o mascarado. Pousou a pesada mão direita sobre a de Mickey, comovido:

— Sinto muito — murmurou. — Este país despreza os seus heróis.

Puxou uma cadeira e sentou-se:

— Tens de resolver a tua maca com a Bárbara, filho. Eu aprendi com a minha avó a não meter a colher entre marido e mulher. Fazes parte da família e ainda que não simpatize muito contigo e discorde de quase tudo o que tu dizes, ainda assim a minha obrigação é ajudar-te. Além disso, conheci o teu pai. Nunca te contei, pois não? Em 1975 o teu pai salvou-me a vida. O meu carro teve um acidente, quando subíamos a serra da Leba, à frente do exército sul-africano, e ele voltou atrás para me buscar. Eu partira uma perna. O Bernardo ofereceu-me o lugar dele, no carro, e ficou ali, com mais três loucos, na tentativa de atrasar os carcamanos. Lamento que não o tenhas conhecido. Um grande homem, o Bernardo Falcato — um puro! Ter-te-ia aplicado um bom par de chapadas quando, há anos, te atreveste a insultar o presidente Neto. Enfim, águas passadas. Tu precisas de ajuda, não?

Os militares cultivam a coragem e a franqueza é uma expressão de coragem. Não me restava alternativa senão confiar em Benigno. Falei-lhe da noite em que conheci Núbia e do que ela me contara no avião. Ouviu-me sem demonstrar interesse:

— Já sei — suspirou. — Conheço a história.

— Quem lhe contou?

O meu sogro tirou o cachimbo de uma bolsa de couro que trazia a tiracolo — aquilo a que nos anos 60 se chamava uma pochete, e que fazia parte da indumentária de todos os jovens estudantes revolucionários —, preparou-o e acendeu-o:

— O quarto verde — disse. — Mandei instalar microfones nesse quarto. Não tens ideia das confidências que as pessoas fazem a uma mãe de santo.

— Isso é criminoso.

— Porquê?

— E o direito à privacidade?

— Ora, filho, a segurança nacional está acima dos direitos individuais.

— A segurança nacional?!

— Não vou discutir política contigo. Falta-me tempo. Falta-me sobretudo paciência. Não discuto com democratas. Discutir com democratas já é pactuar com a democracia. Sei como a Núbia morreu, quem a matou, e não me parece difícil adivinhar o nome do mandante. O que gostava de saber é porque tu os assustas tanto.

— Assusto-os, eu?!

— Núbia caiu quase em cima da tua cabeça. Chama-se a isso um aviso. Eles queriam que tu fosses testemunha da morte dela.

— Absurdo! E como fariam para a lançar em cima de mim?

— Não tens um telemóvel?

— Tenho. Quem não tem?

— E a quem pertence a empresa?

— Ao senhor embaixador Adibe.

— Pois bem, através do teu telemóvel seria muito fácil para o Adibe localizar-te. Atiraram a Núbia de um helicóptero. Um aparelho pertencente à The Flying Pig, isso nós já sabemos. Um mecânico viu-a a embarcar. Por coincidência, ou talvez não, Adibe é sócio e amigo do Frutuoso Leitão, o proprietário da The Flying Pig. Nunca pensaste porque é que o francês comprou todas as empresas de rede móvel do país, além dos principais fornecedores de Internet?

— Porque era um excelente negócio, suponho, e o homem dispunha do capital necessário. Eu também pensei em comprar uma dessas empresas. Juntei todo o meu dinheiro e vi que não dava. Então fui ao cinema.

— Muito engraçado. — Benigno levou o cachimbo aos lábios. Ficou um momento absorto, a ver a luz bailar no rápido fumo que a ventoinha dispersava. Esfregou os olhos com a mão esquerda, como costuma fazer sempre que, no xadrez, se prepara para executar um lance perigoso. — Filho, nunca te ocorreu que enquanto tiveres o telefone ligado Adibe saberá onde estás? A localização precisa, ao milímetro. Além disso, escuta as tuas conversas. Lê as mensagens que recebes e envias a partir dos teus computadores.

Tirei o telefone do bolso, no intuito de o desligar, mas dei-me conta de que estava sem bateria. Desligara-se sozinho. Benigno reparou no gesto. Sorriu trocista:

— Acho-vos graça, a vocês, os democratas. Sujam a imagem do país no estrangeiro. Fazem da oposição ao regime uma forma de vida. Criticam a senhora Presidente por tudo o que ela faz, e por tudo o que não faz, e não conseguem identificar o verdadeiro inimigo do povo angolano. Enfim, gostariam de ocupar o poder, mas se chegassem lá não saberiam o que fazer com ele. Com vocês no Palácio Cor-de-Rosa, perdíamos a independência em três dias.

— Ainda não perdemos?

— Não, ainda não.

— Eu acho que sim. Seja como for, o poder repugna-me, como uma doença de pele. Advogados, médicos e políticos, quero distância de todos. Quanto ao senhor, não me parece que tenha moral para criticar o embaixador Pascal Adibe. Também escuta as conversas das pessoas.

— Comparação estúpida, rapaz. Eu sou angolano, e trabalho para o bem de Angola. Adibe é estrangeiro, e um criminoso. Um criminoso de fina estampa, diria o meu pai, mas nem por isso menos criminoso. Traficou ópio e cocaína, prostitutas do Leste Europeu. Quando a Interpol começou a persegui-lo, e lhe estendemos a mão, porque nós, angolanos, somos generosos, não esquecemos quem nos ajudou, logo o tipo nos agarrou o braço. Criou uma série de empresas em áreas sensíveis. Estabeleceu uma rede de alianças com militares, políticos, pequenos delinquentes. Não hesita em recorrer à chantagem ou à corrupção para alcançar os seus objetivos, e sim, está em vias de controlar por completo o nosso querido país.

— Compreendo. Nesse último ponto estamos de acordo. Receio que seja apenas nesse ponto. Nem sequer sei muito bem de que lado o senhor está. Não sei também onde termina a cumplicidade entre o embaixador Pascal Adibe e a Presidência da República. Na minha opinião, Núbia tornou-se perigosa para o regime. Ela contou-me, e suponho que contava a toda a gente, que foi amante da senhora Presidente.

— Núbia era mitómana. Inventava muito. Se fôssemos matar todos os caluniadores e mentirosos, não sobraria quase ninguém. Não matamos sequer os nossos inimigos políticos, os mais acirrados, aqueles que fazem campanha contra nós no exterior e dificultam o desenvolvimento do país. A senhora Presidente tem genuíno horror à violência.

— Não matam?

— Já aconteceu, reconheço, uma vez ou outra. Nunca por ordem superior. Tivemos problemas, sobretudo durante interrogatórios, mas todos os agentes que se excederam foram castigados. Alguns estão presos.

— Fico mais tranquilo.

— A ironia cai-te mal, Bartolomeu. Tu sabes, toda a gente sabe, o que costumamos fazer aos arruaceiros políticos. Mandamos alguém conversar com eles. Um simpático funcionário do partido, um embaixador, um general, um ministro, depende da importância do indivíduo. Até eu já fiz esse papel, um pouco enojado, é verdade, porque não gosto de apertar a mão a vira-casacas. Levamo-los a um bom restaurante, conversamos com eles, "quer uma bolsa de estudo, caro compatriota? Talvez umas férias pagas, na Tailândia ou no Brasil, você parece cansado", e no fim puxamos do livro de cheques. Também distribuímos cargos públicos. Temos mais ministros, por exemplo, do que cirurgiões.

— E os que recusam?

— São raros os que recusam. Conheces algum?

— Conheço. Ainda hoje encontrei uma dessas lamentáveis incongruências, um político honesto — olhe, ofereço-lhe o oxímoro, é para a sua coleção. Encontrei-o, à referida incongruência, no Tata Ambroise, acorrentado a um motor de automóvel.

— Ah, esse! Concordo contigo, um político honesto. Eu teria votado nele. Infelizmente não aguentou o stress. Perdeu a razão antes de perder as eleições. — Benigno sorriu. A ele fica-lhe bem a ironia, cai-lhe com natural elegância, como aos fatos. Ou talvez estivesse a ser sincero. Nunca saberei. Mudou de expressão, inclinou-se para mim e perguntou baixando a voz. — E o anjo negro?

— Como?!

— Viste-o, não foi?

Mickey e Dálmata imitaram-no, curvando-se na minha direção. Era como se eu fosse um íman e as cabeças dos três homens tivessem uma alta percentagem de ferro. Benigno continuou:

— Estiveste no Tata Ambroise. Acabaste de me dizer. Suponho que quase te cruzaste comigo. Fui lá interrogar o quimbandeiro. Discutimos. Há uns anos ter-lhe-ia dado um bom par de tabefes. Agora estou mais calmo. Suponho que envelheci. Ligaram-me há pouco, um dos meus informadores, no caso uma informadora, a dizer-me que depois de eu sair viu o Ambroise, com os seus cento e tantos quilos, a rolar pelo corredor, aos gritos, atrás de um sujeito com uma máscara do Rato Mickey. — Benigno disse isto olhando fixamente para mim. — Eu teria pago para assistir ao espetáculo. Os homens do Adibe andam neste momento a correr a cidade à procura do mascarado. Consta que terá entrado no relicário onde Tata Ambroise guarda o anjo negro.

— Anjo negro? O que é o anjo negro?

— Ah! Não me vais dizer tu? Julguei que soubesses. Durante algum tempo acreditei que o nome se referisse a uma espécie de sociedade secreta, um bando de conspiradores com o francês à cabeça. Ocorreu-me depois uma possibilidade ainda mais insensata, pensei numa sociedade secreta, sim, mas do tipo dos quinzares. Sabes o que são quinzares?

— Realizei um documentário sobre o renascimento dos quinzares. Os homens-leopardo. São pessoas respeitáveis da nossa sociedade que se juntam nas noites de lua cheia. Através de antigas técnicas xamânicas conseguem, dizem eles, abandonar a forma humana e reencarnar por algumas horas no corpo de leopardos.

— Lembro-me de ter visto o filme. Bem, Tata Ambroise utiliza substâncias alucinógenas em algumas das cerimónias a que preside. Se dependesse de mim, estaria preso. Podíamos acusá-lo de charlatanismo e tráfico de drogas. Não tenho a menor paciência para feiticeiros, coisa de gente atrasada, mas se digo isto alto acusam-me de desprezar as nossas tradições, a cultura africana de Angola.

Dálmata ergueu o rosto:

— E o senhor general despreza as nossas tradições?

— Olhe, meu caro, se por tradições entendermos crimes como envenenar pessoas, queimar crianças e mutilar mulheres, sim, desprezo. Há tradições boas e tradições más. Acho estúpido apoiar uma qualquer prática apenas por ser antiga. Seguindo a mesma lógica teríamos de defender a escravatura. Os meus bisavôs, pretos como eu e você, eram escravocratas. Devo recuperar a tradição familiar?

— Não! A escravatura não!

— Ainda bem. Olhe, conheço muito boa gente, aqui em Luanda, que tem imenso orgulho no passado escravocrata da família. Os escravos eram o ouro negro da época, dizem eles. Havendo procura, havia oferta. Você gosta de samba?

— Gosto. Gosto muito.

— Então agradeça aos meus bisavós. Se eles não tivessem vendido escravos para o Brasil hoje você não poderia escutar o Paulinho da Viola, ou deliciar-se com o gingado das mulatas no carnaval. Se não fosse a escravatura o Brasil não teria a capoeira, não teria o vatapá nem o candomblé. Sem a contribuição dos meus avós, e de todas as grandes famílias escravocratas desta nossa bela cidade de São Paulo da Assunção de Luanda, o Brasil não existiria.

Dálmata olhou-o aterrado:

— Está a dizer que a escravatura foi uma coisa boa?

— Não. Escravizar alguém é um crime abominável. O tráfico negreiro enriqueceu algumas famílias africanas, não falando dos europeus, claro, mas arruinou o continente. O que estou a dizer é que por vezes as más ações produzem resultados bons.

Em todo o caso parece-me mais fácil defender a escravatura do que a feitiçaria ou o tribalismo. Não consigo ver que resultados positivos nos podem trazer a feitiçaria ou o tribalismo.

— Discordo. Aquilo a que o senhor general chama tribalismo eu poderia chamar nacionalismo étnico. O facto de um bacongo ter orgulho na sua linhagem e de querer o melhor para o seu povo não tem nada de negativo, antes pelo contrário. Porque é que os flamengos, os catalães ou os bascos podem ser tribalistas e os bacongos não?

Benigno dos Anjos Negreiros não contava com a resistência do taxista. Vacilou um instante. Depois sorriu, feliz. O meu sogro pode não apreciar a democracia, mas gosta de um bom debate:

— Sou um patriota. Lutei nas matas deste país contra as tropas portuguesas. O nosso lema nessa época era "um só povo, uma só nação".

— Eu prefiro a unidade na diversidade. Muitas nações, uma só pátria — retorquiu Dálmata. — A maior parte dos países do mundo são compostos por várias nações. O combate contra a diversidade é próprio de um pensamento totalitário. Vocês queriam a independência, sim, mas desde que Angola mantivesse o modelo colonial.

— O modelo colonial?!

— Dálmata tem razão — intervim, divertido. — Os nacionalistas urbanos, educados na metrópole e em muitos casos filhos ou netos de portugueses, só conheciam o modelo colonial, e depois que tomaram o poder trataram de o impor. Um só povo uma só nação. Ou seja, segundo os seus camaradas, para construir um país é necessário destruir as identidades étnicas. Pura ideologia colonial. Veja o que se passou com a língua portuguesa. Antes da independência, menos de cinco por cento dos angolanos falavam português como língua materna. Hoje os nossos jovens já só falam português.

— Ainda bem — comentou Benigno. — O português é a língua da unidade nacional. Um verdadeiro angolano tem de saber falar bem a língua portuguesa.

— Está a ver? — Dálmata não conseguia esconder a irritação. — Vocês acham-se mais angolanos do que nós apenas porque falam melhor português.

Com aquela frase o taxista traçou uma fronteira. De um lado eu e o meu sogro, os crioulos; do outro, os angolanos ditos genuínos. Mickey permaneceu calado. O meu amigo é de Icolo e Bengo. Suponho que na infância falasse em quimbundo com os pais.

— Um momento — cortei, fazendo um esforço enorme para me manter calmo. Nada me irrita mais do que o preconceito. — Sim, o português é a minha língua materna. Eu amo a minha língua. Defendo a minha língua. Mas é porque a amo que não a quero ver transformada num instrumento de subjugação e aniquilação. Gostaria que a língua portuguesa se desenvolvesse em harmonia com os restantes idiomas nacionais.

— Ninguém está contra as línguas nacionais. — Benigno abriu os braços, apaziguador, como se nos quisesse enlaçar a todos. — Eu também defendo as línguas nacionais. Acho é que o português tem um outro papel. Tem mais obrigações. O português para nós representa um troféu de guerra. Roubámos a língua ao colonizador e fizemo-la nossa.

— Tretas — rosnei. — Você sempre falou português. Você, os seus pais, os pais dos seus pais. Há gerações que o português é também uma língua angolana. O seu partido pode gabar-se de ter contribuído para a afirmação do português, quanto a isso ninguém lhe tira o mérito. Embora seja uma triste vitória, porque esse avanço se fez contra as restantes línguas nacionais. Agora, não lhe chame um troféu de guerra. A língua portuguesa é uma construção coletiva de todos os que a falam e conta desde o início com a contribuição africana. Muito antes de os portugueses colonizarem África já os africanos haviam atravessado o Mediterrâneo para se fixarem na Península Ibérica. Portugal é o resultado dessa colonização africana, árabe no caso, tanto quanto da colonização romana. Depois, à medida que os portugueses se espalhavam pelo mundo, a nossa língua foi assimilando palavras do quimbundo, do tupi, do malaio e do japonês, entre tantas outras. Experimente retirar todas as palavras árabes e bantus do português e depois veja o que acontece. Olhe, por exemplo, não conseguiria sequer pedir açúcar para o seu café. Ambas as palavras, café e açúcar, chegaram ao português vindas do árabe. Tente a seguir pedir tabaco para o seu cachimbo. Também não conseguirá. Cachimbo vem do quimbundo *kixima*, que significa poço, e tabaco, mais uma vez, é um termo árabe.

(Na verdade, os etimologistas não estão de acordo quanto à origem da palavra tabaco. Segundo uns provém de um vocábulo aborígene do Haiti. O espanhol Joan Corominas demonstrou, porém, que o vocábulo, de origem árabe, já existia na península antes da chegada dos europeus ao Novo Mundo, servindo para designar toda uma série de folhas capazes de provocar, quando inaladas, sonolência e atordoamento. Ou seja, a palavra teria ido da Europa para as Américas nas caravelas espanholas.)

— Certo. Talvez tenhas razão.

Benigno olhava-me perplexo. Nunca pensara naquilo. Em países como o nosso, que não encorajam a reflexão e o debate, as pessoas tendem a repetir ideias feitas. Nos outros também, reconheço. O povo gosta de ideias feitas. Mickey aproveitou o silêncio:

— E o anjo negro? Eu só queria saber quem é esse anjo negro.

— Certo. — Benigno suspirou. — Voltemos então ao Tata Ambroise. Sei que o quimbandeiro costuma utilizar alucinógenos nas cerimónias de exorcismo. Talvez tenha descoberto alguma droga nova. Uma substância capaz de induzir naqueles que a tomam um estado de euforia durante o qual acreditam ver anjos negros.

— Por amor de Deus! — gritei. — E qual seria o papel do senhor embaixador Adibe nesse carnaval, não me diz?

— Boa pergunta. Adibe nunca demonstrou o menor interesse por disparates esotéricos. Não consigo imaginá-lo a frequentar feiticeiros ou a prestar culto a anjos pretos. — Olhou-me muito sério. — Deixemo-nos de brincadeiras. Quero apanhar o francês antes que ele tome conta do país. Há um golpe de Estado em curso, discreto e silencioso. Tu podes ter ideias esquisitas e equivocadas, mas és um patriota, amas Angola. Ajuda-nos! Ajuda-te a ti próprio! Se conseguirmos provar que o Adibe está envolvido em alguma espécie de conspiração, acabamos com ele.

— Posso não entender nada sobre o funcionamento do poder, como você disse, mas até eu sei que o senhor embaixador Adibe coleciona informações confidenciais sobre uma série de personalidades importantes neste país. Essas informações são uma espécie de colete à prova de bala, não?

— Tens razão. Não podemos prendê-lo. Nem sequer retirar-lhe o passaporte e enviá-lo de volta a Paris. Teremos de negociar com Adibe uma capitulação honrosa. Em contrapartida, seremos implacáveis para com os cúmplices.

Senti que descia sobre mim um severo cansaço. O meu crânio estalava, esmagado por um excesso de acontecimentos, de sentimentos, de incoerências e maravilhas. Benigno prendia-me com os olhos. Desisti:

— Sim, eu vi-o — disse. — Não só o vi, ao tal anjo negro, como inclusive o fotografei.

21.

Seguem-se alguns apontamentos soltos, caóticos, sem preocupação de uma ordem cronológica, ou outra, do "Diário clínico da paciente Núbia de Matos", por Tata Ambroise, terapeuta tradicional, depois de traduzidos para português pelo meu amigo Maurice Kabasele, o Dálmata.

"O formato da alma impõe o desenho do corpo. Espíritos ambiciosos e generosos requerem corpos exuberantes. Espíritos acanhados impedem que um corpo se expanda e fortaleça. Estudando os corpos dos padecentes o terapeuta alcança o conhecimento da alma e das suas maleitas. Estudando os espíritos o terapeuta descobre os erros dos corpos. Às vezes um terapeuta vê-se forçado a deitar-se com uma paciente para melhor a conhecer. Não se trata de luxúria — como afirmam as más-línguas e os apátridas crioulos vendidos aos brancos — mas de amor ao conhecimento [...]"

"Sobre os estados da alma. [...] A alma encontra-se alojada em estado espirituoso no interior dos corpos. As almas errantes circulam pelo meio físico em estado gasoso. É a essas entidades que o vulgo chama fantasmas. As almas em estado gasoso devem ser capturadas e submetidas. Podem revelar-se muito daninhas quando deixadas à solta, atrapalhando os vivos. Já cheguei a expulsar mais de quinze espíritos de um único corpo, todos perturbados e lutando uns contra os outros. Há espíritos benévolos que sopram o seu saber ao ouvido de poetas e outros criadores. A maioria, contudo, são como matacanhas, que se alimentam da energia do hospedeiro e o desgastam, e portanto, como as matacanhas, têm de ser extirpados. Um terapeuta tradicional não é outra coisa senão um arrancador e encaminhador de espíritos [...]"

"A alma cai onde o corpo encontra a morte. Fica por ali a rondar, perplexa, e se outro corpo passa no local ela por vezes adere a ele. Cada ser experimenta a realidade energética que ele mesmo produz, dependendo da forma como viveu. A pessoa expira e logo se inicia um processo oculto de dissolução de energias que lançam a consciência para um universo paradisíaco ou infernal resultante das nossas ações. Almas podem incorporar em aves, roedores, em besouros, flores, ou mesmo em coisas. Guardo certas almas em pedras, espíritos torturados, que é necessário regenerar, e não convém que se movimentem sob a forma orgânica."

"Disse chamar-se Núbia de Matos, mas depois que lhe dei a beber o sagrado chá revelou o nome de batismo: Etelvina. O português dela é rápido e escorregadio. Perco muito. Não fala uma única palavra de quimbundo. O povo da cidade capital abastardou-se a um ponto tal (crioulização) que já nem sequer os espíritos dos antepassados apreciam encostar-se neles. Aconteceu-me tratar de pretos que tinham incorporado espíritos à deriva de antigos colonos portugueses, e falavam com sotaque das Beiras [...]"

"Núbia, aliás Etelvina, é um caso exemplar de corrupção étnica. Toda a sua inclinação é no sentido de europeizar costumes e renegar as raízes bantu. Núbia fantasia ser a encarnação da Virgem Maria (branca) e de que o seu destino é unir-se a um escritor, Bartolomeu Falcato (branco ou quase branco), no qual ela vê a figura eunuca de são José. Posto isto, engravidaria e daria à luz o Salvador. Eis aqui esboçado todo um programa neocolonial de controlo dos espíritos. Por isso sempre insisto — há que descolonizar os espíritos para libertar África. Olho para Luanda e o que vejo é uma multidão de maiombolas (cadáveres ressuscitados por artes mágicas) cumprindo ordens dos brancos."

"Importante informar Frutuoso Leitão de que Núbia revelou ao escritor Bartolomeu o segredo das penas sagradas. Bartolomeu é conhecido pelas suas posições antiangolanas. Tornou-se nos últimos anos uma figura de proa do movimento crioulo, luso-tropicalista, que tenta impor a todo o país a língua e a cultura do antigo colono. Núbia diz que o conheceu numa viagem de avião entre Luanda e Lisboa. Afirma ter mantido relações íntimas com o referido traidor, mas aponta datas anteriores (alguma confusão). Apliquei-lhe um tratamento de infusões de nkutakani, uma erva muito boa para curar bêbados contumazes. Também eficaz em pacientes com um historial de consumo de drogas fortes. Infusões de nkutakani, pois, e rezas e cantos após prolongado jejum. Deverá permanecer isolada. Dentro de uma semana farei a lavagem."

"Nesta última sessão arranquei do corpo da paciente Núbia de Matos, aliás, Etelvina, sete espíritos perturbados, não sendo de admirar que o mais raivoso de entre eles tivesse encarnado anteriormente num padre católico português, indivíduo morto no Uíge, em 1960, por patriotas afro-angolanos. A paciente está agora mais calma, embora persista em algumas fantasias e inconsistências. Interrogada, com recurso às penas santas, insistiu no propósito de se unir ao renegado Bartolomeu. Confessou ter-lhe passado informações confidenciais sobre o período em que conviveu mais de perto com a sra. Presidente da República, e outras altas individualidades da nação. Afirma também — urge informar sobre isto o camarada Leitão — ter entregado fotografias de orgias em que participaram diplomatas ao embaixador Pascal Adibe. Terá mostrado essas mesmas fotos a Bartolomeu Falcato. Deviam trazer Bartolomeu para aqui. Em dois meses limpava-lhe o ranço colonial e aclarava-lhe as ideias. Dobrava-lhe a espinha. A insolência é uma doença típica dos mulatos."

"Cobras. Isto acontece. Arranco espíritos com a forma de cobras. Arrebato-os do corpo dos pacientes e eles rastejam para longe, escapam por entre as sombras. Três dos espíritos que retirei do corpo de Etelvina tinham a forma de cobras. Uma, com todas as cores do mundo, soprou-me em quimbundo: "Sou eu, Ngana Kalabasa, o arco-íris" — e desapareceu. Outra, inteiramente preta, cuspiu-me no olho. Felizmente tinha os óculos postos. A terceira era azul, desse azulito a que os colonos chamavam ultramarino. Essa veio logo assobiando o hino do Futebol Clube do Porto, deslizou muito tranquilamente pela perna da paciente, e foi à vida sem nunca largar o assobio."

"Etelvina falou muito tempo. Confessou ter guardado fotografias, cartões de visita, convites, bilhetes, e outros documentos capazes de prejudicar algumas das figuras mais importantes do aparelho de Estado e de colocar em causa a segurança nacional. Confessou ainda ser sua intenção entregar todos esses documentos à guarda de Bartolomeu Falcato, indivíduo que o seu espírito perturbado identifica com são José, esposo da Virgem Maria. Nenhum dos tratamentos a que a sujeitei logrou afastá-la desta fantasia. Etelvina terá participado em encontros de amizade com diplomatas e militares de nações amigas. Imagine-se o que poderia acontecer caso algum destes documentos caísse na mão dos pasquins luso-tropicalistas."

22.

Ainda se recordam de Humberto Chiteculo?
Pensavam que me tivesse esquecido dele depois de o colocar na lista de personagens secundários?
Na verdade há vários capítulos que Chiteculo vem comparecendo nesta história, mas só agora se revela. Infelizmente, está morto. Aos leitores com pior memória recomendo que voltem atrás e releiam o que no capítulo 3 deixei escrito sobre ele.

Ouvi a porta do consultório a bater de encontro à parede. O grito áspero de Tata Ambroise, "um cão aqui?! Quem deixou entrar um cão?", e desliguei o telefone. Então, antes de o guardar no bolso, voltei-me e fotografei aquilo. Um rápido clarão iluminou o quarto e vi de novo, estendido numa esteira, a figura esgalgada de um homem com grandes asas negras. A seguir o curandeiro abriu a porta, eu empurrei-a com toda a força e saí. Portanto, sim, fotografara o anjo negro, mas não podia mostrar a imagem porque entretanto o meu telefone ficara sem bateria. Benigno levantou-se. Atirou três notas para a mesa e ordenou:

— Vamos! Carregamos o teu telefone no meu carro e mostras-me esse misterioso anjo negro. Aproveitas o passeio e conversas com um sujeito que te quer muito bem.

Despedi-me de Mickey e de Dálmata, prometendo contar-lhes as novidades, e segui o meu sogro. O carro dele, um jipe enorme, preto, com vidros fumados, esperava do outro lado do passeio. Benigno entrou e abriu-me a outra porta. Subi. O homem da gravata de seda com a imagem de uma gueixa a tocar *shamisen* estava sentado no banco de trás. Ergueu a cabeça quando me viu, num arremesso de desdém, mas logo a baixou, vencido. Suava muito. As mãos tremiam-lhe. Trazia o belo casaco amarfanhado, e a camisa, que já fora luminosamente branca, empapada em sangue. Um velho triste, muito magro, sentado ao seu lado direito, reparou no meu espanto e abriu as mãos angulosas, a desculpar-se:

— Teve de ser, cota. O rapaz reagiu à voz de prisão. Levou um tirinho no braço.

Benigno confirmou:

— Estava no teu apartamento. Entrámos e fez fogo. Sabes quem é?

Senti que a mostarda me subia ao nariz. O homem da gravata de seda com a imagem de uma gueixa a tocar *shamisen* entrara no meu apartamento com a intenção de me matar. O meu sogro e o seu amável pistoleiro entraram no meu apartamento não sei com que intenção. Presumi que não para falar comigo, ou teriam simplesmente tocado à campainha.

— Já ninguém respeita as portas? — gritei. — Para que servem as portas? Como se pode viver numa cidade onde ninguém respeita as portas?

Benigno soltou uma gargalhada. O idoso e amável pistoleiro ao seu serviço virou o rosto para a janela, esforçando-se por esconder o riso. O homem da gravata de seda com a imagem de uma gueixa a tocar *shamisen* sacudiu a cabeça, e também ele se riu. Riu-se e gemeu e voltou a curvar-se, segurando o ombro esquerdo com a mão direita. Um homem sabe que está em má situação quando até o riso lhe provoca dor.

— Você queria realmente matar-me? — perguntei.

O homem da gravata de seda com a imagem de uma gueixa a tocar *shamisen* manteve a cabeça baixa e voltou a gemer. Benigno ergueu o sobrolho:

— Não fala. O gato comeu-lhe a língua. Já lhe expliquei que

enquanto não me disser como se chama e para quem trabalha não o posso levar ao hospital. São as regras.

— Quais regras?

— As minhas regras. No meu carro dito eu as regras.

— Pelo amor de Deus! O homem está a esvair-se em sangue.

— Pois que se esvaia, filho. Desde que não me suje os estofos, pode sangrar à vontade. Estes tipos têm muito sangue. Levam tempo a morrer. Passa-me o telefone.

Entreguei-lhe o telefone. Benigno ligou-o a um cabo e o aparelho iluminou-se. Procurei o arquivo com as fotografias. Abri-o — e o anjo negro surgiu na tela:

— Porra! — Benigno perdeu o ar, abismado. — Eu conheço este gajo!

Eu também conhecia. Estendido na esteira, muito rijo, muito hirto, muito digno, com umas enormes asas negras presas às costas, estava Humberto Chiteculo. Quem quer que o embalsamara fizera um excelente trabalho. Voltei-me para trás e sem pensar deitei a mão à gravata de seda com a imagem de uma gueixa a tocar *shamisen*.

— O que significa isto? Que diabo vocês fizeram?

O meu assassino urrou de dor. Benigno agarrou-me o pulso com a mão esquerda, apertou-o, forçando-me a soltar a gravata.

— Calma! — gritou. — Assim matas o gajo!

O homem da gravata de seda com a imagem de uma gueixa a tocar *shamisen* começou a tremer. Tremia violentamente. Tinha os lábios roxos e a pele perdera o brilho. Lembrei-me de uma cobra que matei em criança. Viva, resplendia como uma joia (cobras estão desde sempre ligadas à joalharia). Morta, perdeu a luz. Um outro menino, filho da lavadeira, encontrou-me debruçado sobre a escuridão — a morte, pois — e informou-me que era uma fêmea. O macho, acrescentou, iria perseguir-me para onde quer que eu fosse porque entre aquela espécie de cobras o amor era uma condenação. O filho da lavadeira sabia imensas coisas. Cresceu e tornou-se padre. O padre Terramotos. Estudou em Roma. Defendeu uma tese de doutoramento sobre a história do exorcismo. Hoje é um exorcista famoso. Encontro-o de vez em quando. Disse-me que faz em média cinco exorcismos por mês. Pensei nisto tudo enquanto o homem da gravata de seda se contorcia de dores à minha frente. Vi-o por fim erguer o rosto, os olhos cheios de lágrimas (não se iludam, chorava de dor), e implorar para que o levássemos a um hospital.

— O que achas? — perguntou-me Benigno. — Podemos levá-lo a Viana. Têm um bom hospital lá. Em condições normais demoraria uma meia hora. O problema é o trânsito. Está um trânsito de morte. Arriscamo-nos a ficar na estrada a tarde inteira.

Percebem agora como é simples?

Um traço desenhado com um graveto na areia da praia. Daquele lado estão os homens justos, deste, os ímpios. Daquele lado estão os homens que nunca sujaram as mãos, deste, os que torturam e matam. Dá-se um passo e está-se do outro lado. Daquele lado estava eu, olhando para mim — o tipo do lado errado —, com os olhos aflitos do homem da gravata de seda.

— Não! Vamos levá-lo ao Maria Pia. — Quase gritei. — Vamos levá-lo agora.

O general Benigno dos Anjos Negreiros sorriu para o meu querido assassino através do espelho retrovisor:

— Vês? O meu genro é um bom tipo, quer ajudar-te. E tu ias matá-lo. Não tens vergonha, pá?

O homem tentou limpar o suor do rosto com a mão direita, e ficou com a testa manchada de sangue. O sangue, de um vermelho iluminado, contrastava com a negrura baça da pele. Perdera por completo a arrogância. Agora era apenas um garoto assustado. Na dor, voltamos a ser crianças.

— Chamo-me Genuíno — murmurou. — Genuíno Valente. Sou motorista do embaixador Pascal Adibe.

Benigno aplaudiu feliz:

— Agora sim — disse. — O cabrão está no papo. Ele e os outros. Vou caçá-los a todos, um por um.

Ligou o carro e levámos Genuíno Valente até ao hospital Maria Pia. Deixámos o velho a vigiá-lo e depois o meu sogro conduziu-me a casa. Durante alguns minutos não dissemos nada. A presença de um anjo negro enchia o carro.

— Humberto Chiteculo! — Benigno revirou os olhos em sinal de admiração. — Humberto Chiteculo, lembras-te?, foi o homem que matou Sangue Frio! Era um tipo decente e corajoso. Custa-me vê-lo a fazer figura de parvo agora que está morto. Tinha as suas excentricidades, sim, embora não fosse tão estranho quanto a gente o pintava. Metade das coisas que se contavam sobre ele fomos nós, no meu gabinete, fomos nós que as inventámos para o desmoralizar e ao partido dele. Aquela história das catorzinhas, por exemplo, de que ele gostava de catorzinhas. Mentira, tudo mentira. Não me olhes assim. Teve de ser. Por vezes é preciso fazer coisas más para evitar que aconteçam outras muito piores.

Voltei a lembrar-me da cobra. Durante anos sonhei que o macho me procurava para vingar a companheira. Via-o nos meus pesadelos atravessar selvas húmidas, rastejar de noite pela lama pesada dos quintais, apalpando o vazio com a língua, como um cego com a sua bengala. Via-o finalmente a entrar no meu quarto, em todos os quartos onde fui dormindo, galgando sem esforço por uma das pernas da cama até se deter diante dos meus olhos assombrados. O que mais me atormentava não era tanto a vingança da cobra, mas o seu sofrimento.

Passaram-se os anos. Uma ocasião viajei até ao extremo sul de Angola na companhia de Laurentina, a mãe da minha filha mais velha. Eu estava muito apaixonado por Laurentina, mas ela trouxera o namorado. Confesso, tenho certa inclinação por mulheres indisponíveis. Atrai-me — já o disse antes — a impossibilidade. Kianda, por exemplo, sei que nunca a tive. Pensem naqueles livros que nos surgem em sonhos. Conseguimos vê-los; porém, quando os abrimos, as letras fogem. As mulheres que me interessam parecem-se com esses livros. Há instantes felizes em que se abrem para nós e julgamos finalmente que se irão revelar. Não. Não se revelam. Talvez, como afirma a minha mãe, a feroz Cuca, não tenham nada a revelar.

Continuando — estávamos no sul de Angola. A determinada altura o nosso motorista apontou para uma depressão ao fundo, uma cicatriz desenhada à contraluz, de onde irrompia um forte alvoroço de águas:

— Estão a ver? Termina ali!

Durante um breve instante acreditei que falava do mundo. Afinal, era o Cunene. O vento estalava por sobre as nossas cabeças, seco, seco, como um chicote invisível com que um deus insano se divertisse a dilacerar aves em pleno voo. O rio parecia ter sido instalado momentos antes pelo mesmo deus, às três pancadas, de tal forma que ainda não se afeiçoara à paisagem. Desci a ravina. Queria molhar as mãos, o rosto, sentir na pele a frescura da água. Foi então que uma cobra saltou do capim. Tive a certeza de que era o macho do coração partido. Estávamos ambos extenuados. O rancor exaure, a culpa também. Ficámos um breve instante frente a frente. Fechei os olhos, pedi-lhe perdão. Quando os reabri, a cobra já não estava lá. Não voltei a sonhar com ela.

— O velho andava ocupado a fazer umas asas — suspirei. — O Humberto Chiteculo. Umas asas enormes, como as que tinha Sangue Frio. Foi ele mesmo quem me contou.

— Disparate. Para que queria o Humberto as asas?

— Não tenho a certeza. Acho que na cabeça dele era uma maneira de fazer as pazes com Sangue Frio. O velho nunca se perdoou. Sonhava com aquela noite. Vivia atormentado pela culpa.

Benigno olhou-me perplexo:

— Culpa?! Pode ser. Humberto era um intelectual. Eu dos intelectuais espero qualquer coisa. Inclusive que um dia acordem com asas.

Subimos até ao meu apartamento. Servi-lhe um uísque. Preparei um martíni seco para mim. Benigno sentou-se no meu sofá. Não gosto que as pessoas se sentem no meu sofá. Estendo-me nele, de manhã, a ler o jornal, e depois do almoço para uma sesta rápida. Volto a procurá-lo ao fim do dia. Sento-me com o laptop nos joelhos, uma cerveja ao alcance dos dedos, e coloco a correspondência em ordem. Benigno ignorava a minha intimidade com o sofá. Sim, era inocente, mas sabê-lo inocente não me acalmou:

— Explique-me lá porque forçaram a entrada da minha casa.

— Forçar? Abri a porta com a chave, filho. Pedi a chave à tua mulher porque estávamos preocupados contigo. A Kianda telefonou-te, tu não atendeste e então ela ligou para a Bárbara Dulce. Disse à Bárbara que vira um homem armado no teu escritório.

— A Kianda?

— Muito bonita. Não será tua. Nem tua nem de ninguém. Deus criou certas mulheres com o único propósito de nos dobrar a espinha.

— Dobrar a espinha?

— Sim, moderar a arrogância.

— Não sei de que está a falar.

— "Não sei de que está a falar" — disse Benigno, imitando o meu tom de voz. — Eis a frase que nós, polícias, mais escutamos. Enquanto escritor devias aprimorar os diálogos, puxar pela imaginação. Conheço bem a natureza da tua relação com a cantora. Ouvir faz parte do meu trabalho. Não estou a criticar-te. Em primeiro lugar, como já te disse, aprendi a não me intrometer na intimidade de um casal. Por outro lado, estamos em África. Nos Estados Unidos uma acusação de adultério pode arruinar a carreira de um político. Entre nós não se distingue de um elogio, acho até que rende votos. No caso de um escritor, desconfio que contribui para aumentar a sua popularidade. Olha, aceita o conselho de um mais-velho, alguém que já passou por situações semelhantes, e fala com a tua mulher. Vocês atravessaram juntos momentos terríveis e sobreviveram. Têm duas filhas para cuidar. Os filhos são o que existe de mais importante na nossa vida.

Não respondi. Benigno dos Anjos Negreiros terminou de beber e levantou-se. Estendeu-me a mão. Prometeu manter-me informado sobre o que viesse a acontecer. Dera instruções para que recuperassem o corpo de Humberto Chiteculo. Quanto a Tata Ambroise e Frutuoso Leitão, estavam já a ser procurados pela polícia.

Esperei que Benigno saísse, sentei-me no meu sofá e fechei os olhos. Traição e tradição têm a mesma raiz. Ambas as palavras remetem para a ação de dar, de entregar algo, o que faz todo o sentido. Entre nós a traição é uma tradição. E a tradição — quase sempre — uma traição. Pensei que gostaria de dizer isso, um dia, a Tata Ambroise. Imaginei-me a trocar argumentos com o curandeiro. Não. Não iria dar certo. A tarde declinava. Em Luanda não há hora mais bela. A luz é tão doce que mesmo atropelada nas ruas pelo furor do trânsito consegue por instantes salvar a cidade do desespero. O meu telefone ladrou. Um único latido, breve, imperioso, a anunciar a entrada de uma mensagem. Era de Kianda. Dizia: "Vai espreitar. Há anjos a dançarem no Prédio da Mangueira". E assinava: "A Rainha dos Abysmos".

23.

A Rainha dos Abysmos.

Abysmos, assim grafado, lembrando-me do que escreveu o poeta português Teixeira de Pascoaes quando em 1911, por força de um novo sistema ortográfico, se insurgiu contra a defenestração do Y: "Na palavra abysmo, é a forma do y que lhe dá profundidade, escuridão, mistério. Escrevê-la com i latino é fechar a boca do abysmo, é transformá-lo numa superfície banal". Comecei a chamar-lhe Rainha dos Abysmos porque Kianda me provocou um dia, durante uma breve discussão, insistindo na ideia de que nos separava um metafórico abismo à beira do qual gostava de se passear. "Tu, pelo contrário, tens alma de pequeno-burguês", assegurou-me, muito séria, "és um homem bom. Demasiado bom. Não conseguirias viver comigo. Eu sou atraída pelos cachorros vadios, por todo o tipo de loucos e de gente sem futuro." Respondi-lhe, tentando soar trocista, que ela era, sozinha, todos os meus abismos. A verdade é que me sentia caindo por eles desde aquela manhã, no Rio de Janeiro, em que a ouvira dizer, humedecendo os lábios com a língua: "Mais perto não me parece seguro". Proclamei-a então a minha Rainha dos Abysmos. Supus que ao insistir no fascínio por abismos Kianda se referia à cocaína. Eu sabia que ela continuava a cheirar coca durante as longas *tournées*. Mas, tirando o pó e o álcool, não conseguia imaginar que outros abismos pudesse visitar. Eu, sim, mergulhei em poços escuros. Levei tempo a regressar. A minha filha caçula chamava-se Alice. Um dia saltou para o outro lado do espelho. Lembro-me da gloriosa manhã em que nasceu. A médica entregou-me uma tesoura, ou algo parecido com uma tesoura, e eu cortei o cordão que unia Alice a Bárbara Dulce. Surpreendeu-me a resistência do cordão, um material elástico e firme, escorregadio, que me fez lembrar um tentáculo de polvo. A menina olhava para todos os lados um pouco assustada com a imensidão do mundo. Agitava os pequenos braços como a tentar agarrar-se a alguma coisa. Chamei a atenção para a curiosidade dela. O meu comentário irritou a médica. "Não", assegurou-me, "um recém-nascido é incapaz de distinguir imagens." Fiquei calado. Alice olhou para mim e sorriu. Nunca mais deixou de sorrir. Quando ela nasceu eu já tinha quatro filhas. As duas mais velhas, Anacleta e Juliana, nasceram com poucos dias de diferença. Anacleta, filha de Laurentina, vive em Lisboa, e infelizmente vejo-a muito pouco. Juliana, filha da minha primeira mulher, Merengue, está na Cidade do Cabo. As outras duas, Serena e Benvinda, são gémeas e sempre foram mais ligadas a Bárbara Dulce. Com Alice aconteceu o contrário. A menina passava a maior parte do tempo comigo. Naquela época a minha mulher viajava com frequência. Um dia estava em Lisboa, no outro em Londres ou Nova Iorque, a participar em conferências e debates. Eu quase não saía. Escrevia. Serena e Benvinda iam para a escola de manhã cedo, na companhia de uma empregada, e muitas vezes ficavam a dormir em casa dos avós. Costumava sentar Alice ao colo enquanto escrevia. Ver-me a escrever fascinava-a. Podíamos ficar horas assim, ela muito quieta, seguindo com os olhos a demorada progressão das frases, e eu relendo alto o que escrevera, detendo-me um pouco e voltando a teclar. Escutávamos Abdullah Ibrahim e Anouar Brahem. Dava por mim a ver o mundo através dos olhos dela. Isso ajudava-me a escrever. Não voltei a escrever depois que a minha filha morreu. Aconteceu num domingo à tarde, na Ilha. Saíamos da praia, eu e Alice (Bárbara Dulce estava em Londres e as gémeas haviam preferido ficar com os avós). Alice esperava no passeio, enquanto eu colocava na bagageira o saco com as toalhas, quando de repente um candongueiro saltou do asfalto e se lançou contra ela. Consegui ver o condutor. Um homem magro, careca, vestido com uma camisa cor-de-rosa. Fez marcha atrás, retornou ao asfalto, e lançou-se em direção à Chicala a toda a velocidade. Lembro-me de correr com Alice nos braços até à Clínica Sagrada Esperança. Uma médica jovem veio ter comigo, arrancou-me a menina e desapareceu lá dentro. Obrigaram-me a engolir dois comprimidos. Não sei o que eram. Esperei sentado a um canto, com a cabeça apertada entre as mãos, enquanto repetia baixinho, "não vai acontecer, não vai acontecer, não vai acontecer", esforçando-me por acreditar que se me concentrasse o suficiente conseguiria voltar atrás no tempo e impedir o desastre. A jovem médica sentou-se ao meu lado e abraçou-me. Não disse nada. Depois, o cemitério. Uma escuridão de vozes descendo entre cruzes de pedra. Sapatos pretos pisando a clara chama das flores dos frangipânis. A minha sogra aos uivos, dobrada junto à urna. Uma voz rouca atrás de mim: "Alguém tem de fazer alguma coisa", e eu a ver de novo o candongueiro a saltar sobre o passeio. O vestidinho de Alice, com o desenho de um urso de braços abertos, coberto de sangue. Os olhos da minha mulher acusando-me, "a culpa foi tua", Clara Bruna apertando-me a mão, "não a ouças. Tens de ter força". Uma vez vi um curandeiro encostar os lábios à testa de uma velha e cuspir uma substância compacta e viscosa que parecia absorver toda a luz e que ali ficou, no chão de terra batida, arfando, dissolvendo-se, enquanto a velha se erguia e dançava como se tivesse regressado à infância. Reconheci essa substância nos olhos de Bárbara Dulce. Queria abraçá-la, chorar com ela, mas o medo não me deixou. Nos dias que se seguiram, fui-me afundando cada vez mais. Caminhava e caminhava. Caía de exaustão. Uma vez dei comigo em Viana. Noutra ocasião, um pescador encontrou-me estendido dentro da sua chata, sem que conseguisse lembrar-me de como fora ali parar. Dormia no sofá. Acordava a meio da noite com os gemidos em carne viva de Bárbara Dulce, e saía para a rua no estado em que estivesse, tronco nu, despenteado, a barba por fazer. Os bandidos, os loucos, as catorzinhas, os meninos de rua afastavam-se de mim sem esconder a repugnância e o temor. Começava a beber de manhã cedo. Misturava uísque com Lexotan. Tinha sonhos estranhos enquanto caminhava. Piranhas (e outros peixes) saltavam-me dos bolsos e acompanhavam-me em cortejo, nadando na brisa. Treinei-os com assobios. Assobiava "Insensatez", do Tom Jobim, e o cardume inteiro saltava para diante, e abria caminho para mim como batedores num cortejo presidencial. Assobiava "Mora na filosofia", do Caetano, e o cardume dispunha-se concentrado e impermeável sobre a minha cabeça, de tal forma que eu chegava sempre seco aonde quer que fosse, mesmo no meio de um temporal. Uma tarde encontrei um arco-íris a arder num descampado. Toquei-lhe com a ponta dos dedos e queimei-me. Tenho a cicatriz até hoje. Um homem sem boca, com uma boina negra na cabeça, mostrou-me no quintal da sua casa uma enorme *Welwitschia mirabilis*. Explicou-me por gestos que a planta comia gente. Contrariei-o, num esforço de lucidez: impossível. A *Welwitschia mirabilis*, um dos símbolos do país, é uma planta pacífica. No deserto do Namibe existem exemplares cujas folhas podem ultrapassar os dois metros de envergadura, e muito velhos, alguns com mais de mil anos, mas nunca nenhum comeu quem quer que fosse. O homem sem boca riu-se alto com os olhos. "Ah! Ah!", o homem rindo através dos olhos. "Ah! Ah!

Ah! Por alguma razão o Namibe se transformou num deserto. Você é muito ingénuo, escritor, muito estúpido. Então não sabe que as *Welwitschia mirabilis* devoraram toda a fauna? A seguir devoraram os homens que viviam ali, bosquímanos, hotentotes, mucuísses, tudo o que se movesse." Passei a ver o homem sem boca por toda a parte. Muitas vezes acordava e dava com ele sentado na ponta da cama, a palitar os dentes que não tinha — nem sequer tinha boca — com a unha do dedo mindinho. Foi o homem sem boca quem me disse que o taxista da camisa cor-de-rosa, o assassino da minha filha, trabalhava para a segurança de Estado. A revelação iluminou-me. Encontrei um desígnio. Comecei a perseguir o meu sogro. Insultei-o duas ou três vezes em locais públicos. Tentei agredi-lo. A sra. Presidente, ministros, generais, nenhum notável escapava à minha cólera. Os amigos evitavam-me. Desconhecidos levantavam-se e saíam quando entrava num bar. Talvez receassem que eu tirasse dos bolsos a minha prodigiosa coleção de piranhas. Eventualmente, lacraus alados. Temiam que o meu amigo sem boca sacasse da boina um belo exemplar de *Welwitschia mirabilis* e fosse com ele de mesa em mesa para que saciasse a sua antiquíssima fome vegetal com a branda carne humana. Um dia alguém me disse que os homens de Benigno haviam encontrado o motorista do candongueiro. Levaram-no para uma fábrica abandonada, em Bom Jesus, e furaram-no todo a tiros. Na manhã seguinte Bárbara Dulce olhou-me nos olhos enquanto fingíamos beber café, comer torradas, as gémeas ao lado a discutirem uma com a outra, e exigiu que eu telefonasse a Benigno a desculpar-me. Retorqui que Benigno era um criminoso. O taxista devia ter sido julgado e depois preso. Matá-lo fora acrescentar um crime a outro crime. Isso se não tivesse sido outra coisa — uma maneira de silenciar o assassino para que não revelasse o nome dos mandantes. Bárbara Dulce ergueu-se possessa. Atirou a chávena de café para o chão. A seguir o pires. Depois tudo o que estava sobre a mesa.

Abriu o armário da louça e começou a partir os pratos, um por um, lançando-os brutalmente contra mim. Contra as paredes. Gritava. "Odeio-te." Eu não conhecia aquela voz. "Odeio-te! Odeio-te!" A substância negra saltando dos seus olhos, das mãos que lançavam os pratos, misturando-se no chão com os cacos e o sangue, porque após partir a louça Bárbara Dulce começou a dançar descalça sobre o afiado gume dos vidros. As gémeas aos gritos. Não fiz nada. Fiquei sentado, imóvel, vendo como a substância negra galgava as paredes e devorava toda a luz. Uma semana mais tarde embarquei para o Rio de Janeiro, reencontrei Kianda, e o amor por ela salvou-me. Reli a mensagem de Kianda: "Vai espreitar. Há anjos a dançarem no Prédio da Mangueira". Apontei o telescópio para a cobertura do Prédio da Mangueira e com efeito lá estavam eles, seis tipos com asas nas costas a dançarem no interior de um círculo de velas acesas. Não pensei duas vezes. Saí, batendo com a porta, e chamei o elevador. Desci no átrio, atravessei a rua a correr, continuei por mais dois quarteirões e entrei no prédio inacabado. Uma mulher com belas tranças espetadas agarrou-me por um braço: "Vem, amigo!", sussurrou. "Vamos brincar na esteira. Faço tudo o que tu quiseres." Tentei afastá-la, mas ela aferrou-se a mim, firmemente, espetando-me as rubras unhas na carne. "Vem lá, amor, sei que gostas de mim. Faço-te um preço bom." Era muito leve. A pele baça e estaladiça. Devia ter sido bonita mil anos atrás. "Não!", disse-lhe. "Agora não. Quando voltar." A mulher soltou-me o braço com um sonoro muxoxo: "Panilas! Todos os pulas são panilas". Estalaram gargalhadas. Havia mais gente ali. Vultos encostados às paredes. Encontrei um lance de escadas e subi, fui subindo, esforçando-me por iluminar os degraus com a luz débil do telefone. Impossível correr. Aqui e ali vi-me forçado a saltar por cima de baldes, caixotes e outros objetos. Cabos elétricos prendiam-se-me aos pés como se tivessem vida. O caos aumentava à medida que subia. Num dos andares esbarrei de encontro a uma gaiola cheia de papagaios. As aves agitaram-se, soltando penas e poeira, praguejando em várias línguas. Mais acima acontecia uma "*blind rave*". Dezenas de jovens dançavam mergulhados na mais completa escuridão. O ritmo poderoso do kuduro agitava as estruturas do prédio. Volta e meia uma espécie de relâmpago iluminava o recinto. Vi (ou julguei ver) o olhar congelado da minha primeira mulher, Merengue, a tropeçar no meu. Continuei a subir. Dez andares mais acima ainda se ouvia a música. Começava ali o "*red light district*". Raparigas muito jovens bamboleavam-se nuas, ou quase nuas, à luz arfante de candeeiros de petróleo dependurados do teto. Chulos circulavam cambulando clientes. Detive-me um momento, preso ao discurso de um mulato minúsculo, vestido como um mestre de cerimónias de um circo, casaco vermelho, em veludo, calças da mesma cor e material, cartola na cabeça: "Excelentíssimos senhores, estimado público, sigam-me e poderão assistir por módica quantia a um espetáculo nunca antes visto. Um homem e um crocodilo! Um perigoso crocodilo-fêmea de dois metros de comprimento". Não quis saber em que consistia o espetáculo. Continuei a subir. Os últimos andares estavam desertos. Nem os mosquitos subiam tão alto. Cheguei exausto ao topo do edifício. Os seis anjos tinham parado de dançar. Um deles, já sem asas, ajudava outro a desafivelar os artefactos. Aproximei-me ligeiramente inquieto. Não demonstraram o menor interesse pela minha presença. Desejei-lhes uma boa noite. Quis saber o que faziam ali. "Somos o Coletivo XXI", esclareceu-me um sujeito de cavanhaque afiado, olhos lânguidos, um corpo que faria inveja a Mikhail Baryshnikov: "Produzimos aparições. Entregamos milagres ao domicílio". Aparições?! Que sim, interveio um querubim de seios fartos e firmes: "Aparecemos onde ninguém nos espera". O primeiro voltou a falar: "O nosso objetivo é inquietar. Queremos despertar as massas da apatia geral. Acreditamos que da inquietação surge o pensamento, e do pensamento, a revolução". Fazem os espetáculos por puro amor à arte. Vez por outra alguém os vê e contrata. Já apareceram num anúncio para televisão de uma conhecida marca de cerveja. Colaboram com outros artistas. "Esta noite, por exemplo, quem nos chamou foi a Kianda." Não compreendi. Julguei que o jovem tivesse sofrido um surto místico, aliás em perfeita consonância com as asas que ainda trazia presas às costas, e se estivesse a referir a um apelo da divindade aquática. O rapaz adivinhou a minha perplexidade: "Kianda, a cantora", esclareceu. "Foi ela quem nos contratou, através da Internet. Disse-nos que você viria." Compreendi o que ia acontecer no instante em que o rapaz terminou de falar. Corri para o canto direito do terraço, de onde podia ver o apartamento de Kianda. Distingui a silhueta dela, no quarto, junto ao telescópio. Caminhou até à porta envidraçada, abriu-a, saiu para a varanda, subiu ao parapeito e atirou-se.

24.

Relato de como Lulu Banzo Pombeiro me entregou o *Elucidário* de Kianda. Aqui se esclarece também o papel de Lulu na vida de Salomé Monteiro Astrobello e se procede à sua reabilitação.

O suicídio de Kianda deixou o país em estado de choque. Ninguém se mostrava capaz de explicar o "tresloucado ato", como o classificaram os jornais, e essa incompreensão foi (tem sido) o mais difícil de aceitar. "Salomé Monteiro Astrobello transformou-se na Kianda, e a humanidade calou-se para escutar a voz de Angola" — Escreveu Malaquias da Palma Chambão no semanário O *Impoluto*.

> Poucos de entre nós foram capazes de sonhar tão alto, de lutar por um sonho, e de o alcançar. Através de Kianda, a rainha das Águas, pisámos os palcos do mundo, colhemos aplausos do povo, recebemos flores de presidentes e de cabeças coroadas, tivemos aos nossos pés o puro assombro dos jovens. Como pudeste partir sem sequer te despedires? Quem — ou o quê — interrompeu teu alto voo?

(Chama-se a isto — refiro-me ao alto voo — ironia involuntária. O texto de Malaquias revela muito sentimento, dor genuína, e aqui e ali uma certa deriva alcoólica. Nem ele nem ninguém estabeleceu

qualquer tipo de ligação entre o voo interrompido de Kianda e o de Núbia de Matos.)

Kianda foi enterrada numa segunda-feira à tarde, 13 de dezembro. Não consegui encontrar forças para ir ao funeral. Fiquei em casa, sozinho, vendo através da televisão a multidão ajoelhar-se, perplexa, à passagem da urna. Na manhã seguinte, após uma noite terrível, despertei com o trilado feroz da campainha da porta. Levantei-me, vesti umas calças e uma camiseta e fui abrir. Lulu Banzo Pombeiro estava postado diante de mim, vestido com um fato escuro demasiado comprido e demasiado largo, que o fazia parecer ainda menor e mais frágil, como um garoto que tivesse assaltado o roupeiro do pai. Reparei na pequena pasta de cabedal que segurava debaixo do braço. Fiquei um instante imóvel, sem saber se havia de lhe estender a mão ou simplesmente convidá-lo a entrar. Então Lulu deu um passo adiante e abraçou-me. Chorava. Quando dei por isso chorávamos ambos. Arrastei-o para a sala. Sentei-o no meu sofá. Fui à cozinha preparar um café para os dois e quando regressei já ele se tinha recomposto. Abriu a pasta de cabedal e tirou um envelope:

— É para si. Encontrei-o em cima da secretária dela. Como vê, tem a indicação, a esferográfica, de que deve ser-lhe entregue logo que possível.

— O que é?

Lulu Banzo Pombeiro ergueu levemente as sobrancelhas. Uma fina cicatriz atravessava-lhe a testa. Parecia uma ruga de permanente assombro:

— Não faço ideia. Não o abri.

O envelope nem sequer estava selado. Continha um maço de folhas em formato A4 datilografadas. Na primeira havia uma única palavra: "Elucidário". Folheei o volume. Li:

Boa noite, Bárbara, deixa-me entrar? Desculpe vir incomodá-la ao seu consultório. Não achei melhor solução. Você não me conhece. Julga que me conhece, mas não me conhece. Ninguém me conhece. Sou uma estrela, dizem. E acho que é verdade: sou uma estrela, sim — ardo! Depois virá uma explosão e morrerei. Na minha morte arrastarei comigo, para dentro do meu próprio abismo, tudo o que me rodeia, inclusive a luz. A luz inteira.

Passei rapidamente uma série de páginas. Voltei a ler:

Penso no meu suicídio como num espetáculo: terá de acontecer numa banheira imensa. Velas vermelhas espalhadas pela suíte. Incenso queimando (sândalo), e pétalas de rosas, milhares delas, na casa de banho, na banheira, como um macio incêndio de veludo. Eu de cabelo solto, espalhado na água, e o sangue fluindo espesso e quente dos meus belos pulsos abertos. Lizz Wright cantando *Stop*: "Diz-me que o amor não é verdade, etc.".

Ofereci-lhe o disco de Lizz Wright, *Dreaming wide awake*, que inclui o tema "Stop", na segunda noite em que fizemos amor. Escuto Lizz Wright e recordo-me do cheiro de Kianda. Ouço-a a suspirar junto ao meu ombro. Volto a sentir as longas pernas dela prendendo-me a cintura. Quando as dúvidas a atormentavam e Kianda me ligava para dizer que achava melhor não nos encontrarmos mais, eu cantava-lhe aqueles versos, que Madonna, mais do que Lizz Wright, tornou conhecidos:

Don't tell me to stop
Tell the rain not to drop
Tell the wind not to blow
Cause you said so,
Tell me love isn't true

It's just something we do
Tell me everything I'm not
don't tell me to stop.

Enquanto eu espreitava os papéis, tentando compreender porque Kianda quisera que eu ficasse com eles, Lulu erguera-se e pusera-se a passear pela sala. Detivera-se junto à imensa janela. Fingia interessar-se pela vista. Não é difícil fingir interesse pela vista da minha sala de estar. O difícil é fingir desinteresse. Todos os dias, ao olhar pelas janelas, aprendo algo de novo sobre a cidade, sobre o céu ou o mar. Encontro histórias e personagens. Descubro novos tons de azul nas águas várias, no céu irrepetível.

— Julgo que é um diário — disse eu. — Algo como um diário. São apontamentos sobre o dia a dia dela.

— Tudo bem. Seja o que for. A vontade da minha mulher era que você ficasse com esses papéis. Estão entregues. — Lulu Banzo Pombeiro voltou-se para mim e encarou-me. Devia ser uns dez anos mais jovem do que eu, corpo enxuto, pele lisa e fresca, nem um único cabelo branco, mas os olhos, esses, pareciam pertencer a um velho. — Eu sei que você foi amante da Kianda. Houve outros. Houve muitos outros. Não sabia?

— Não.

— Pois, e no entanto houve outros. — Lulu voltou a sentar-se no meu sofá, subitamente exausto. — Kianda era uma pessoa única. Soube desde o princípio que teria de a deixar livre. Sofri muito mas jamais tentei aprisioná-la. Seria como tentar aprisionar uma luz, você não acha?

— Sim — concordei, esforçando-me por imaginar como alguém poderia aprisionar uma luz. — Kianda era uma alma indomável e talvez por isso nos fascinasse tanto, a nós, almas domésticas e domesticadas. O mesmo fascínio, o mesmo medo que os povos sedentários sentem em relação aos nómadas.

— Comentam por aí, sei muito bem, coisas horríveis sobre mim — continuou Lulu. — Uns dizem que me aproveitava de Kianda. Acusam-me de a ter explorado. Não é verdade. Tentava não lhe colocar todo o dinheiro nas mãos, isso sim, porque Kianda gastava o que tinha e o que não tinha. Por exemplo, colecionava bolsas. Contei mais de duzentas. Era capaz de gastar cinco mil euros numa única bolsa e podia comprar várias numa mesma semana. Nenhuma bolsa vale esse preço e nenhuma mulher precisa de tantas. Discutíamos por disparates assim. Kianda sempre foi difícil, mas nos últimos meses tornou-se insuportável. Tomava comprimidos para dormir como se fossem bombons. Já não conseguia entrar em palco se não cheirasse uma linha de pó. Sofria depressões terríveis, seguidas por breves instantes de euforia. Tratava-me mal enquanto estava deprimida e ainda pior nos momentos de exaltação. Cansei-me. Decidi sair de casa.

— Kianda disse-me que você foi viver com outra mulher...

— Menti-lhe. Não há mulher nenhuma. Disse-lhe isso na esperança de que ela começasse a olhar para mim de uma outra maneira. Isto é, na esperança de que começasse a olhar para mim, o que nunca aconteceu. Por outro lado, convenci-me de que se não fosse eu a sair de casa, sairia ela, para ir ter consigo. Era só uma questão de tempo. Então antecipei-me.

— Kianda não pretendia sair de casa.

— Não?

— Não! Tentei convencê-la a viver comigo. Eu estava disposto a separar-me de Bárbara Dulce. Insisti muito. Respondeu-me sempre que só você conseguia dar-lhe estabilidade. "O Lulu é o rochedo no qual assenta toda a minha vida", repetia. Ligou-me, desesperada, quando você se foi embora.

— Não compreendo. — Lulu Banzo Pombeiro voltou a levantar-se. Percorreu a sala em passadas elásticas e nervosas. —

Tenho de conseguir compreender. Acho que só serei capaz de perdoar o que ela nos fez depois que conseguir compreender.

Fui preparar mais café. Quando regressei Lulu estava de novo à janela, voltado na direção do prédio da Kianda. O prédio deles. Ainda não reparara no telescópio. Entreguei-lhe a chávena.

— Você tem razão — disse-lhe. — Perdoar é compreender.

Lulu agarrou a chávena com ambas as mãos. Sorriu:

— Da última vez que estivemos juntos, fui eu que lhe ofereci café, lembra-se?

Hesitei um momento:

— Não pode ser! Você é o tipo que me leu os papéis de Magyar?

— Finalmente! — Soltou uma gargalhada amarga. — Como é que alguém com tão mau ouvido se foi apaixonar por uma cantora?

— Essa agora! Os desafinados também têm coração.

Rimo-nos os dois. Não há nada que aproxime mais duas pessoas do que o riso e o choro. Agora éramos amigos, ou quase amigos, unia-nos já uma vaga teia de cumplicidades. Terminámos de beber o café e fomos para a varanda fumar um cigarro. Quis saber se era verdade o que me contara sobre os papéis de László Magyar. Lulu abanou a cabeça:

— Você ainda não compreendeu? Eu sou tetraneto de László Magyar. O meu pai aproveitou o exílio na Hungria para traduzir os cadernos de Magyar, que estão na família há gerações, e recolher alguma documentação sobre ele em bibliotecas e arquivos. Queria escrever um livro. Nunca o fez. Li os cadernos faz muito tempo, achei-os chatos e demasiado fantasiosos. Não lhes atribuí grande valor. Voltei a lembrar-me deles quando me falaram no anjo negro. Pensei que fosse a mesma coisa. Não sei se posso chamar-lhe assim, uma coisa.

— Falei com os anjos dançarinos — disse-lhe. Não quis explicar-lhe que Kianda montara o espetáculo de forma a que eu pudesse testemunhar o seu suicídio. — Os anjos dançarinos pertencem a um grupo de teatro. O tal anjo negro, o que quer que seja, não tem nada a ver com eles.

Mostrei-lhe a fotografia de Humberto Chiteculo. Contei-lhe como o encontrara. Lulu estudou a fotografia, impressionado, um pouco desiludido:

— Está mortíssimo, o gajo.

— Não só está morto como não era nenhum anjo. As asas são falsas.

— Claro. E no entanto valem uma fortuna.

— Como assim?!

— Porque acha que eu estava à procura dele? Há gente a pagar muito dinheiro por aquelas penas. Não sei ao certo o que fazem com elas. Ouvi falar num chá. As pessoas bebem-no e esquecem tudo de mau que aconteceu nas suas vidas. Também ouvi dizer que o governo se serve dessas penas para interrogar os inimigos do Estado, e para os neutralizar. Dizem que depois de beberem o tal chá os inimigos do Estado respondem às perguntas que lhes fizerem, como se estivessem hipnotizados, ao mesmo tempo que perdem a memória. O regime gostaria que ninguém tivesse memória.

— E você acreditou nisso?

— Não. Eu não tenho de acreditar. Se conseguisse encontrar o anjo negro, bastar-me-ia que os outros acreditassem. A minha intenção era apenas a de comercializar as penas, não de as consumir. Com a música passa-se algo semelhante. Um cantor não tem de acreditar nas penas que canta, quem tem de acreditar é quem nos ouve.

— Kianda acreditava.

— Kianda? Não, não acreditava. Mas esforçava-se muito.

Nessa noite sonhei com um cão. Um cão amarelo, muito magro e muito sujo, com latidos presos aos dentes por finos arames de cobre. Eu sabia que estava a sonhar. Sabia que o cão não era autêntico. Contudo, sentia medo. O cão talvez fosse produto da minha fantasia, mas o meu medo era real. Enquanto o sonho avançava eu pensava nisto: em como os sentimentos são sempre autênticos, mesmo quando tudo o resto é inteiramente falso.

Nunca saberemos se existe quem amamos.

Mas sabemos que o amor existe.

25.

As últimas páginas do *Elucidário*.

Na última manhã da minha vida acordei com uma leve dor de dentes. Logo a seguir tomei consciência de que seria a minha derradeira dor de dentes, e isso alegrou-me. Engoli duas aspirinas e a dor desvaneceu-se. Decidi morrer no instante em que Pedro de Sousa se sentou diante de mim sem saber o que fazer com as mãos, como se lhe tivessem nascido naquela mesma manhã, e se pôs a olhar para os dedos recém-inaugurados, para as paredes, para os papéis espalhados sobre a mesa, para toda a parte onde não arriscasse encontrar os meus próprios olhos.

— Sinto muito.

Um médico não pode sentir muito.

Pode sentir, mas não muito.

Deixem-nos a nós, os artistas, sentir muito — o nosso ofício é sentir muito. Médicos, advogados, políticos, engenheiros, prostitutas, proxenetas, psiquiatras, militares não podem sentir muito. Sentir muito prejudica-os na sua atividade. Pedro de Sousa estava a sentir muito e isso atrapalhava-o. Fez um enorme esforço para dominar o excesso de sentimento, e lá conseguiu olhar para mim.

Os olhos dele eram os de um menino que tivesse visto o cão (o companheiro de toda a infância) ser atropelado à sua frente.

— Vou morrer?

— Não. — Pedro endireitou-se na cadeira. — Não te quero iludir. É grave, muito grave. Os tumores supraglóticos são extremamente perigosos porque progridem em silêncio. Normalmente só damos por eles quando já estão em estado bastante avançado. Se fosse nas cordas vocais, ter-te-ias apercebido mais cedo, ao cantar.

— Diz-me o que tens a dizer. Qual a percentagem de sucesso em casos semelhantes?

Pedro suspirou:

— Se o removermos agora penso que tens boas possibilidades.

— Qual a percentagem, caramba?

— Cinquenta por cento.

Moeda ao ar. Cara — vivo. Coroa — morro. Sorri.

— Então está tudo bem. Vamos conseguir. — Voltei a sorrir. Modéstia à parte, tenho um sorriso bonito. Eu sorrio e as pessoas retribuem. Pedro, porém, manteve-se sério. Suponho que terá adivinhado a pergunta seguinte. — Vou poder cantar?

— Não, minha querida, não vais. A tua carreira acabou. Se o tumor não estivesse tão avançado, usaríamos apenas a radioterapia. Assim não há como evitar a cirurgia. Tens de te habituar à ideia. Talvez devesses procurar o apoio de um psicólogo. O importante agora é vencer o tumor.

— Vão-se os anéis, mas fiquem os dedos...

— Se quiseres colocar as coisas assim. — Pedro voltou a olhar aflito para as próprias mãos. — Eu sei que cantar é muito importante para ti. Lamento. Encontrarás outra forma de te exprimires. Na minha opinião, o teu bem mais precioso nem sequer é a voz, mas a energia. A alma, se quiseres.

Pedi-lhe dois meses. O tempo para terminar a digressão. Contratos são contratos. Sempre respeitei os meus. Pedro hesitou um pouco. Abanou a cabeça, vencido:

— Seja, dois meses.

— E, é claro, bico fechado. Ninguém pode saber que estive aqui. Ninguém!

— E o teu marido? Devias falar com ele.

— Não, Pedro. Ninguém!

Levantei-me, despedi-me de Pedro com dois beijos e saí. Os pesadelos costumam dissolver-se ao sol (basta pensar nos vampiros). Assim, saí para o sol, e segui a pé até ao Chiado. Outubro ardia serenamente. Crianças riam-se. Um mendigo muito velho, com tranças imundas que lhe chegavam à cintura, fez-me uma vénia larga. Acompanhou-me uma dezena de metros a cantar os versos de "Barroco tropical". Uma buganvília debruçou-se para mim por sobre um muro alto e acariciou-me os cabelos. Sentei-me a uma mesa, junto à estátua de Fernando Pessoa, na esplanada d'A Brasileira. Pedi um café, um pastel de nata, e comecei a preparar a minha morte.

Ao princípio pensei que fosse ansiedade. Estava a meio de uma série de concertos na Europa — Londres, Estocolmo, Berlim, Hamburgo, Colónia, Lisboa, Madrid, Barcelona, Paris, Bratislava, Belgrado, etc. — quando comecei a experimentar dificuldades em engolir. Acordava de repente numa cama de hotel, ou na cadeira de um avião, sentindo-me sufocar. Imaginava coisas: por exemplo, que enquanto dormia arrancara e engolira madeixas de cabelo; que me começara a crescer um láparo na garganta; que um caroço de azeitona tivesse germinado dentro de mim. Então apareceu-me um pequeno gânglio no pescoço. Aproveitei a passagem por Lisboa e marquei uma consulta com um otorrinolaringologista, Pedro de Sousa, meu amigo desde há muitos anos.

— Tenho uma bola de pelo presa na garganta — disse--lhe. — Não sei como foi lá parar.

Pedro fez-me uma endoscopia.

— Há quanto tempo fumas?

— Desde os doze anos...

— Quantos cigarros?

— Depende. Dois maços, às vezes mais.

Não me perguntou se bebia. Sabe que bebo. Percebi logo que a situação podia ser grave. Voltei à estrada, mais uma semana, enquanto aguardava o resultado das análises. Acho que nunca cantei tão bem. No palco transformava-me. Crescia, podia sentir a minha pele a iluminar-se. Nenhum dos músicos sabia que eu estava doente. Talvez suspeitassem. Em todo o caso intuíram que aquela não iria ser uma digressão normal, e deixaram-se arrebatar pelo meu próprio ardor. Eu caminhava agudamente em cima de uma lâmina, mas enquanto cantava era feliz.

Há quem confunda a alegria com a felicidade. A alegria não se parece com a felicidade, a não ser na medida em que um mar agitado se parece com um mar plácido. A água é a mesma, apenas isso. A alegria resulta de um entorpecimento do espírito, a felicidade, de uma iluminação momentânea. O álcool pode levar-nos à alegria — ou um cigarro de liamba, ou um novo amor — porque nos obscurece temporariamente a inteligência. A alegria, pois, tende a ser burra. A felicidade é outra coisa. Não ri às gargalhadas. Não se anuncia com fogo de artifício. Não faz estremecer estádios. Raras são as vezes em que nos apercebemos da felicidade no instante em que somos felizes. Eu fui feliz — nos meus últimos dias — em clarões de assombro. Relâmpagos de lucidez extrema, de absoluta comunhão com os meus músicos, o público, as palavras que saíam dos meus lábios.

Uma espécie de nirvana.

(Nirvana, do sânscrito, pode ser traduzido como explosão, desaparecimento. Parece-me uma definição acertada. Kianda tinha fraca opinião sobre a própria inteligência. Insistia em evocar a pobreza da pequena vila de pescadores onde nasceu, no sul de Angola, para assim justificar supostas lacunas de educação. A verdade é que cresceu entre livros, pois o pai dispunha de uma excelente biblioteca. Além disso, sempre me pareceu uma mulher arguta. Acho que sofria, isso sim, de uma inabilidade crónica para o amor. Era sentimentalmente obtusa. Mas, claro, eu sou suspeito: doem-me os cotovelos. Afinal de contas, fui aquele que Kianda não quis ou não soube amar.)

As luzes apagavam-se e eu apagava-me. Não falava com ninguém. Qualquer gesto me deixava exausta, principalmente porque todos me pareciam inúteis. Fechava-me no quarto, ligava a televisão, e ali ficava. Podiam passar-se horas antes de me aperceber que não havia imagem alguma. Só chuva estática. Mal comia. Às vezes lembrava-me de uma frase do meu pai: "A vida é uma revolta contra a entropia". Eu queria a entropia, queria-a logo. Quando não me afundava na tristeza e no torpor era ainda pior. Apetecia-me morder quem quer que se atravessasse no meu caminho. Tremia de cólera contra o mundo. Uma noite Lulu entrou no meu camarim e encontrou-me a preparar uma linha de coca. Zangou-se:

— Não permito...

Coitado. Nem conseguiu terminar a frase. Agarrei numa jarra de cristal e lancei-a à cabeça dele. Abri-lhe a testa, um corte liso, limpo, uma obra de arte. Lulu foi dali direto para o hospital, levou oito pontos e regressou a Luanda. Fiquei sozinha com os músicos. Eles andavam aterrorizados. No final de cada show juntava-os no meu camarim. Não perdoava a menor falta:

— Olha lá, este espetáculo pertence-te, ó caramelo, por acaso és tu a estrela?

E o guitarrista, aflito:

— Não, mamã. — Tratam-me por mamã, todos eles. — Não, mamã, peço muitíssima desculpa.

— Desculpa?! Quando tiveres o teu próprio espetáculo, fazes o que quiseres, podes até adormecer abraçado à puta da guitarra, mas enquanto estiveres comigo vais tocar como se Deus estivesse na plateia a decidir se te manda para o céu ou para o inferno — compreendes?

Fosse do terror, ou fosse por afeto, o certo é que também eles se excederam. Tocaram com tal paixão, com tanta arte, que mesmo os meus críticos mais ferozes, aqueles tipos que não admitem que um artista possa agradar a muita gente, e no entanto ser bom, mesmo esses se renderam. Tive críticas excelentes. No palco, portanto, fui feliz. Fui feliz sabendo que o estava a ser, e que não o seria nunca mais. Então pensei: quero que tu me vejas voar.

Epílogo

Escrevo as últimas páginas deste romance em Amesterdão.

(Chamo-lhe romance. Gosto da palavra, do sabor dela, mas podia dar-lhe outro nome qualquer: testemunho, relato; talvez acatar a sugestão de Kianda e chamar-lhe um elucidário. Escrevo para compreender e aceitar. Escrevo para tentar perdoar-lhe.)

O apartamento no qual estou alojado, uma residência para escritores no número 303 da Spuistraat, dispõe de amplas janelas debruçadas sobre uma das praças mais alegres da cidade. O edifício possui uma particularidade curiosa, que poderia ser entendida como um defeito, não fosse o caso de se tratar de uma residência para escritores: absorve o ruído exterior, como uma esponja absorve água, amplia-o e trá-lo até à comprida mesa de madeira onde trabalho. Desta forma posso acompanhar o diálogo de duas jovens turistas brasileiras sentadas na pequena esplanada envidraçada do Luxembourg Café.

— Você conhecia aquela cantora que se matou, a Kianda? — pergunta a primeira. — Uma menina de Angola?

— Claro. Fui a um show dela, em Lisboa. Maravilha! Ela cantava como quem acende o dia.

— Diz aqui que o marido se lançou ao mar e nadou para longe. Não encontraram o corpo.

— Jura?! Que lindo!

— Eu também me suicidaria se tivesse a certeza de que depois o Fábio se lançaria ao mar.

— O Fábio?! Ah, menina, esquece o Fábio. Se você se suicidar, talvez o Fábio tome um porre com os amigos. Mas se você não se suicidar, ele toma um porre do mesmo jeito. O Fábio gosta é de beber.

Lulu Banzo Pombeiro nadava muito bem. Ao vê-lo afastar-se da praia, na ilha do Mussulo, em frente ao Bar da Esperança, ninguém suspeitou de que não pretendia regressar. A Velha Esperança disse-me que o viu dobrar cuidadosamente a toalha de banho. A seguir guardou as sandálias sob a cadeira de plástico, e avançou para a água. Esperança fez-lhe um aceno com a mão. Lulu respondeu com uma pequena vénia e entrou no mar. A água estava tépida. O sol brilhava num céu demasiado azul. Portanto, sim, ao contrário do que Kianda julgava, as pessoas podem suicidar-se em pleno sol. Ou então não foi nada disso. Uma cãibra, um desmaio, eu sei lá.

Benigno dos Anjos Negreiros foi nomeado embaixador na Mongólia. Imagino-o avançando contra o vento pelas ruas cinzentas de Ulan Bator, um homem imenso, imensamente só, enrolado num espesso casacão escuro. Antes de voar para a Holanda, recebi pelo correio um envelope preto, sem o endereço do remetente. O selo chamou-me a atenção, era comprido, em tons de azul, com a imagem de dois cavaleiros mongóis em trajes de combate. Dentro do envelope encontrei um cartão. Não estava assinado. Não era necessário. Reconheci facilmente a caligrafia sólida, marcial, do meu fiel e desditoso sogro. Dizia:

> O corpo do anjo negro desapareceu. Impossível saber onde está. É como se nunca tivesse existido. Contudo, um ex-subordinado meu recolheu o testemunho de um médico russo que diz ter sido chamado a Luanda para embalsamar o cadáver de um homem alto. O embalsamador em causa conhece bem o país. Foi durante anos o médico do camarada presidente — quero dizer, depois que este morreu, pois ajudou a preparar o corpo, e periodicamente regressava à capital para avaliar o seu estado e corrigir os estragos do tempo. Viu muita coisa. Afirma nunca ter visto nada assim. Forçaram-no a coser umas compridas asas negras ao cadáver do homem. Exigiram-lhe segredo absoluto. Felizmente ainda há homens de bem. Camaradas que não obstante as derivas da História mantêm intactos os velhos ideais. O camarada russo ficou revoltado e passou-nos a informação. Utiliza-a tu como achares melhor. O país caiu nas mãos de quimbandeiros e de aventureiros sem escrúpulos. Não podemos baixar os braços. A luta continua. A vitória é certa.

Pascal Adibe mantém-se no seu posto, como embaixador de Angola no Vaticano, embora poucas vezes seja visto em território europeu. Adquiriu uma enorme mansão em Los Angeles, mandada construir por um famoso ator, entretanto caído em desgraça, e é lá que passa a maior parte do tempo. Requereu e obteve a nacionalidade americana. Transformou-se num importante colecionador de arte moderna. Os jornais elogiam a sua veia de filantropo. Criou uma bolsa de estudos com o seu nome destinada a apoiar jovens artistas africanos. Mandou erguer no Lubango uma instituição destinada a acolher e educar crianças órfãs — o Orfanato Pascal Adibe. Daqui a uns anos já ninguém se recordará que fez fortuna traficando primeiro droga e depois armamento.

Tata Ambroise assumiu recentemente a pasta da cultura. Num editorial publicado n'O *Impoluto*, Malaquias da Palma Chambão insurgiu-se, para surpresa geral, contra a escolha da sra. Presidente: "Colocar um sujeito como Tata Ambroise como ministro da Cultura é o mesmo que nomear um cangalheiro para ministro da Saúde". Obviamente foi demitido. Pouco depois recebi um convite para participar num debate, na Televisão Independente, com Tata Ambroise. Frutuoso Leitão, um dos sócios da empresa, esperava por mim à entrada. Cumprimentou-me muito civilizadamente. Lamentou o suicídio de Kianda. Nenhum de nós pronunciou o nome de Núbia de Matos. Fui maquilhar-me. Entrei no estúdio, apertei a mão de Tata Ambroise e do mediador, André Cabango, um jovem jornalista que se fez notar primeiro pela longa barbicha pintada de vermelho e depois pela agressividade com que dirige as entrevistas. Cabango deu início ao debate elogiando o trabalho de Tata Ambroise, "um exemplo de como a tradição pode servir para alcançar a modernidade". Aproveitei a deixa:

— Entre nós confunde-se tradição com traição e vice-versa!

O novo ministro da Cultura inclinou-se por sobre a mesa (como um cataclismo) sorrindo abundantemente:

— A quem é que o senhor escritor se refere quando diz "entre nós"?

O contra-ataque do curandeiro apanhou-me desprevenido.

Tata Ambroise voltou a sorrir. Antes que eu recuperasse lançou-se numa raivosa diatribe contra "a perniciosa influência de meia dúzia de elementos remanescentes da elite colonial na moderna sociedade angolana". Segundo ele, tais elementos deveriam ter o cuidado de não se "imiscuírem nos assuntos da comunidade autóctone, maioritária, pois encontram-se em Angola no papel de meros convidados". Retorqui, de cabeça perdida, que aquele discurso me lembrava muito o dos seguidores do sr. Le Pen, em França, e que o meu pai e os seus companheiros haviam combatido para libertar Angola. Não haviam combatido para ver o país prisioneiro de gente assim. André Cabango estava encantado com o rumo da conversa:

— Acha então que a independência não valeu a pena?

Um dos meus tios, o general N'Gola, pai da minha primeira mulher, gostava de me contar como é que, em criança, caçava macacos. Colocava uma banana no interior de uma cabaça, amarrava a cabaça a uma árvore, e sentava-se à espera. Os macacos sentiam o cheiro da banana, enfiavam a mão na cabaça, e agarravam o fruto. Enquanto mantivessem a mão fechada não conseguiam soltar-se. Bastar-lhes-ia abrir a mão para escaparem, mas nunca o faziam. Lembrei-me da história dos macacos enquanto André Cabango me colocava a questão. Era uma armadilha ingénua. Para escapar, bastar-me-ia ter aberto a mão:

"Acho a independência inquestionável", poderia ter respondido. Podemos questionar, isso sim, tudo o que faltou realizar. O meu pai morreu a combater por um país do qual nenhum angolano se sentisse excluído. Isso falhou.

Ao invés, olhei para a minha vida, num relance breve. Kianda a saltar para o vazio. Eu a correr, carregando o corpo morto da minha filha, tão leve, tão já sem nada a ver com ela. A dor de Bárbara. O abraço com que nunca a consolei. O cheiro a mato do seu cabelo. A amarga ciranda dos dias girando ao meu redor. Não me recordo de tudo o que disse. As palavras saltavam-me da boca em labaredas. Tata Ambroise inclinou-se para trás. André Cabango ergueu a mão a pedir licença para falar, e logo a baixou. Cofiou a barbicha. O medo, o medo a morder-lhe os dedos, queria dizer alguma coisa, desligar o microfone, encerrar o programa, mas não foi capaz. Durante duas semanas os jornais não falaram noutra coisa. Cabango perdeu o emprego. Poucos dias antes de embarcar para a Holanda, vi-o no Orgulho Grego em amena cavaqueira com Malaquias da Palma Chambão. Chamou-me.

— Vai uma cerveja?

Sentei-me. O rapaz sacudiu a cabeça:

— Porra, mais-velho. Você lixou-me a vida. — Riu-se. Uma gargalhada tristíssima. — Mas foi bonito aquilo, caramba. Muito bonito. Hei de contar aos meus netos.

Chambão concordou:

— Magnífico! E o gordo, hem?! Você viu o seboso?, quase lhe dava um ataque. Julguei que morresse ali. — Vieram-lhe as lágrimas aos olhos enquanto ria. Engasgou-se. Tossiu, muito vermelho. Por fim lá recuperou. — Os gajos ganharam. Não importa. Enquanto existir este bar, e houver cerveja, vamos tendo pátria.

Ergueu o copo:

— À vida! Tão puta, a vida — e tão bonita!

Mouche Shaba tem andado muito ocupada a projetar uma nova cidade, algures no Bié, que deverá acolher a futura capital. A ideia tem barbas. Desde pelo menos o início do presente século que arquitetos angolanos vêm defendendo a criação de uma nova cidade capital. Falo todos os dias com Mouche. A minha amiga instalou câmaras na maior parte das divisões do seu apartamento, de forma que podemos conversar pela Internet mesmo enquanto ela se passeia de um lado para o outro, nervosamente, em busca de ideias. Há dias a sra. Presidente convocou-a para uma reunião. Mouche recusou-se a sair: "Não saio. Quem quiser falar comigo que venha até aqui". A sra. Presidente engoliu o orgulho e foi. Mouche deixou as câmaras ligadas de forma que acompanhei a visita como se estivesse lá. A sra. Presidente viu os desenhos. Fez perguntas. Sugeriu modificações. Sentou-se e mudou de assunto. As duas mulheres conversaram sobre o estado do mundo, a cerimónia de atribuição dos óscares, a mais recente coleção da Congo Twins. Por fim a sra. Presidente ergueu-se, despediu-se de Mouche com um distraído aperto de mão e enquanto se encaminhava para a porta deixou cair o meu nome:

— Bartolomeu, o seu amigo. Quando falar com ele diga-lhe que não tenha receio de regressar ao país. Provavelmente está mais seguro aqui do que lá fora. Além disso, gostava de lhe fazer uma proposta. Pensei nele para dirigir a futura Biblioteca Nacional.

Depois que ela saiu, Mouche quis saber o que eu achara da proposta:

— O que queres que te diga?! — retorqui indignado. — Não estou à venda.

Mouche irritou-se:

— Não sejas estúpido. Há um tempo para tudo. A rebeldia fica bem aos jovens, e tu já não és jovem.

Não voltámos a falar sobre o assunto.

Encontrei-me com a bela Myao por diversas vezes após o funeral de Kianda. Ela mostrou-me uma série de esboços do irmão, a lápis de cor sobre papel almaço, que me emocionaram muito. Mostram Luanda, não como existe agora, não como existiu, mas como poderia ser se tudo tivesse corrido bem. Uma cidade desenhada com rigor desde o momento em que começou a expandir-se. Bosques e parques no lugar dos musseques. Bairros residenciais amplos, com jardins, ciclovias e campos de jogos. A marginal ladeada por altivas palmeiras. A ilha bem preservada, sem os prédios horríveis que tão cruelmente a desfiguram.

— O que é isto?

Myao sacudiu os ombros frágeis:

— Não sei bem — disse. — Talvez seja o futuro.

— Achas? Seria bom. O futuro só vale a pena se tiver passado. Este que os nossos dirigentes pretendem construir não tem. É um futuro sem memória.

Comecei a montar as dezenas de horas que filmei com Ramiro. Decidi igualmente publicar um livro com os seus desenhos. Tenho pensado muito nisso. Gostaria de criar uma editora vocacionada para a divulgação de obras incómodas, no domínio das artes plásticas ou da literatura, destinadas, à semelhança do que pretende o Coletivo XXI, a despertar as massas da apatia. Aparições. Milagres ao domicílio. Poderia chamar-lhe Fatwa Books.

Ontem à tarde fiz uma descoberta que me deixou perplexo. Fui com Miguel Petchkovsky, artista plástico e documentarista angolano, radicado há longo tempo na Holanda, visitar o palacete de um próspero colecionador de arte chamado Uriel Acosta da Fonseca. Em Amesterdão um nome assim usa-se na lapela como uma flor. É um adereço elegante. As pessoas (as mais velhas) ouvem-no e sabem que o homem por detrás de tal nome tem uma história ligada à da cidade. Aqui, durante muitas gerações, a expressão judeu português era considerada uma redundância.

Há uma vintena de anos, Uriel Acosta da Fonseca deu com uma tela de Miguel Petchkovsky exposta numa pequena galeria de arte, na Bloemstraat, e mostrou curiosidade em conhecer o artista. A peça agradava-lhe, mas sobretudo queria perceber como é que um apelido russo se tornara angolano. Miguel explicou-lhe que o avô, oficial de Nicolau II, se exilara em Paris após a revolução bolchevique. Mais tarde viajou para o norte de Angola, como engenheiro, para trabalhar na exploração de diamantes, e ali, nas Lundas, conheceu uma jovem princesa tchokwê pela qual se apaixonou e com quem viria a casar. Diamantes, viagens, amores improváveis e apelidos raros. Uma tal combinação não poderia deixar de agradar a Uriel Acosta da Fonseca — e assim os dois homens ficaram amigos. Quando saiu a tradução inglesa do meu terceiro romance, *O domador de camaleões*, Miguel Petchkovsky ofereceu um exemplar a Uriel. Foi por causa do livro que Uriel me convidou a visitar o palácio da família. Impressionara-o muito um episódio no qual o narrador, um velho taxidermista angolano, é forçado a embalsamar a mão direita da ex-amante de um capitão do exército português.

— Você sabe naturalmente o que eram os gabinetes de curiosidades, também chamados câmaras de maravilhas, ou, em alemão, língua em que tudo ganha mais credibilidade, *Kunst und Wunderkammern*. Bem, nós temos um gabinete de curiosidades montado no século XVII por um dos meus antepassados, e ampliado a seguir por todos os outros.

Uriel Acosta da Fonseca conduziu-nos através de graves corredores, em cujas paredes espreitavam os retratos de várias gerações de Fonsecas, Acostas, Pintos e Espinozas, até uma sala pequena, cheirando intensamente a bafio e a terebentina. Uriel pediu desculpa pelo odor. Explicou que ele próprio se dedicava por vezes a empalhar aves e outros pequenos animais, seguindo as recomendações de velhos manuais herdados dos avôs. Mostrou-nos as peças mais notáveis da sua coleção: um cordeiro vegetal da Tartária, ou barometz (*Agnus scythicus*), bizarro ser proveniente da Ásia Central, que vivia enraizado ao chão. O barometz era muito apreciado, pois, à semelhança do ganso vegetal da Escócia, podia ser degustado durante a Quaresma, com outros legumes, sem ofender o

Senhor Deus. O exemplar que Uriel possui é muito pequeno, do tamanho de um punho, e flutua num turvo nevoeiro, dentro de um boião de cristal. Perdeu parte do pelo, mas ainda se vê claramente a raiz, saindo do umbigo, que o prendia ao solo. Uriel mostrou-nos depois o faustoso manto de penas de um pajé de Manaus. Uma série de minúsculos apetrechos destinados a domar pulgas. Uma lança romana. Um frasco cheio de lágrimas de crocodilo que, segundo uma nota colada na respectiva tampa, serviriam para atenuar a histeria das mulheres prenhas. Finalmente deu-nos a ver a mão de uma sereia, muito bem preservada, em cujo dedo indicador brilha um anel de ouro com o desenho rústico de um peixe.

— Durante anos sonhei com esta mão — murmurou Uriel. — Passava horas imaginando a quem terá pertencido. Fui reencontrá-la no seu romance. Tal é o estranho poder da literatura.

Pedi licença para folhear um álbum de ilustrações, comprido e pesado, em cuja capa figurava um homem a ser devorado por uma gigantesca jiboia. Uriel colocou o álbum sobre uma mesa. Abriu-o com cuidado.

— Este não é tão antigo. O meu pai comprou-o num alfarrabista em Lisboa. Pertenceu a um caçador italiano que gostava de desenhar. Não possuía grande talento, o pobre homem, mas esforçou-se bastante. Vale como testemunho. São imagens da vossa terra, de Angola, e creio que também do Congo, em finais do século XIX.

Fiquei alguns minutos entretido a estudar os desenhos. Casas de pau a pique às margens do rio Dande. Quatro homens carregando uma tipoia. Uma mulher da Quissama, com um penteado intrincado, rijos seios e um olhar de puro assombro. Vendedeiras do Dombe, equilibrando à cabeça largos cestos de vime. Três ferreiros ambulantes, agachados no chão, a trabalhar. A Igreja da

Muxima, sólida e bela, debruçada sobre o espelho do Quanza. Um carro de bóeres, puxado por dez juntas de bois. Antílopes saltando entre o capim. Um tocador de quissange. Um leão morto. Uma manada de elefantes. E então, de súbito, lá estava ele:

— Caramba! E isto, o que é?

Uriel sorriu:

— A mim parece-me um anjo. Um anjo negro. É curioso, o fascínio universal pelos anjos — não acha?

Fechei o álbum. Os meus olhos deram com o *barometz*. Sentia-me a flutuar num idêntico nevoeiro. Queria sair dali e estender-me ao sol. O inverno, porém, cercava o palacete com o seu hálito gelado. Uma água de alforrecas vagava por sobre a cidade.

Haverá sereias nos canais?

Amesterdão, 19 de fevereiro de 2009

Esclarecimentos e agradecimentos

Entre os livros que me ajudaram na escrita deste romance não posso deixar de citar *Percursos da modernidade em Angola*, de Isabel Castro Henriques, no qual se inclui a tradução para português de um texto de László Magyar. Utilizo algumas linhas desse texto no capítulo "Fragmentos do último diário de László Magyar".

O Centro de Saúde Mental Tata Ambroise é invenção literária. Contudo, existe em Luanda uma famosa instituição, o Centro de Medicina Tradicional Avô Kitoko, apoiada pelo governo angolano, na qual os pacientes são acorrentados a peças de automóveis. Em 2008, Kitoko Mayivangua, mais conhecido por Avô Kitoko, foi empossado no cargo de presidente do Fórum de Medicina Tradicional (Fometra), uma organização não governamental que tem como objetivo promover a medicina tradicional. Não existem quaisquer semelhanças entre Kitoko Mayivangua e o personagem Tata Ambroise, para além do facto de os dois se dedicarem à prática da chamada medicina tradicional, e acharem por bem acorrentar os seus pacientes a pesadas peças de ferro.

O assassinato de pessoas acusadas de feitiçaria — em particular de crianças — é uma prática que tem vindo a crescer em Angola nos últimos anos. Alguns dos recortes de jornais referidos no romance são autênticos.

A extraordinária história de Mãe Bebê, com quem conversei por diversas vezes em Salvador, graças aos bons ofícios de Sérgio Guerra, inspirou a criação de Mãe Mocinha. Mãe Bebê, porém, não é Mãe Mocinha, nem no caráter nem na vivência. A história de amor que Mãe Bebê viveu com um homem quarenta anos mais jovem é das mais belas e comoventes que conheço. Gostaria de a escrever um dia.

Os restantes personagens vieram todos ter comigo de algum lugar remoto a que não sei dar nome. Quaisquer semelhanças entre eles e pessoas reais deve ser considerada completamente acidental.

Agradeço a Patrícia Reis e à minha mãe, Dorinda Rainha Agualusa, por terem revisto o texto original. Agradeço a Pedro Sousa, médico otorrinolaringologista, que me ajudou a traçar o quadro clínico da personagem principal. Devo o título deste livro ao poeta moçambicano Virgílio de Lemos, meu amigo, que há anos vem classificando alguma da nova ficção africana em língua portuguesa como barroca tropical. Agradeço ainda à Fundação Holandesa do Livro, instituição que mantém uma acolhedora Residência para Escritores em Amesterdão, onde terminei de escrever o presente romance.

Glossário de termos angolanos

BESUGO – provinciano, caipira.

BIENO – natural da província do Bié.

BISSAPA – arbusto espinhoso.

CACUSSO – peixe de água doce, comido normalmente depois de seco.

CALUANDA – natural de Luanda.

CAMBULAR – atrair ou cativar, derivado de *cambulador*, nome dado aos profissionais que ficavam no exterior das casas comerciais, tentando atrair clientes.

CANUCO – garoto.

CAPORROTO – bebida alcoólica de má qualidade.

CHIFUTA – atiradeira.

CUMBU – dinheiro.

GINDUNGO – pimenta.

KIMBANGUISTA – devoto da Igreja de Jesus Cristo sobre a Terra, que segue a doutrina do profeta congolês Simon Kimbango Kiangani, preso na época colonial pelas autoridades belgas e que morreu na cadeia em 12 de outubro de 1951.

KUDURO (ou KUDURU) – dança e ritmo desenvolvidos pelos jovens dos bairros pobres de Luanda.

MATACANHA – bicho-do-pé

MULEMBEIRA (ou MULEMBA) – árvore da família das moráceas, alta e frondosa, considerada a árvore da realeza angolana, pois à sua sombra se reuniam os chefes das tribos.

PANILA – homossexual.

PIROSEIRAS – coisas de mau gosto ou má qualidade.

PISTEIRO – nos exércitos, o soldado treinado em seguir pistas.

PULA – diminutivo de *polaco*, que designa os homens brancos de forma geral.

QUILAMBA – intérprete de quiandas (sereias).

QUINZARES – monstros da mitologia tradicional do norte de Angola.

SANZALA – aldeia, normalmente com casas de pau a pique.

ESTA OBRA FOI COMPOSTA PELA SPRESS EM ELECTRA E IMPRESSA EM OFSETE
PELA GRÁFICA BARTIRA SOBRE PAPEL PÓLEN SOFT DA SUZANO PAPEL E CELULOSE
PARA A EDITORA SCHWARCZ EM NOVEMBRO DE 2009